ヒロイン？聖女？
いいえ、
ワークス
メイドです（誇）！
あてきち
illust. 雪子
TOブックス

もくじ

イラスト✦雪子
デザイン✦AFTERGLOW

プロローグ

「いらっしゃいませ」

黒髪のメイドが、背筋を伸ばしたまま美しい所作でそっと膝《ひざ》を曲げた。

女性特有の挨拶《あいさつ》『カーテシー』である。

だが、挨拶を受けた二人の少女はそれどころではないようだ。周囲を見回し驚愕していた。

「これが、ルシアナの屋敷、ですって……？」

「でも、この前伺った時はもっと――」

「幽霊屋敷みたいだった？」

「ルシアナ！」

玄関ホール正面にある階段から、一人の少女が現れた。この屋敷の住人にして、二人の少女を招いた張本人――ルシアナ・ルトルバーグ伯爵《はくしゃく》令嬢である。

「いらっしゃい、ベアトリス、ミリアリア。今日は来てくれてありがとう。とても嬉しいわ」

優雅《ゆうが》な足取りで階段を降りると、ルシアナは貴族令嬢の鑑《かがみ》のような笑顔を二人へ向けた。

「ル、ルシアナ……あなた……」

栗色の髪を一本の三つ編みにしている少女の名は、ベアトリス・リリルトクルス子爵令嬢。

「なんて……美しいんですの、ルシアナさん」

紫掛かった水色の髪の少女は、ミリアリア・ファランカルト男爵令嬢である。

本日の招待客であり、ルシアナとは幼い頃からの親友である彼女達は驚きを隠せなかった。

なぜならルシアナの容貌《ようぼう》が、振る舞いが、自分達の知る彼女とは掛け離れていたからだ。

ルトルバーグ伯爵家。公爵、侯爵に次ぐ家格でありながら、先々代の失態によって財を失った没落貴族。娘を着飾らせることも、十分な教育を施してやることすら難しい経済状況にあった。

だが、今のルシアナは伯爵令嬢に相応しい洗練された美しさを有している。

新品のオーダーメイドとしか思えない鮮やかな若草色のドレスを身に纏《まと》い、波打つ髪は毛先に至るまで艶《つや》やかで、日の光のように輝いている。瑞々しい白い肌に、薄桃色のふっくらとした唇。宝石のような碧《あお》色の双眸《そうぼう》が優しげに弧《こ》を描くと、ルシアナは二人に向かって背筋を伸ばしたままゆっくりと膝を曲げた――カーテシーだ。

「ようこそ我が家へお越しくださいました。歓迎いたしますわ」

二人から思わず感嘆の息が漏れる――とても同い年とは思えない。なんて優美な所作……。

「メロディ、私達はテラスへ行きますから、お茶の用意をお願いしますね」

「畏《かしこ》まりました、お嬢様」

メロディと呼ばれた黒髪のメイドは、ルシアナに一礼するとその場を後にした。

ルシアナに案内されて三人はテラスへ向かう。

テオラス王国の王都に建てられたルトルバーグ家の別邸は、まるで新築のように美しい。

以前とのあまりの違いに、二人は困惑してしまう。

（ここ、本当にこの前訪れた、あの『幽霊屋敷』なの？）

彼女達が混乱するのも無理はない。二週間前、お茶会に招待されてやってきたここは、確かに幽霊屋敷と言って何の差支えのないほどのボロ屋敷だったのだから。

「……本当に何があったのかしら？　どう思う、ミリアリア？」

「そうですね……正直、分かりません。テラスに着いたら聞いてみましょう、ベアトリスさん」

「まあ、それしかないわね。でも、あのテラスに行くの？」

「……屋敷は綺麗ですけど、ちょっと心配ですね」

前回の悪夢が蘇《よみがえ》る。見るに堪えない荒れ放題の庭。蔓《つた》が絡まったテーブルセット。庭師を雇う余裕がないせいで、とても客をもてなせる状態ではなかった。

軒先《のきさき》からポトリと落ちた蜘蛛《くも》に悲鳴を上げたのは……悪い思い出である。


「素敵！　まるで妖精が住む箱庭みたい！」

「本当に綺麗です……我が家の庭の方が広いはずなのに、こちらの方が大きく感じます」

鬱蒼《うっそう》とした小さな森状態だった庭は跡形もなく消えていた。

遠近法を活用した木々の配置が庭全体を広く見せ、開放感を与えている。また、計算され尽くした剪定《せんてい》のおかげで、テラスから眺める木漏《こも》れ日はなんとも美しい。

ついでにところどころ飾られている、動物の姿を象《かたど》った庭木がとても目を引いた。

テラスでメイドが淹れたお茶を飲む。芳醇《ほうじゅん》な香りが漂い、ベアトリスは表情を綻《ほころ》ばせた。

「まあ、いい香り」

「ええ、本当に。味もとても美味しいです。でも、こんないい茶葉を使って大丈夫ですか？」

紅茶は貴族の嗜《たしな》みだが、如何せん値段が高い。前回のお茶会で出された紅茶は最低価格最低品質のもので、正直言ってあまり美味しくはなかった。こんなに高そうな紅茶、大丈夫なのだろうか？

「ふふふ、どうぞ安心なさって。これはいつもお出ししている紅茶ですもの」

「「ええっ⁉」」

得意げに微笑むルシアナを前に、二人は驚きを隠せない。豊かな香り、口当たりのよい喉《のど》ごし、何より舌を満足させるこの味が……前回のあの、最低価格最低品質の茶葉⁉　信じられない！

「一体どういうことなの？　これがいつものあの紅茶だなんて……」

「あなたの疑問は尤《もっと》もだわ、ベアトリス。でもね、低品質な茶葉でも淹《い》れ方次第でどうにでもなるそうよ。そうよね、メロディ？」

淑女《しゅくじょ》の微笑みを浮かべたまま、ルシアナは背後に佇《たたず》むメロディに問い掛けた。

「はい、その通りでございます、お嬢様。どんなに高価な茶葉を用いようとも淹れ方がお粗末では美味しい紅茶にはなりません。逆も然《しか》りでございます。メイドの力の見せ所でございますね」

ベアトリスとミリアリアは感心した様子で、嬉しそうに微笑むメロディを見つめた……そういえば、彼女は前回のお茶会では見なかった、初めて見るメイドだ。今更ながらに二人はそう思った。

「それにしても、本当にどういうことなのですか？　ルシアナさん」

「そうよ、たった二週間で何もかも見違えちゃって！　いい加減説明してちょうだい！」

屋敷に紅茶にルシアナ自身まで、全てがまるっと一新されているこの状況は何なのか。問い詰める二人だが、ルシアナは余裕のある笑みでそっと口元に指を立てた。

「ふふふ、これぱっかりは秘密よ」

「「意地悪なんだから！」」

何か理由があるのだろうが、貴族に秘密はつきものだ。家の事情であれば自分達もルシアナに秘密がないわけではない。ルシアナを責めつつも、結局二人はこれ以上の詮索《せんさく》はしなかった。

「まあ、それはいいわ。でも、そろそろその話し方はどうにかならない？」

「全くです。大変淑女らしいですが、ルシアナさんらしくはありませんね」

それだけは譲れないと言わんばかりの二人を前に、ルシアナは背後のメロディをちらりと見た。

彼女はニコリと微笑んで、小さく頷《うなず》いてみせる。ルシアナはほっと小さく息を吐いた。

「はぁ……結構お嬢様って感じが出てたでしょう？　私、頑張ったんだからね！」

淑《しと》やかな貴族令嬢の笑顔が一転。ルシアナは快活な満面の笑みを浮かべた。

「ふふふ、出てた出てた。最初は別人かと思っちゃったわよ」

「とても新鮮で素敵でしたけど、私はいつものルシアナさんの方が好きですよ」

「そう思う？　ありがとう！　『淑女ルシアナ』は春の舞踏会まで取っておくことにするわ！」

席を立ち、普段の表情のままカーテシーをしてみせるルシアナ。無邪気な少女の顔で行われる、優雅で品のあるカーテシーはどこかちぐはぐでおかしかった。

そうして三人のお茶会の時間は和やかに進み、二人が帰る時間となった。

「次に会えるのは王立学園の入学式かしら？　またね、ルシアナ」

「入学式の後は私達の社交界デビュー、春の舞踏会ですね。楽しみです」

「ええ、入学式で会いましょう」

笑顔で別れの挨拶をする三人。馬車に乗る二人を見送り、ルシアナのお茶会は恙《つつが》なく終了した。

屋敷の中に戻ると、玄関ホールでメイドのメロディが待っていた。

「お嬢様、夕食の前に一度、御髪を整えましょう。お部屋にお戻りください」

「メロディ……」

ずっとテラスでお茶会をしていたせいか、ルシアナの髪は風に揺れて少し乱れたようだ。

主の髪を梳《と》くのはメイドの仕事のひとつだが、領地では使用人も含めて皆が忙しく、こうやってルシアナの身支度をきちんと整えてくれるのはメロディが初めてだった。

だから、ルシアナが嬉しくてメイドに突進するのは仕方のないことなのだ！（byルシアナ）

「ありがとう！　メロディ！」

「きゃあああああ!?　メイドに抱き着いてはいけません、お嬢様！」

「だって嬉しいんだもん！　お茶会が成功したのはメロディのおかげだよ。ありがとう！」

二週間前、ベアトリスとミリアリアがこの屋敷を訪れた時、ここは確かに幽霊屋敷で、ルシアナは磨けば光るのにそれができない『もったいない系残念美少女』だった。

それら全てを改めたのがルシアナの言葉通り、ここにいるメイドのメロディなのである。

「分かりましたから離れてください！　ご令嬢が突進して抱き着くなんてはしたなさ過ぎますよ！」

「ふふふ、よいではないか、よいではないか。減るもんじゃなし」

「どこでそんな言葉覚えてきたんですか⁉」

嬉しさのあまり暴走するルシアナはいくら注意しても止まらなかった。しばらく困惑していたメロディだが、とうとうその口調が一気に冷たいものへと変貌する。

「……ダメですね。これはもう、淑女教育のやり直しですね」

「きゃあああああああ！　ご、ごめんなさい！　それだけは勘弁して！」

唐突にメロディを解放するルシアナ。両手を上げてホールドアップ。額から冷や汗が垂れる。

ルシアナを見つめるメロディの瞳がキラリと光る。ルシアナの心臓が震えた。

「だ、大丈夫よ！　公式の場ではちゃんと教育通りにやってみせるから！　だからもう許して！」

「……本当ですね？」

ルシアナは何度も首を縦に振った。思い出されるメロディの淑女教育……再教育などとんでもない！　されてたまるかこんちくしょう！

「……畏まりました。とりあえず御髪を整えましょうか」

「う、うん！」

再教育が撤回されてほっとしたルシアナは、メロディとともに自室に戻るのであった。

メロディに髪を梳かれながら、ルシアナは以前から疑問に思っていたことを尋ねてみる。

「メロディはどうしてうちで働く気になったの？　正直、あなたなら引く手あまたでしょう？」

ルトルバーグ家王都邸の使用人はメロディ一人。本来なら十数人でこなす仕事を彼女は一人で完璧に遂行していた。それは凄いことだが、だからこそもっと待遇のいい働き口があったはずだ。

「ふふふ。全ての仕事を任せていただけるからですよ、お嬢様」

不思議そうに首を傾げるルシアナに、メロディは笑顔で応えた。

「私、メイドの仕事を全て経験したいんです。王城などでは仕事が分担されてしまいますから。でも、こちらでならあらゆる仕事は私のもの。こんなに素敵な話はそうそうないと思いませんか？」

「す、素敵……なのかしら？」

「もちろんです！　大好きなメイドの仕事を全部できるんですよ？　こんなに素晴らしいことはありません。メイドをするなら全ての業務を任される『オールワークスメイド』一択ですね！」

まるで恋する乙女のように頬を赤らめるメロディに、ルシアナは曖昧《あいまい》な笑みを返す。

「そ、そうなの……？」

……だって、なんて答えていいか分からなかったんだもん！

ルシアナがそっと視線を外す中、メロディの心は情熱に燃えていた。

（せっかく生まれ変わったんだもの。今度こそ本物のメイドとして生きてみせるわ。空の上から見ていて、お母さん。私、絶対に『世界一素敵なメイド』になってみせるから！）

メロディの大いなる決意を知る者は、今はまだ誰もいない。

これは没落令嬢のサクセスストーリー……ではなく、令嬢の傍《かたわ》らに佇むメイドの物語である。

メイドになりたかった少女

世界はモノクロでできている——当時、瑞波律子《みずなみりっこ》という少女は本気でそう思っていた。

裕福な家庭に生まれた律子は、心優しい両親のもとで何不自由のない生活を送る。才能にも恵まれ、たった六歳で既に大人顔負けの知識を有してしまった。

また、彼女は芸術面にも優れていた。匿名で出した絵画はまさかの金賞を取り、初めて手にした楽器は一時間もあれば使いこなし、歌を歌えば鳥が寄ってきて聞き入る始末。

パソコンのプログラミングなどお手の物、救命救急もお任せください、子供が大人を倒す方法を教えましょう……詰まるところ、瑞波律子は人類史に残るくらいに、規格外な天才だった。

だがそれゆえに、律子は世界への興味をだんだんと失っていくことになる。

何をやらせても人並み以上にできてしまう彼女は挫折を、そして苦難を知らない。ゆえに達成感も得られない。称賛は与えられて当然で、気が付けば褒められても何も感じなくなっていた。

同年代に競争相手などいるはずもなく、それで優位に立ったところで何だというのか。もちろん現時点で彼女よりも優れた人間はたくさんいる。だが、それらは皆律子よりも随分《ずいぶん》と年嵩の者達であり、勝てなくて当然の相手だった。負けたところで悔しくもない。

なまじ知識を有していたがために、六歳ながら律子は大変理性的な少女として育つ。疑問も不満も喜びも悲しみも、全ての想いが彼女の心の中だけで完結していき、次第に世界は色褪《いろあ》せていく。

彼女の心のフィルターを通して見る世界からは、いつしか色彩が失われていった。

モノクロ映画のような色のない世界は、子供には少々面白みに欠ける。

――私はこんな寂しい世界を生きていかなければならないんだ。

当時の律子はそんなことを本気で考えていた……何というか『傲慢《ごうまん》』の一言に尽きる。

少々人より優れている人間は、他人と自分を比較して優越感に浸ることがある。自身より劣る者には居丈高《いたけだか》になり、高慢な態度を取る。

才能が溢れまくっていた律子は、なんと世界に対してそんな姿勢を見せた。自分と世界を比較して、世界が自分よりも劣ると無意識に判断したのだ。でなければ世界が色褪せるはずもない。

……井の中の蛙《かわず》大海を知らず。どんなに知識を持っていても、律子はまだ六歳の少女。世界の本当の広さも、奥深さもこれから知り、学んでいくのだ。

そして彼女は、割と早い段階でその事実に気が付くことができた。


その日、律子は両親とともにちょっとしたパーティーに参加していた。主催者は父親が仕事の関係で知り合った英国紳士《しんし》。一代限りの男爵位を持つ貴族だそうだ。

催されたパーティーというのは大規模なお茶会のようなもので、英国紳士の住まいである小高い丘に建てられた大きな洋館の庭園で執り行われ……そして、律子は出会った。

色のない世界の中で、鮮やかな白と黒のコントラストを輝かせる美しくも不思議な存在に。

「いらっしゃいませ。ようこそお越しくださいました」

律子達が座るテーブルにワゴンを運んでやってきたのは、黒いドレスに白いエプロンとキャップを身に着けた金髪の外国人女性だった。流暢《りゅうちょう》な日本語で挨拶をすると、彼女は背筋を伸ばしたまま柔らかい物腰でそっと膝を曲げた。律子は後にそれが『カーテシー』と呼ばれる挨拶だと知る。

女性は律子達に本日用意した茶葉やミルクの種類などを分かりやすく説明すると、それぞれの好みに合わせて紅茶を淹れてくれた。テーブルには他にも招待客がいるので、女性はそちらへも準備をして回る。律子は女性の後ろ姿をじっと見つめていた。

「……おかあさん、あのきれいな人はだーれ?」

「綺麗な人? ああ、あれはメイドさんよ」

「……メイド」

六歳にして多くの知識を持つ律子だったが、メイドと呼ばれる存在を知るのはこれが初めてだった。彼女の知識は学問に偏っており、英国の歴史は頭に入っていてもそれは年表のようなもので、そこで生活する人々の具体的な習慣までは頭に入っていなかったのである。

父親の説明によれば、英国紳士が雇ったパーラーメイドと呼ばれるメイドらしい。接客を担当するメイドで、今回のパーティーのために自国から呼び寄せたそうだ。

説明を聞きながらも、律子はじっとメイドを見つめ続けた。するとそれに気が付いたのか、女性と律子の目が合う。なんとなくばつが悪くなり焦ってしまった律子とは対照的に、メイドの女性は優しげで朗らかな笑みを律子に届けた。

――律子の心の中で、何かが弾ける音が聞こえた。

色を失ってしまった律子の視界に、メイドの白と黒は本当によく映えた。それは色褪せたがためではなく、メイドが本物の白と黒を纏っていたからかもしれない。

だが、そんなことはどうでもよかった。モノクロな世界であることは変わらないはずなのに、メイドという存在は律子に強烈な印象を与えたのである。

「……とってもきれい」

「――？　まあ、確かに綺麗な人ね。あら、あなた。何を見とれているのかしら？」

「いやいや、そんなわけ……ないよ？」

「ふふふ、帰ったら、分かってるわね？」

「いやいや！　嘘じゃないよ!?　信じて、可愛い僕の奥さん！」

話としてはたったそれだけ。白いエプロンを纏った黒いドレスの女性が、律子に優しく微笑んだだけ……だがそれは、律子にとって世界の色彩を取り戻す大きなきっかけとなった。

「メイド……女性の家事使用人。特にメイドが栄えたのは十九世紀後半の英国、ヴィクトリア朝時代。キッチンメイド、ハウスメイド、パーラーメイド……仕事は多岐《たき》に渡る」

興味を持った律子はメイドについて調べ始めた。律子の溢れんばかりの才能が、メイドに傾けられていく。まずは知識を。メイドの歴史。由来から現代に至るまで。メイドの技術は独学で学び、器用な手先を利用して子供用のメイド服を作ってみたり、自宅でメイドの真似事をしてみたり。

両親は喜んだ。最近、何をやっても楽しそうにしなかった娘が、自ら興味をもって何かに取り組む姿は親としてとても嬉しいものであった。だから娘が何をしようと止めはしなかった。

ある日、律子は映画を見た。タイトルは『深窓の姫君の悲恋』。

昔の英国貴族の話を題材とした映画で、蝶よ花よと育てられた箱入り娘の貴族令嬢が、偶然知り合った平民の青年と恋に落ちる物語。最終的に身分差ゆえに二人が心中してしまうバッドエンド。

この映画を見た観客達は二人の悲しい結末に涙していた。そして律子もまた涙を零《こぼ》す。

周囲の観客、そして両親には、子供には難しい内容なのに感受性の豊かな子だ、などと思われていたのだが、律子はそんな視点でこの映画を見てはいなかった。

（すごい。お姫様が色々と頑張ってるけど、それを支えているのはやっぱりメイドなんだわ）

ヒロインの貴族令嬢はその人柄もあって、仕えているメイド達からも大層慕われていた。

もちろん、主役は令嬢なのでメイドのシーンはほとんど描かれていない。だが、メイドの何たるかを勉強した律子には、ヒロインの背後で活躍する彼女達の奮闘《ふんとう》ぶりが容易に想像できた。

瑞波律子、六歳。花より団子。恋よりご奉仕な、メイドジャンキーへと彼女は成長していく。

類《たぐい》まれな学習能力は遺憾《いかん》なく発揮された。メイドを起点に色々なものに興味を示し、メイドに関係するならばと学業以外にも精を出す……建築学や機械工学、天文学に生命科学……どのへんがメイドと関係しているのかは、ちょっとよく分からないが。

大学生になった頃から、律子は本格的にメイドへの憧れを強めていった。

――本物のメイドになりたい。

だが、それはなかなか難しい話だ。少なくとも日本国内での実現はほぼ不可能だろう。過去の身分制度が失われてしまった現代では雇用形態も異なり、本来の意味でのメイドと呼ばれる職業は既に失われているのだ。今となっては家事代行業のような仕事がメイドの代わりとなっている。

だが英国ならどうだろう？　律子の脳裏に、あの時出会った金髪のメイドの姿が思い浮かぶ。

……英国になら律子の望むメイドに近いものも残っているかもしれない。

彼女が英国への留学を決意するのにそれほどの時間は必要なかった。というか即決だった。

「お父さん、お母さん。私、メイドになるために英国へ留学します！」

「おお、そうか。ビッグ・ベンが観光名所らしいぞ」

「律子ちゃんは本当にメイドが好きねぇ。楽しんできてね」

ぽややん系両親も即答だったという……両親は後にそれを後悔することとなる。

律子が留学のために英国へ向かったのは彼女が二十歳になってからだった。両親の手は借りず、自力で留学資金を貯めたのである。


両親に別れを告げて、律子は飛行機に乗った。窓側の席に着いて出航を待っていると、一組のカップルと思わしき男女が律子の隣の席に着く。

「すみません。隣、失礼します」

「ちょ、美人さんの隣は俺に譲るべきじゃね？　こんにちは！」

「あんたは黙ってなさい。ごめんなさい」

日本人のカップルらしい。見た目は自分と同じくらいか少し下だろうか。

「ふふふ、大丈夫ですよ。どうぞ」

しばらくして、飛行機は空へと旅立った。日本から英国まではおよそ十二時間強。それまで退屈だった三人は、同じ日本人ということもあり気が付けば談笑を始めていた。

「へぇ、あなた達、高校生なの。それにしても高校生のカップルの海外旅行だなんて、よくご両親が許可してくれたわね。もしかして公認なのかしら？」

「「カップルじゃありません！」」

二人が息ぴったりに律子の言葉を否定する。律子は思わずクスリと笑ってしまった。

「ふふふ、でも、とっても仲がいいみたいだけど？」

律子がそう言うと、朝倉杏奈《あさくらあんな》と名乗った少女が眉間《みけん》にしわを寄せながら何度も首を横に振った。

「こんなのとカップルだと思われるなんて心外過ぎます。絶対にお断りです！」

「それはこっちのセリフなんだけど!? 俺だってカップルになるなら律子さんみたいな可愛い人の方がいいに決まってるし！」

栗田秀樹《くりたひでき》と名乗った少年も、心底嫌そうな顔で律子の言葉を否定した。だが、律子からすればそんな二人の行動もやはり息ぴったりで、どうしても言葉通りに受け止めることができない。

「それじゃあ、どうして二人で英国旅行をすることになったの？」

「正確には二人じゃないんですよ。ツアーなんです、これの」

そう言って杏奈が取り出したのは何かのゲームソフトだ。銀髪の少女を五人の男性が囲んでいるキラキラしたイラストが描かれている。

「これ、私達女子中高生の間で人気のゲームなんですけど、なんと特別初回版のプレゼント企画で英国の名所巡りツアーっていうのがあったんです。その限定十名に当選したんですよ。だから席は離れてるんですけど、一応顔見知りになったゲームのファン友達が一緒なんです」

「俺はこいつの付き添いなんすよ。本当は妹が一緒に行きたがったんですけど、さすがに未成年の女二人旅なんてさせらんねえし、かといってこいつの両親もスケジュール合わないしってことで、俺が駆り出されたんす。俺とこいつ、いつもこんな感じなんで安全認定されちまってて」

秀樹はトホホとでも言いたげに乾いた笑みを浮かべた。

「そうなの。それじゃあ、秀樹君が杏奈さんの騎士様ということね」

「「ないない！」」

この二人、本当に息ぴったりである。手を振って否定する仕草まで揃っていた。

やはりおかしくなって律子は笑ってしまう。

恋よりメイドな律子には、二人の本当の関係がどんなものなのか正確に理解することはできなかったが、やはり仲がいいことに変わりはないのだろうなと思った。

何時間か経って飛行機の中が暗くなると、三人はブランケットを被って仮眠に入った。

目が覚める頃には英国の空だ。三人は期待に胸を膨らませて夢の世界へ旅立つ。

だが、彼らが英国の地に足を踏み入れる日は終《つい》ぞ来なかった。

その後、律子達を乗せた飛行機は行方不明となり、六年経った現在も見つかっていない……。

少女の目覚めはメイドとともに

「……おかあさん、あのきれいな人はだーれ？」

少女セレスティが指差したのは、黒いドレスに白いエプロンとキャップ姿の年頃の女性だ。

母セレナは娘の質問に内心で首を傾げた。特別綺麗とは思えないが、とりあえずあれは――。

「綺麗な人？　ああ、あれはメイドさんよ」

「……メイド？　……あっ」

その瞬間、雷に打たれたようにセレスティの脳裏を様々な情報が駆け巡る。

（――私……メイド……飛行機……名前……私の名前は……瑞波律子！）

セレスティは過去の記憶を取り戻した。前世でメイドをこよなく愛していたこと。英国へ留学するために飛行機に乗り……それが乱気流によって海の藻屑《もくず》となって消えてしまったこと。

瑞波律子はその事故で死んでしまったこと……愛する両親に別れの言葉ひとつ言えずに……。

「セレスティ？　どうしたの？　どこか痛いの？」

「――え？　あ……」

セレスティは泣いていた。慌てて涙を拭う。

「んーん、なんでもないの。目にゴミが入っただけ」

「そう。じゃあ、そろそろ帰りましょうか」

「うん！」

新しい母セレナに手を引かれ、セレスティは家路につく。前世の両親に心の中で謝りながら。

セレスティ・マクマーデン。それが律子の今世での名前だ。年齢は六歳。家族構成は母セレナと自分の二人だけ。父親はいない。ブラウンの髪と瑠璃《るり》色の瞳を持つセレナに対し、セレスティは銀の髪と瑠璃色の瞳を有している。おそらくだが、銀髪は父親からの遺伝だろう。

さて、どうやら瑞波律子はセレスティとして生まれ変わったようだ……異世界に。

そう結論付けた理由はいくつかある。一つは彼女が住まうこの地の名前。テオラス王国西方にあるアバレントン辺境伯領の小さな町アナバレス。律子の記憶の中にそんな地名は存在していない。

次に気になったのはアナバレスの街並みだ。中世ヨーロッパを思わせるレトロな雰囲気を醸《かも》し出していながら、この世界のトイレは基本的に……水洗だった。

レバーを引けばジャーっと流れていくのだ。おかげでアナバレスの町は清潔である。

中世ヨーロッパといえば、排泄《はいせつ》物を路地に投げ捨てるのが一般的だったというのに……ひっ！

下水道は見当たらず、飲料水は井戸から確保しているという技術的アンバランスが謎過ぎた。

その答えが、セレスティがこの世界を異世界と判断した最大の理由――魔法である。

「優しく照らせ『灯火《ルーチェ》』」

セレナの指先に優しい光が灯る。燭台《しょくだい》にその光を添えると、蝋燭《ろうそく》は火ではなく光を灯した。

この世界には魔法が存在するのだ。最初は手品かと思ったがそうではないらしい。

水洗トイレも魔法が関係している。この国の建国よりもずっと昔にどこかの魔法使いが考案した太古の技術らしく、この世界の人間にとってトイレといえば水洗が当たり前のようだ。

魔法の才能の有無は五歳頃に町の教会で判定されるのだが、セレスティには才能がないらしい。

「魔力の気配は感じます。ですが、魔法を発動させるには『何か』が足りないようです」

そう告げられて当時のセレスティは残念がっていたが、今となってはどうでもよいことだ。

(だって私はメイドになるんだもの。別に魔法が使えなくても困ることなんてないわ)

幸いなことに、この世界ではメイドは現役の職業だ。この機を絶対に逃すわけにはいかない。

久しぶりに世界が色彩で満たされていく高揚感に、心が躍った。

「あら、今日のセレスティはご機嫌ね。何かいいことでもあったのかしら?」

「うん!　でも、ひみつなの!　その時が来たら教えてあげるね!」

「あらあら。なら、楽しみにしているわね」

「うん!」

今の彼女はおそらく肉体に精神が引き摺《ず》られているのだろう。

幼い少女らしく、とっておきの秘密を手に入れたことを純粋に楽しんでいた。

どのみち、今言ったところでまだ六歳の身ではメイドになることなどできはしない。この世界では十五歳で一応成人という扱いになる。仕事に就くのはおそらくその時だろう。

母にはその時に伝えればいい……当時のセレスティはそう思っていた。

別れは突然やってくることを、前世で学んでいたはずなのに……。


「お母さん！　お母さん！」

「セレスティ……ごめんね。手紙が……あるから、読んで……ちょうだ、い……――」

「お母さああああああああん！」


セレスティが十四歳の時、町で流行した高熱病により母セレナは帰らぬ人となってしまった。

悲しみに暮れつつも葬儀はしめやかに行われ、セレスティの孤独な生活が始まったのである。

前世と今世、二度に渡る両親との死別はセレスティの心を深く傷つけた。

死に際に母が告げた手紙の存在も、メイドになる夢すら思い浮かばないほどに――。

彼女がそれを思い出したのはほんの偶然。セレナが亡くなって半年ほど経ったある日、たまたま家の前を通る郵便屋さんの姿を目にしたことがきっかけだ。

慌てて母の部屋に駆け込んだセレスティは、ベッド脇のチェストから一枚の便箋《びんせん》を見つけた。


『愛するセレスティへ』

あなたを残して先に逝《い》く私をどうか許してちょうだい。

もっとあなたと一緒にいたかった。成人して、メイドになったあなたを祝福したかったわ。

驚いた？　でもね、セレスティの秘密なんてお母さんにはお見通しだったわよ。

私に隠れてカーテシーの練習をしていたことも知ってるんですからね。とても優雅だったわ。

あなたはきっと素敵なメイドになれるでしょう。……実はね、私も昔はメイドをしていたのよ。

でも気を付けてね。華やかに見えてもメイドの世界は危険と隣り合わせ。

貴族に仕えるなら特にね。あなたの父親の名前はクラウド・レギンバース。

当時彼は、伯爵家の跡取り息子だったわ。もう彼が爵位を受け継いでいるんじゃないかしら。

私と彼は本当に愛し合っていたの。でもね、身分差はどうすることもできなかった。

彼の父親、当時の伯爵様に私達の関係が知られて、私は暇《ひま》を出されたの。

あなたを身籠《みごも》ったと知ったのはその後。

だからお父さんはあなたが生まれたことを知らない。あの人を責めないであげてね。

セレスティ、あなたには二つの選択肢があるわ。

ひとつはお父さんのもとへ向かうこと。

あなたの銀髪は父親ゆずりのものだからきっと信じてくれるわ。とても珍しい色だもの。

でも、そうなればあなたは伯爵令嬢となる。メイドになることは諦めなければならないわ。

そしてもうひとつはもちろん、メイドを目指すこと。

私としては彼に会ってあげてほしいとも思うけど、あくまで決めるのはあなたよ、セレスティ。

私はあなたの意志を尊重します。あなたの想いに従いなさい。

でもそうね、どうせメイドを目指すなら『世界一素敵なメイド』になってちょうだい。

あなたのこれからの人生を、ずっと見守っているわ。

愛しているわ、セレスティ。いずれまた、空の上で会いましょう。

でも、しっかりお婆《ばあ》ちゃんになってから来るのよ。でないと許さないいんだから。絶対よ。

『あなたの母セレナより』


便箋に涙が零れ、母の文字が滲《にじ》んだ。セレスティは涙を溢れさせながら、母に誓いを立てる。

「ありがとう、お母さん。私……メイドになる。お父さんが気にならないわけじゃないけど、私はメイドになりたい。ずっと、ずっと前世からの夢だったの。お母さん、私、メイドになる！　お母さんの言う通り『世界一素敵なメイド』になってみせるわ！　世界で、一番の！」

それは、誰かに聞かせるためではない、自身に向けた決意の言葉。誰よりも愛する母へ、そして何よりも愛してやまないメイドへの情熱に懸《か》けて口にした、自分に対する宣誓《せんせい》にして約束。

——私は、自分のために、母のために『世界一素敵なメイド』を目指す！　いえ、なるのよ！

『……自身のため、誰かのための大いなる誓い。全てが揃った。聖なる乙女に白銀の祝福を』

突然、頭の中に不思議な声が響いた。驚いて周囲を見回すが人影は見当たらない。

そしてふと燭台が目に留まる。いつもセレナが魔法で光を灯していた燭台だ。

セレスティはどういうわけか燭台に手を伸ばし、そして——。

「……優しく照らせ『灯火』……きゃあ!?」

次の瞬間、セレナの部屋に溢れんばかりの眩《まばゆ》い閃光が放たれた。

魔法の才能がないと言われていたセレスティに魔法が使えた。それもとんでもない威力で。

ようやく気持ちが落ち着いて来ると、セレスティは自分の体内で蠢《うごめ》く不思議な力の存在に気が付いた。血管のように、神経のように体中に張り巡らされる奇妙な気配……これは……。

「これは……魔力？」

セレスティは自身の中で暴れる膨大な魔力の存在を本能的に認識した。

先程の『灯火』には、通常の百倍以上の魔力が注ぎ込まれていた。それでいて自身が消費した魔力は全体の千分の一にも満たない。セレナは一日一回しか使えなかったというのに……。

魔力とは強力な反面とても繊細《せんさい》な力だ。制御を誤れば魔力の持ち主の命を危険に晒《さら》すほどに。

この国で十指に入る魔法使い達も若い頃は制御に苦しんだそうだ。

だが、セレスティの魔力量は彼らの比ではなかった。五倍や十倍では収まらないほどの圧倒的な魔力差なのだが、比較対象のないセレスティにはそんな事実を知る術などない。

今のセレスティの魔力が暴走すれば、最悪の場合アナバレスの町など一瞬で灰燼《かいじん》に帰すだろう。はっきり言えば、十四歳の少女に扱いきれる力ではなかった。本来ならば幼い頃から少しずつ高まる魔力を制御していくはずが、セレスティは唐突に膨大な魔力に目覚めてしまったのである。

このまま放っておけば、間違いなくこの魔力は彼女から溢れ出して大暴走を引き起こす。

セレスティはこのまま魔力を自由にさせるのはまずいと、直感的に理解した。だから――。

「危ないから仕舞っとこ」

シュン！　――たった一言。セレスティは暴走する魔力を体内に押し戻した。

それは王国十指の魔法使い達が、あまりの理不尽に悶絶《もんぜつ》してしまうほどの悪夢のような魔法制御能力。セレスティは魔力に目覚めたと思ったら、次の瞬間にはそれを完全に掌握してしまった。

……人類史に残る規格外な天才は、どこに行ってもやはり天才なのである。

「優しく照らせ『灯火』」

セレスティの指先に仄《ほの》かな光が灯る。普通の『灯火』だ。どうやら魔法の制御も完璧らしい。

彼女は続いて別の魔法も試してみる。大小様々な水球を生み出し、蝋燭ほどの小さな火球を無数に浮かべて、微風を操作して部屋中の埃集めをしてみせた……全部同時に。

「魔法って凄い。こんなことまで簡単にできちゃうなんて」

……できません。複数の属性魔法の同時精密操作が、そんな簡単にできてたまるものか。

この世界に、恐ろしいほどに圧倒的な世界最高の魔法使いが生まれた瞬間だった。

この力があれば、世界に君臨することすら難しくないかもしれない。それほどの力だ。

「凄いわ。これなら、これだけの力があれば……」

突如として手に入れた力に魅了され、有頂天になる者は少なくない。強大な軍事権限を手に入れて暴走する将校然り、チートスキルを持って転生し、ハーレム無双してしまう無節操主人公然り。

何でもできる――それは倫理観という、人間が持つ大いなる楔《くさび》を解き放つ悪魔の囁《ささや》き。

特にセレスティのような天才の思考回路は、一般とは掛け離れすぎて予測ができない。

場合によっては、彼女は世界を――。

「この魔法を使えば『世界一素敵なメイド』も夢じゃないわ！」

……場合によっては、彼女は世界を――。

「こうしちゃいられない。早速メイドのメイドによるメイドのため、じゃなくてご主人様のための『メイド魔法』の開発をしなくっちゃ！　ふふふ、これから忙しくなるわよ！」

……まあ、あれである。天才の思考回路は凡人には計り知れないものであり、セレスティのメイド愛を前には悪魔の囁きなど、全くこれっぽっちも耳に届いていなかったようである。

バカと天才はかみひと――いや、やめておこう。とにかく、メロディに元気が戻ったのだ。


「皆さん、今までお世話になりました！」

一ヶ月後、セレスティは町の人達に見送られてアナバレスを後にした。

行き先は西の隣国。目的は母を失った悲しみを晴らすための一人旅だ。

半年間のセレスティの悲嘆ぶりを知っていた住人達は、少々不安だが笑顔で彼女を見送った。

当然だが、隣国へ傷心旅行などという話は全くの嘘っぱちである。セレスティなりに考えた結果、町の人達には本当の行き先も目的も伝えないことに決めたのだ。

メイドを目指すセレスティは父親の家に入るつもりは毛頭なかった。今さら母を探しているとは思えないが、何かの間違いで娘を引き取るなんてことにでもなってはたまったものではない。

彼女が向かうのは東にある王都パルテシア。西の隣国とは反対方向に向かう予定だ。情報もなしに生まれ故郷の町どころか国まで去るのは、さすがのセレスティにも躊躇《ためら》われた。

これから彼女は、王都や隣国に向かう『定期馬車便』があるトレンディバレスの町を目指す。

町の人達と別れるとセレスティは近くの森に姿を消した。茂みに隠れて服を着替える。町の人達にも内緒で作った新しい緑色のワンピースだ。

「我が身を黒く染めよ『黒染《アンネリーレ》』」

呪文と同時に、セレスティの神秘的な銀の髪と輝く瑠璃色の瞳が黒く染まった。

「よし、問題なし。さすがは『メイド魔法』ね」

人間の目は光の反射具合から物質の色を識別する。物質に光が当たると特定の色の波長はその物質に吸収され、残った色の波長が反射されるのだ。例えばりんごは青緑系の色の波長を吸収し、それ以外の色を反射するため、赤色に見える。

セレスティはこの光の特性を利用し、髪と目の光の吸収・反射具合を制御することで周囲から黒く見えるように調整したのである。

……物質の色は光源の種類や物質の個体差などによっても見え方が常に変動するというのに、どうやってそのあたりを調整しているのだろうか。全く持って謎である。

考えただけで頭が痛くなりそうな計算と魔力制御が必要だが、セレスティは大体直感でそれを成し遂げていた……これだから天才は困るのである。凡人はやってられないのである。

髪と目の色を変え、服装まで変えた今のメロディは印象も変わって別人のようだ。

神秘的だった銀髪と瑠璃色の瞳から一転。胸元まで長い黒髪と黒い瞳に、森のような緑のワンピースを纏う姿は神秘的というよりは可憐《かれん》で、そしてどこか落ち着いた雰囲気を醸し出していた。

「これなら誰も私がセレスティだとは思わないでしょう」

町の住人に偽りの行き先を告げた以上、元の姿のまま王都行きの馬車に乗るわけにはいかない。

写真などの記録媒体のないこの世界において、容姿の特徴の代表ともいえる髪と目の色が変わってしまえば、早々見つかることはないだろう。黒髪や黒目の人は町でも見かけていたので、変に目立つことはないと思われる。やはり元日本人としては落ち着く色合いだ。

「確か王都行きの馬車便が出るのは二日後だったはず。町に着いたら確認しておかなくちゃ」

ボストンバッグを持って、メロディは走り出した。今度こそトレンディバレスに行くために。

ちなみに、黒髪の人間も黒目の人間も確かにそれなりにいるが、黒髪黒目となると実はかなり珍しかったりする。小さな町で生まれ育ったセレスティはそんな事実を知る由もなかった。

銀髪の少女セレスティと黒髪の少女メロディ

セレスティが町を去って二日後、アナバレスの町長のもとに二人の客人が現れた。

旅装束を身に纏っているが、その物腰や雰囲気は庶民のものとは思えない。

真面目そうな表情の紺色の長髪の男と、短い赤髪の男の二人。特に赤髪の男は少々眠そうな目つきをしているが、金色の三白眼が睨《にら》んでいるようにも見えて、町長は少しばかり緊張していた。

話を切り出したのは紺色の髪の男である。

「突然の訪問失礼した、町長殿。私の名はセブレ。そして彼の名はレクトと申します」

彼らはレギンバース伯爵家に仕える騎士だと名乗った。町長の喉がゴクリと鳴る。

レギンバース伯爵といえば国王からの信頼も厚く、若くして宰相《さいしょう》補佐に任じられた重臣の一人だったはず。そんな大物の騎士が、他領のこんな小さな町に一体どういった用向きで来たのだろう。

「実は、内密の話なのですが……私達は伯爵閣下のご命令でとある人物を捜索しているのです」

セブレと名乗った男は、胸元から手の平サイズの小さな額縁を差し出した。そこにはブラウンの髪の美しい女性の肖像画が描かれている。町長はその姿絵に目を奪われた。この女性は……。

「……セレナ？」

「ご存知なのですか⁉」

「え、ええ。絵の方が少し若いようですが、この顔はセレナで間違いないかと」

「とうとう、とうとう見つけた！　ようやく閣下に朗報をお伝えできる！」

セブレは興奮気味に立ち上がった。その顔は喜びに溢れている。レギンバース伯爵領は王都に近い。随分と長い旅をしてきたのだろう。だからこそ、町長はばつが悪そうに俯いてしまった。

「……どうした？　何かあるのか、町長？」

様子のおかしい町長に気付いたレクトが静かに尋ねる。セブレも平静を取り戻して尋ねた。

「……町長殿？」

「あ、あの……セレナは……死にました」

「——なっ⁉」

「半年ほど前のことです。町で高熱病が流行し、彼女は病に倒れ亡くなってしまいました」

セブレは全身の力が抜けてしまったように、ソファーに腰を落とした。

「あの、失礼ながら、伯爵様はなぜセレナをお探しなのでしょうか？」

町長の質問にはレクトが答えた。今のセブレにはとても答えられそうにない。

「……一応、内密に頼むぞ。伯爵閣下とセレナ様は昔、恋仲だったそうだ。だが、身分差ゆえにお二人は前伯爵様に引き離されてしまったらしい。五年前に前伯爵様が亡くなり、閣下が爵位を受け継いだことでセレナ様の捜索が開始されたのだが……どうやら何もかも遅かったようだ」

町長は目を見開いて驚愕する。それはセレナと伯爵の悲恋を知ったことに対してではなかった。

「なんと⁉　ではセレスティは……」

「セレスティ？　誰のことだ？」

「セレナの娘でございます」

「「娘⁉」」

町長から齎《もたら》された思いがけない情報に、セブレとレクトは声を張り上げた。

「セレナ様はご結婚されていたのですか？」

町長は頭を左右に振ってセブレの言葉を否定した。

「結婚はしていないのですか？　では娘とは…………まさか⁉」

「彼女がこの町に来たのは今から約十三年前。その時には既にセレスティを抱いておりました」

「と、年は⁉　容姿は⁉　どのような娘なのですか⁉」

「今年で十五歳になります。母親譲りの瑠璃色の目が愛らしい少女です。あの子が歩くたびに煌めいて揺れる銀の髪は、本当に美しかった」

「「銀の髪！」」

セレナの髪はブラウン。ならば娘セレスティの髪は父親から引き継いだことになる。

この国で銀髪は大変珍しい。ということは、セレスティという少女の父親は……。

「セレスティ様はどちらにいらっしゃるのですか？　すぐにお目通りを！」

「彼女は母を失った悲しみを癒《いや》すために、一人旅に出てしまいました。西の隣国へ行くそうです」

「何だって⁉　いくら友好国とはいえ女性の一人旅など危険ではないですか！」

「私どもも止めたのですが、結局意志を変えることはできませんでした。隣国へ向かう定期馬車便は二日前に出ております。おそらく既にトレンディバレスを出発した後でしょう」


セブレとレクトはすぐに町長宅を後にし、セレスティ捜索に向けて行動を開始した。

「私はこのまま隣国へ行き、お嬢様を追いかける。レクトは伯爵閣下に報告を頼む」

「……少々気が重いが、しないわけにもいかないな。了解だ。そちらは任せたぞ、セブレ」

「ああ！」

セブレは馬に跨《またが》り、颯爽《さっそう》と西に旅立っていった。レクトも馬を引いて王都へ続く街道へ向かう。

その途中、一人の少女が彼の目に留まった。ボストンバックを抱えた小柄な黒髪の少女だ。

真新しい緑色のワンピースに身を包み、周囲を不安げにキョロキョロと見回す姿は、いかにも旅慣れていない様子で少々心配になる。

だからなのか、それともこれは運命だったのか……レクトは少女に声をかけた。

「迷子か？　お嬢さ……ん」

振り返った少女の姿に、レクトは息を呑む。ただ、美しいと思った。

艶やかな濡羽《ぬれば》色の髪に、黒真珠のような大きな瞳。幼いながらも整った顔立ちは、少女と女性のちょうど境界のような儚さがあり、レクトの胸の鼓動《こどう》を跳ね上げさせた。

「あ、あの、王都行きの定期馬車便乗り場が分からなくて……」

「あ、ああ。それなら向こうだ」

レクトが指差した先には『定期馬車便　王都方面行き』の看板が立っていた。

「あ、本当だ！　教えてくれてありがとうございます。助かりました」

少女は満面の笑みを浮かべて一礼すると、定期馬車便の方へと駆けていった。

「……一人旅だろうか。国営の定期馬車便なら安全だとは思うが……」

少女の姿はすぐに人混みに消えてしまった。先程の少女の無防備な笑顔を思い出す。

少々不安だが、任務がある以上いつまでもこうしてはいられない。

「……帰るぞ、王都へ。伯爵閣下に報告を急がねば」

レクティアス・フロード、二十一歳。王都へ向かう定期馬車便が出発する前に、彼は旅立った。

ちらりと王都行きの馬車を見たが、少女の姿を窺《うかが》うことはできなかった。

一度大きなため息を吐くと、レクトは気を引き締めなおし、改めて前を向くのだった。

国営事業『定期馬車便』。今から約七年前に始められた、個人の長距離移動を支援する公共交通機関である。あらかじめ発着日時と運賃が設定され、夜営や宿泊施設、護衛の手配まで国が負担してくれるという、なんともありがたい移動手段だった。

「本当に助かりますよね。これがなかったら私、徒歩の旅でしたもん。個人で馬車を借りる予算なんてありませんでしたから。それで、これを考えたのが今の王太子様なんですか？」

「事業が始まったのは七年前だけど、提案したのはさらに一年前らしいよ」

「王太子様は確か私と同い年だから……当時六歳！　……世の中には凄い人がいるものですねぇ」

「ふふふ、そうだね」

「面白いお話をしてくれてありがとうございます、マックスさん」

「いやいや、俺も君と話せて楽しいよ、メロディ」

王都へ向かう馬車の中、セレスティは同乗している少年、マックスとの会話を楽しんでいた。名前をセレスティから『メロディ・ウェーブ』と改めて。

この偽名は前世の名前から取ったものだ。律子の『律』から旋律を表す『メロディ』を。瑞波の『波』からそのままの意味で『ウェーブ』を使い、メロディ・ウェーブと名乗ることにしたのだ。

旅はおよそ十日を予定しており、今日は三日目。馬車の旅は順調に進んでいる。むしろ大変だったのは初日だ。まさか、定期馬車便の乗り場の場所が分からず迷子になってしまうとは。

途中で声を掛けて道を教えてくれた赤い髪のお兄さんには大感謝である。

「それにしても、この馬車の御者はどういう腕をしているんだろう。凄いな」

メロディの隣でマックスがポツリと呟いた。その横顔は同乗する他の女性客を魅了している。年齢はメロディよりひとつ年上の十六歳。中性的な美しい顔立ちで、後ろで結んだハニーブロンドの髪と、優しげなエメラルドグリーンの瞳が女性の注目を集めていた。

「何がですか？」

「この馬車だよ。全く揺れていない。このあたりの街道はまだ整備が不完全なはずなのに」

馬車の外は未舗装の土の道路だ。古く凝り固まった轍《てつ》の跡や大小様々な砂利が散見できる。

この状況で馬車が揺れないとはどういうことなのか。マックスは不思議でしょうがなかった。

「……本当に酷い道でしたもんね。あ、そろそろ掛け直さないと。揺れることなかれ『大地水平《オリゾンターレ》』」

自動車の必須部品サスペンションをご存知だろうか。段差を走る際の上下の衝撃、ブレーキを掛ける際の前後の衝撃、方向転換する際の左右の衝撃を緩和するという重要な役目を持っている。

中世ヨーロッパ風世界の馬車にサスペンションが搭載されているかというと、答えは『否』だ。

一日目はよかった。アバレントン辺境伯領の街道は有事に備えてほぼ完ぺきに整備されていた。

だが辺境伯領を越えた二日目。そこからは地獄、ある意味カルチャーショックだった。

辺境伯領を出た途端、未舗装の街道が続いたのである。

ガタガタと揺れ続ける馬車。そして当然のように、メロディは車酔いになった。

（ま、まずいよぉ。このままじゃ乙女の尊厳が……うっぷ）

だからメロディはこっそり魔法を使った。サスペンションを魔法で代用したのである。

重力などを操る力属性魔法により、馬車の内部に伝わる全ての衝撃を吸収することで荷台を水平に保つ魔法を展開したのだ。外から見れば普通の馬車だが、その内部は静かなものである。

もはや原理は不明だが、車酔いをどうにかしたいだけのメロディにはどうでもよいことだった。


十日後、定期馬車便は予定通り王都パルテシアに到着した。

「いやあ、あんたの腕は大したもんだ。いい旅だったよ、ありがとうな！」

「へ、へぇ。ありがとう、ございます？」

メロディの魔法によって馬車の内部は揺れなかったが、御者台は別だ。御者にとってはいつも通りの旅であり、乗客達がなぜ自分を褒めたたえるのか、さっぱり理解できなかった。

馬車を揺らさない腕利きの御者として彼は……今後苦労しそうである。

そんな御者の悲運など知る由もないメロディは、マックスと別れの挨拶をしていた。

「メロディはメイドになるんだよね。それなら商業ギルドへ行くといいよ。紹介状を必要としない中流層の使用人の斡旋《あっせん》もしているはずだから」

「教えてくれてありがとうございます、マックスさん。行ってみますね」

「とても楽しい旅だったよ。ありがとう、メロディ」

「いいえ、私も楽しかったです。それじゃあ、また。さようなら！」

メロディは大きく手を振りながら満面の笑みを浮かべてマックスに別れを告げた。軽快に駆ける彼女の後ろ姿をマックスは微笑ましそうに見つめる。

「……うちで雇えればよかったんだけどな。まあ、でも、父上が許さないか」

メロディの姿が見えなくなると、マックスは後ろを振り返った。

「待たせたね」

「おかえりなさいませ、マクスウェル様」

いつの間にいたのか、マックスの背後に執事風の男が立っていた。男は恭《うやうや》しく一礼すると、マックスを豪華な馬車へと案内する。

「首尾はいかがでしたか」

「まあまあかな。さて、それじゃあ我が家に帰ろうか。西方面の街道整備の状況についての報告書を、王太子殿下に提出しなければならないからね」

「その前に、旦那様が今度の春の舞踏会のエスコート相手について相談をしたいそうですが」

「誰かをエスコートするつもりはないよ」

「ですが、宰相閣下の御嫡男たるマクスウェル様がいつまでも一人で舞踏会にいらっしゃるのは少々体裁が悪いかと存じます」

「……不要だよ。本当に誘いたい相手ができたらエスコートするさ」

マクスウェルこと、テオラス王国宰相の嫡子マクスウェル・リクレントスは、この馬車よりもさっきまで乗っていた馬車の方が乗り心地がよかったな、などと考えながら家路につくのだった。

ルトルバーグ家のメイド、メロディ誕生

商業ギルドは国営の商業支援組織だ。情報公開や融資などの支援制度がある便利な機関だが、それを受けるには年会費を支払ってギルド会員になる必要があり、低所得者には無縁の存在だった。

だが約六年前、商業ギルドは非加入者向け支援制度を開始した。そのひとつが『職業斡旋制度』である。要するに非正規雇用の募集情報の一括管理だ。これにより縁故を持たない者でも仕事を探すことが容易になり、今では多くの者達が利用している。

「これも王太子様が考えたんですか？　本当に凄い方なんですねぇ。じゃあ、このギルドでは王太子様が一番人気なんでしょうね！」

「あら大変。今のセリフ、国王陛下にはとても聞かせられないわ。ふふふ」

「そうですね、ふふふ」

商業ギルドを訪れたメロディは軽い世間話を挟みながら、受付で仕事の相談をしていた。

「では、あなたはメイド職を希望していて紹介状はない。これで間違いありませんか？」

「はい、そうです」

「でしたら紹介状不要の使用人の求人掲示板があるので、まずはそちらを確認してみてください」

「分かりました。ありがとうございます！」

礼を告げるとメロディは早速掲示板へ向かい、内容を確認した……のだが。

「うーん、全部短期募集かぁ。それにお仕事の内容が……」

現在募集中なのは洗濯をするランドリーメイドや屋敷の清掃を担当するハウスメイドばかり。

どの仕事も嫌いではないが、メロディとしては『世界一素敵なメイド』になるためにも、色々な仕事を経験してみたいと考えていた。あと単純に趣味でメイドの仕事は全部やりたかった。

(掃除も洗濯も料理もしたいし、身だしなみを整えたりとか、お化粧とか、もちろん接客もやりたいし、お洋服だって作って差し上げたいわ。なんだったらティータイム用に庭に東屋《あずまや》を建てるのもやってみたいわね！　新しい化粧品の開発とか、調度品の作成とか……ハァ、夢が膨らむわ)

……メロディの中でメイドという職業がとんでもない方向に美化（？）されていた。

なかなか好条件の仕事が見つからず、掲示板の前で難しい顔をしていると女性職員がこちらにやってきた。彼女は掲示板に数枚の求人用紙を貼り付けると、受付の方へ戻っていった。

「新しい求人募集？　何かいいのがあるかも！」

期待に胸を膨らませ、メロディは早速内容を確認する。全部で五枚。だが、その内容は……。

「うう、男性の使用人の募集ばっかり」

残念ながらメイドの募集ですらなかった。料理人や庭師の手伝いなど男性向けの仕事だ。

「あと一枚……あ、これは女性使用人の募集だ。あれ？　でもこれ……貴族のメイド募集？」

通常、貴族が使用人を雇う際は紹介状が必要だ。貴族は責任ある立場であり、場合によっては王族とも関わる可能性がある。つまり、その貴族の元で働く使用人にもある程度の責任と信頼が求められるのだ。その判断基準の最低条件が『紹介状』というわけだ。

だが、このルトルバーグという伯爵家の求人は紹介状不要の掲示板に張り出されていた。

「……場所は伯爵家の王都邸。定員は一名。仕事内容は……オールワークス⁉」

雑役女中オールワークスはメイドの中では最も地位が低く、使用人を多く雇う余裕のない下級貴族や平民の中流層に雇われることが多い。

貴族屋敷で働くメイド達の仕事は基本的に分担制だ。そうしないと広い屋敷の徹底した管理が行き届かないからである。台所を担当するキッチンメイド、洗濯を担当するランドリーメイド、屋敷の清掃を担当するハウスメイドなど多岐に分類される。

だが、オールワークスはその全てを担当する。貴族屋敷ほど大きな家を扱うわけではないので一人でも不可能ではないが、一番地位が低い割に最も過酷な仕事であることに変わりはなかった。

そのオールワークスを、ルトルバーグ伯爵家はなぜか求人しているのである。

普通であれば絶対にお断りだ。どれほどの仕事を言いつけられるか分かったものではない。まして紹介状不要ということは身分の低い人間でも問題ない、つまり何かあっても責任を取るつもりはないと雇用側が暗に告げているようなものなのだが……。

「これ……これよ……これだわ！　私がやりたかったのは、この仕事だわ！」

満面の笑みを浮かべながら、メロディは受付に走った。

「これをお願いします！」

「いいのがあった？　今の時期はあまり……あら？　貴族が紹介状不要のメイド募集……？」

受付嬢は疑問に思い首を傾げるが、メロディには関係のないことだ。

「あの、問題なければ早く処理していただきたいんですけど……」

「え？　ああ、そうね。少し待ってね」

少々気になるが、一応問題はない。受付嬢は急かされるままに手続きを済ませた。

「ありがとうございます！　それじゃあ！」

「頑張ってね……て、もう行っちゃった。やる気のある良い子だったわね。ルトルバーグ家の先輩メイドが面倒見の良い人だといいんだけど……あれ？　ルトルバーグ？」

どこかで聞いたことのある気がするが……どこだっただろうか？

気になった受付嬢は、求人情報担当の女性職員に聞いてみることにした。

「ねえ、このルトルバーグ伯爵家のメイドの募集なんだけど……」

「ああ、それ？　あそこの年配のメイドさん、とうとうぎっくり腰で仕事ができなくなったらしいわね。貴族なのに紹介状なしの求人なんて、ルトルバーグ家も大変よね。でもあの条件じゃなかなか新しいメイドなんて見つからないんじゃないかしら」

「ルトルバーグ……思い出した！　『貧乏貴族』ルトルバーグ伯爵家！　貴族のお屋敷なのに雇っているメイドがたった一人しかいないっていうあの……」

「今更どうしたの？　……ちょっと。顔が真っ青よ？」

あんなの、新人メイドに割り振る仕事じゃない――やらかしてしまった。受付嬢はそう思った。

彼女の心配など全く知らないメロディは、ルンルン気分で貴族街に向かった。

王都パルテシアは王城がある王族区画を中心に、貴族区画、平民区画と円状に広がっていく三層構造の巨大な城塞都市だ。

メロディが目指すルトルバーグ家王都邸は、貴族区画の中腹にあるらしい。貴族街はいわば高級住宅街。そんな中で、ルトルバーグ家王都邸は完全に異彩を放っていた……悪い意味で。

「……幽霊屋敷？」

錆《さ》び付いた門。ひび割れた石畳。自由奔放に生い茂る鬱蒼とした木々。おかげで敷地は薄暗い。正面玄関もこれまた酷い。外壁の一部は崩れ落ち、塗装もはげ、真鍮《しんちゅう》製のドアノッカーは酸化して黒ずんでいる……十数年以上まともに手入れされていないことは明白だった。

普通のメイドなら務める前に即回れ右である……普通なら、ね。

「なんてやりがいのある荒れっぷり。これは腕が鳴りますね！」

もちろん普通ではないメロディは、逃げるどころか瞳を輝かせて生き生きとしていた。

「これは是非とも雇ってもらわないと。えっと、ここは正面玄関だから裏口は……」

貴族屋敷の正面玄関を使用してよいのは主人一家とその客人のみ。使用人は裏口を利用する。

裏口に向かおうとメロディが一歩下がると正面玄関の扉が開き、一人の少女が現れた。

「とりあえず夕食の買い出しはしておかないと……あら？　あなた、誰？」

メロディと同じ年齢くらいだろうか。みすぼらしい深緑色のドレスを身に纏う少女を見て、メロディの脳裏に『もったいない』という言葉が浮かんだ。

整った容姿に、長い金髪と碧色の瞳。だが、手入れが不十分なせいで髪も肌も若々しさを失っており、せっかくの美貌が全く活かされていなかった。本当にもったいない！

（それはともかく……買い出しに行くなら私と同じオールワークスメイドかしら。でも、正面玄関から外に出るのはいただけないわ。そのあたりはきっちり注意を――て、まずは挨拶ね）

「商業ギルドのメイド募集を見てまいりました。メロディ・ウェーブと申します」

「昨日の今日でもう来てくれたの⁉　ありがとう！」

「え？　きゃ！　あの……ええ⁉」

挨拶の途中だったが、メロディは少女に強引に手を引かれ、屋敷の中に入ってしまった。

「早速食堂で話をしましょう！」

「あ、あの！　使用人が正面玄関から入るなんていけませんよ！　私、ちゃんと裏口から……」

「いいわよ、そんなの。私がいいって言ってるんだから問題ないわ」

「え？　私が……？」

「あ、やっぱり気が付かない？　私の名前はルシアナ・ルトルバーグ。これでもれっきとした伯爵令嬢よ。よろしくね！」

「えええええええええ⁉」

ルシアナは無邪気にニコリと微笑みながら、困惑するメロディを無視して食堂へ向かった。

「ここに座って。今お茶を淹れるから」

「そんな！　お嬢様にお茶を淹れていただくなんて……」

「大丈夫よ。領地でも自分で淹れていたんだから、私にもできるわ！」

張り切るルシアナに押し切られ、メロディは仕方なく使用人食堂の椅子に腰掛けた。

ルシアナは戸棚から紅茶の茶筒を取り出すと蓋を開け、ポットへ茶葉をドボドボと……。

「ちょっと、待ったあああああ！」

「え？　何？」

「お嬢様、やっぱり私にお茶を淹れさせて下さい！」

「で、でもせっかくだから私が……」

「とびっきり美味しい紅茶をご用意いたします！」

「とびっきり美味しい紅茶？　……飲んでみたいかも。じゃあ、お願いしていい？」

「お任せください！」

(危なかったぁ。まさかポットとカップの湯通しもせず、適当に茶葉を入れようとするとは……)

メロディは戸棚を確認してティーセットを用意すると、まずは瓶の水を確認した。

「お嬢様、ここの水はいつ汲《く》んだものですか？」

「それは昨日井戸から汲んだ水だからまだ使えるわよ」

「うーん、残念ながら紅茶を淹れるには向いていませんね。清き水よ今ここに『水気生成《ファーレディアアッカ》』」

メロディは竈《かまど》に置いた銅製のポットに魔法で作った水を注いだ。

「あなた、魔法が使えるの？　魔法なんて初めてみたわ」

「すぐに淹れますので少々お待ち下さい」

紅茶を入れる際は新鮮な空気を多く含む汲みたての水を使うと良い。この空気が、お湯をポットの中に注いだ際に対流運動を発生させ、茶葉をゆっくり上下させる。これを『ジャンピング』と呼ぶ。これにより茶葉の成分が十分に抽出されることで紅茶はより美味しくなるのだ。

「さあ、完成です。ご賞味下さい」

「いい香り。これがいつもと同じ茶葉で淹れた紅茶なの？　……美味しい！」

香りも味も、普段からは考えられないほどに上質だった。ルシアナは思わず感嘆の息を吐く。

紅茶は貴族の嗜みだ。だが周囲から『貧乏貴族』と呼ばれるルトルバーグ家に、まともな茶葉を購入する余裕などなかった。最低価格の紅茶は、正直美味しいとは思えなかったのだが……。

「淹れ方一つでこんなに変わるなんて。とても美味しかったわ……確か、メロディだったよね？」

「左様です、お嬢様」

「えっと、うちで働いてくれるってことでいいのかな？　オールワークスなんだけど」

「はい、もちろんです！」

「よかった！　これからよろしくね、メロディ！」

「よろしくお願いいたします、お嬢様。では早速ハウスキーパーと相談したいのですが……」

あっさり雇用が決まり喜ぶメロディに対し、ルシアナは若干不安そうに小さく尋ねた。

「……聞いてないの？」

「何をですか？」

キョトンとするメロディの目の前でルシアナは顔を青褪《あおざ》めてしまう。一体どうしたのだろうか？

「あのね、メロディ。あなた、一人なの……」

「募集定員のことですか？　もしかして他にも希望者が？」

「違うの。その……あなた一人だけなのよ……うちで働くメイド、というか使用人が」

「私……一人？」

小ぶりの屋敷とはいえ少女一人が管理できる広さではない。屋敷の管理とルシアナのお世話、他にもやることは山積み。正直言って、メイド一人が背負える仕事量ではなかった……普通なら。

「……あの、お嬢様。私が全ての業務をするんですよね？　オールワークスですもの」

「全部なんて無理よ。やれる範囲で十分だわ。私もできるだけ手伝うわ。だから……」

そうは言ったが、ルシアナは半ば諦めていた。いくらやれる範囲と言っても、その仕事量は一般庶民のオールワークスとは比較にならない。断られて当然だ。

だからルシアナは、明日からどうやって頑張ろうかと内心で悲嘆に暮れていたのだが……。

「わあ！　ありがとうございます、お嬢様！　私、今日から頑張ります！」

返答はまさかの快諾。メロディはこれでもかというくらい満面の笑みを浮かべていた。

「……本当にいいの？　一人でうちを切り盛りしなくちゃいけないんだよ？」

「もちろんです！　まさか、全ての業務を任せていただけるなんて……感激です！」

（あ、あれー？　どうしてこんなに嬉しそうなの、この子？）

（オールワークスならいろんな仕事を振ってもらえると思っていたけど、まさか全ての仕事が私の物になるなんて！　私って、なんて幸せ者なの？　自分の強運が怖すぎる！）

怖いのはお前の思考回路だ！　と、誰か言ってやってください……。

「よろしくお願いしますね、ルシアナお嬢様！」

「えーと、う、うん。よろしくね、メロディ！」

こうしてルトルバーグ家に新しいメイド、メロディ・ウェーブが雇われることとなった。

今ここにメイドの無双が始まります

テオラス王国の王都にある教育機関『王立パルテシア高等教育学園』。王国の貴族子女は十五歳を迎える年から三年間、学園に通うことが義務付けられている。

ルシアナ・ルトルバーグも例に漏れず、今年から学園への入学が決まっていた。本来は両親と王都へ向かう予定だったたが、領地トラブルのためルシアナだけが先行する形となったのだが……。

その結果が、この幽霊屋敷である。

王都邸の使用人はお婆さんメイド一人だけだった。むしろ今までよく勤めてくれたものだ。

だが、そのお婆さんメイドも既にいない。原因はルシアナだ。王都邸の状態を知らなかった彼女は、それを確かめる前にうっかり親友二人をお茶会に招待してしまっていたのである。

慌てたお婆さんメイドが必死に準備を手伝ってくれたものの、結果は屋敷を見れば明らかだ。

お婆さんメイドはその時の無理が原因で腰を痛めてしまい、急遽《きゅうきょ》退職してしまったのである。

「とりあえずこんなところかな？　他に何か聞きたいことはある？」

「いえ、今のところは大丈夫です。ありがとうございます、お嬢様」

先程から使用人食堂で話し合っている二人だが、お茶会をしていたわけではない。引継ぎをしていたのだ。それも終了し、メロディは早速メイドとして仕事を始めることとなった。

「では仕事を始め……る前に、制服の作成ですね！」

「……制服？　今から作るの？　えっと……何日かかるの？」

ルトルバーグ家にはメイドの制服が存在しなかった。メロディ、大ショックである。だが、ないなら作ればいい。メロディは立ち上がると、食堂の広めのスペースで右手を掲げた。

「我が身に相応しき衣を『再縫製《リクチトゥーラ》』！」

ルシアナはその光景に目を見張った。突然、メロディの緑色のワンピースが糸状にほぐれ、宙を舞い始めたのだ。無数の糸に囲まれながら、メロディは軽やかな足取りで踊っていた。

実際には糸を操るための動作なのだが、ルシアナからは美しい舞いのようにしか見えない。

その光景はどこか神秘的で、ルシアナはじっとそれを見つめ続けた。そして感想を一言。

「……凄い。肝心なところはバッチリ見えないわ」

この子は何を見ているのだろうか。服の生地が全て糸に戻ったのだから、今のメロディは当然すっぽんぽんのぽんである。だが見えない。ちらり、ちらりとルシアナは視点を変えるが、それに合わせるように空中の糸が舞い踊り、乙女の神秘をまるっときっちりガードしていた。

次第に糸が編み込まれ、形を成していく。メロディの全身で光が弾けたかと思うと、まずは黒いドレスが、次にエプロン、そしてキャップが象られ、彼女の身が包み込まれていく。

その光景はまるで……魔法少女のようであった。見えそで見えないところなんか特に……。

今のメロディの姿は、十九世紀英国のヴィクトリア朝を思わせる古き良きメイド姿だった。足首まで長い黒いドレスに、白いエプロンとキャップ。清楚《せいそ》で上品な雰囲気を醸し出している。

変身……じゃなくて着替えを終えたメロディは、美しい所作でルシアナにカーテシーをした。

「お待たせしました。如何《いかが》でしょうか、お嬢様？」

「う、うん。可愛いと思うわ」

「ありがとうございます。やはりメイドといえばこれですよね。絶対領域なんて邪道ですよ」

「絶対領域？　何のことかよく分からないけど、魔法ってこんなこともできるのね」

「なかなかいい制服ができました。守りの魔法も掛けてあるのでその辺の鎧《よろい》よりも丈夫ですよ」

ルシアナはクスリと笑った。冗談だと思ったので……うん、冗談だったらよかったのにね。

ルトルバーグ家は魔法の才能に恵まれない家系だったため、もともと魔法の知識が少ない。そのうえ貧乏だったこともあり、ルシアナは魔法に関する教育をほとんど受けたことがなかった。

だから彼女は気が付かない。魔法で衣服を再縫製する困難さにも、緑色だったはずの生地がいつの間にか白と黒に切り替わっている異常さにも、そもそも元のワンピースよりも今のメイド服の方が生地面積が増えているという不可解さにも、全く……。

「それはそうとメロディのカーテシーって素敵ね。よかったら今度教えてくれないかしら。もうすぐ私、社交界デビューで舞踏会に出席するんだけど礼儀作法はあまり得意じゃなくて」

メロディの瞳がキラリと光る。

「つまり女家庭教師ガヴァネスをお望みということですね。お任せください」

「メロディ、ちょっと笑顔が怖いんだけど……その、お手柔らかにね」

「ふふふ、やはりこのお屋敷は最高ですね。働き甲斐があります」

「う、うん。よろしくね、メロディ」

「畏まりました、お嬢様」


その後、ルシアナは自室で自習をすることになり、メロディは早速仕事に取り掛かった。

玄関ホールにやってきた彼女は、真剣な眼差しで周囲を見渡す。

「とりあえず、まずは最低限衣食住を整えないと。最優先はやっぱりお屋敷のメンテナンスね」

汚れているだけではない。どこもかしこも荒れ果てた屋敷を見て、さすがのメロディもこれをたった一人で整えるのは難しいと判断した。

「だったら一人じゃなければいいのよ。我が身はひとつにあらず『分身《アルテレーゴ》』」

メロディの掲げた右手から、無数の光の玉が玄関ホールに放たれた。それらは次第に人型を取り始め、最終的に総勢五十名の分身メロディが召喚された……非常識ここに極まれり、である。

「じゃあ皆、何をすればいいか分かるよね？」

「「「もちろん。任せてちょうだい！」」」

分身メロディ達は直前までの本体の記憶を共有しているので、特別に命令を下さずともすべき仕事を正確に把握しているのだ。なんて便利で使い勝手のいい魔法だろうか。

分身メロディ達は魔法を使って掃除用具や工具を生み出すと、見事な手際で屋敷の清掃と修繕を開始した。清掃はもとより、手先が器用なメロディはＤＩＹもお手の物である。魔法による補助も可能なので、五十人による屋敷の改修は物凄い速度で進められていく。

「じゃあ、私は夕食の買い出しに行ってくるね」

「「「うん、よろしくね」」」


メロディは小ぶりのバスケットを持って市場へ向かったが、早々に買い出しを諦めた。完全に予算オーバーである。『貧乏貴族』ルトルバーグ家の財布は、都会の物価に対応できなかった。

だが、そこは切り替えの早い子メロディ――買ってこれないのなら、狩ってくればいいのよ！

「我が身を隠せ『透明化《トラスパレンザ》』。我に飛翔の翼を『天翼《アーリダンジェロ》』」

魔法で姿を消すと、メロディは空を飛んで近場の森へ向かった。非常識のオンパレードである。

森の中心付近に降り立つ。鬱蒼とした森の中は命の気配に溢れていた。

野草にきのこ。木の実にハーブまで。大変豊かな森のようで、そこかしこに食べ物があった。

「簡単に見つかってよかった。あとはお肉ね。どこかに獣でもいればいいんだけど……」

「クエエエエエエエエ！」

上空から甲高い鳥の鳴き声がして、メロディは空を見上げた。一羽の鳥が上空を旋回している。

「なんてグッドタイミング！　早速……え？　きゃああああ⁉」

鳥に攻撃されたのだ。鳴き声で相手を誘い出してからの雷属性魔法による不意打ち。それがこの鳥の魔物『サンダーバード』のいつものやり口だった。

つまり、メロディは落雷が直撃したわけなのだが……。

「ああ、びっくりした。何なの、今のは？」

彼女はピンピンしていた。有体に言えば無傷である。……そういえば、ドレスに守りの魔法を掛けたとかなんとか言っていたが、どうやら落雷などものともしない圧倒的防御力を持つようだ。

「今度はこっちの番よ。当たれ！　必中の弾丸『誘導魔弾《ミシレグイダート》』！」

「グパアアアアッ!?」

プンプン怒ったメロディが突き出した手から、凝集された魔力の弾丸が撃ち出される。メロディオリジナルの誘導機能が搭載されており、サンダーバードは呆気なく撃墜された。

「やった！　――て、きゃあああ！」

ズドン！　と、大きな音を立ててサンダーバードが墜落する。翼開長五メートルを超える巨大な鳥だ。よくよく考えれば、上空からはっきりシルエットが見える時点で気が付くべきであった。

「びっくりした。異世界の鳥って大きいのね。でも魔法って凄い。こんな鳥も倒せちゃうんだ」

比較対象がいないせいで、メロディの魔法に対する認識が加速度的にずれていく。母親は明かりの魔法を一日一回使うので精一杯だったというのに、なぜ気が付かないのか。

魔法で補助をしながら解体を済ませると、メロディはバスケットの中に仕舞った。バゲットを三つほど入ればいっぱいになりそうなバスケットに、全ての鶏肉が収納されていく。

バスケットの中を覗けばそこは真っ暗で、時間が停止した無限の空間へと繋がっているのだ。時間属性魔法と空間属性魔法を合成して作った異次元の保管庫。今はバスケットの位置に合わせて展開しているが、その気になればどこからでも入り口を出現させることが可能だ。

バスケットに入り口を設定しているのはメイドとしての様式美である。彼女の格好を見れば分かるように、メロディは形から入る子だった。

「食料調達はもう十分かな。じゃあ帰ろっと。思ったより時間が掛かったから急がなくちゃ。使用人食堂に繋げればいいかな。開け、奉仕の扉『通用口《オヴンクエポータ》』」

メロディの前に簡素な扉が出現した。ドアノブを回すとそれは、驚くべきことにルトルバーグ家王都邸の使用人食堂に繋がっていた……どこでもド——いや、何でもない。何でもないよ！

「これで扉と森が繋がったから、明日からは食材集めも楽にできそう」

メロディは上機嫌で屋敷に帰っていった。

自習を始めて約二時間。勉強の集中力が切れたルシアナのもとに、メロディがやってきた。

「お嬢様、お茶をお持ちしました」

「ありがとう、メロディ。でも忙しいだろうから無理しなくてもいいんだよ？」

まさか分身総出でお仕事中とは知らないルシアナがメロディを気遣う。

「無理などしていませんよ、お嬢様。さあ、紅茶を飲んで休憩してください」

「ありがとう。ちょうど飲みたかったの」

紅茶を飲み終えると、メロディはティーセットを片付けて部屋を後にした。

「さて、それじゃあもう少し勉強を頑張りますか……その前にお手洗いに……」

ルシアナが部屋に出ると、メロディが廊下の掃除をしていた。先程ティーセットを片付けに調理場に戻って行ったはずなのに、もう次の作業に取り掛かっているのだろうか。

「どうかされましたか、お嬢様？」

「いえ、お手洗いに行こうと思って」

「そちらの清掃は大方終わっていますので大丈夫ですよ」

「分かったわ。ありがとう」

ルシアナはトイレに向かう。そして通路を見つめながら感嘆のため息を漏らした。

（メロディって本当に仕事が速くて正確なのね。通路がピカピカだわ）

床も壁も天井すらも、トイレに繋がる通路は全てが完璧に掃除されていた。それどころか壁の傷みや窓のひび割れすらなくなっているような気さえする。……いや、本当に直っている？

「あれ、メロディ？」

トイレの前になぜかメロディがいた。さっきまで向こうの廊下を掃除していたはずでは？

「お手洗いの清掃はたった今完了しました。いつでもご利用いただけます」

「そ、そう。ありがとう」

一体どういうことだろう？　不思議に思いつつもルシアナは用を足す。すっきりしたところで、ルシアナはあることに不安を覚えた。

（……夕食、作ってくれてるのかな？）

屋敷の清掃に掛かり切りのメロディが夕食の準備をしているとは思えなかった。おそらく忙しくて忘れているのだろう。やはり手伝おうと思ったルシアナは厨房に向かい、その先で――。

「スープ担当の私、ちょっとそこのお塩を取って」

「メイン担当の私。そのお肉、少し余るでしょ？　スープに入れるから少しちょうだい」

「水場担当の私、食器は洗い終わってるかな？」

「大丈夫だよ。いつでもどうぞ」

…………見事な連携で調理を行う三人のメロディを目にした。

「きゃあああああああああ⁉」

「「「どうしたんですか、お嬢様⁉」」」

メロディ達の声が綺麗に重なる。それが余計にルシアナを怯えさせた……ステレオメロディ。

「きゃあああああああああああ！」

「「「どうかなさいましたか、お嬢様⁉」」」

――ピロリン。ほうきメロディが現れた。ハタキメロディが現れた。雑巾メロディが現れた。メロディが現れたメロディが現れたメロディが――以下、五十人まで続く。

「きゃあああああああああああああ――はぁ……」

厨房に集まる無数のメロディに恐怖し悲鳴を上げたルシアナは、最終的に意識を手放した。

「「「きゃあああああああああああ！　お嬢様！」」」

屋敷中のメロディが一斉に悲鳴を上げた。

今、ルトルバーグ王都邸は本当の意味で幽霊屋敷となったのである……て、おい！

ルシアナはすぐに目を覚ましたが、ちょっと自室に籠っていた間に見違えるようになった屋敷を見て再び（嬉しい）悲鳴を上げ、メロディが用意した料理の味に（美味しい）悲鳴を上げて、今日のルシアナは悲鳴三昧となった。最初の悲鳴さえなければ完璧だったのだが……。

「ふぅ、ごちそうさま。とっても美味しかったわ」

「ありがとうございます」

満足そうな笑顔を浮かべるルシアナに、メロディも笑顔で返す。

「特にメインで出た鳥肉の香草焼きが最高だったわ。お肉自体久しぶりだし、よく買えたわね」

「あれは王都の近くにあった森で見つけた鳥肉です。狩ってきちゃいました」

メロディの想定外の発言に、ルシアナは驚きの声を上げた。

「狩ってきた!?　メロディが!?　もしかして、さっきみたいに魔法を使って？」

「はい。お嬢様の仰る通り、予算内では十分な食材が用意できなかったので、王都の近くの森で鳥を狩ってきたんです。香草もハーブも全部その森の物です。とても豊かな森で助かりました」

「へえ、そんな森があるなんて知らなかった。私はこの辺だと、魔障の地『ヴァナルガンド大森林』くらいしか知らなかったから、いい森があってよかったね」

「そんな場所があるんですか？」

「そうよ。とっても危険な森だから入っちゃダメだからね？」

「気をつけます。でも、私が入った森は大丈夫ですよ？　大して危険じゃありませんでしたし」

「魔障の地じゃなくても森は危ないから気をつけてね？」

「はい」

「メロディ。今日はありがとう。あなたが来てくれて本当に嬉しいわ」

「勿体無いお言葉です。今、お茶をご用意しますね」

メロディは深々と礼をすると厨房へ向かった。メロディのメイド業務初日は大成功だった。


その日の夜、王城にある国王の執務室ではとんでもない騒ぎが起きていた。

「ヴァナルガンド大森林に侵入者だと⁉　まことか、スヴェン！」

「左様です、陛下。森に張った私の感知結界が外からの侵入者を捉えました」

テオラス王国国王、ガーナード・フォン・テオラスは、王の執務室を訪れた男の報告に驚きを隠すことができない。男の名前はスヴェン・シェイクロード。テオラス王国の筆頭魔法使いだ。

この世界には魔力を有する獣『魔物』の生息する危険地帯『魔障の地』が大陸中に点在している。

魔障といっても魔物の生息域というだけで人体に影響を及ぼす毒があるというわけではない。

しかし、魔力による攻撃でしかダメージを与えられない魔物に対し、一般人は無力だ。基本的に魔物を刺激しないよう、魔障の地には近寄らないというのが世界の一般常識となっている。

その中でも王都の東に隣接する世界最大級の魔障の地『ヴァナルガンド大森林』は絶対に手を出してはいけない不可侵領域だというのに……そこに侵入者が現れたというのだ。

「そいつはまだ森の中にいるのか？」

国王の問い掛けに、スヴェンは真剣な表情で頷く。

「おそらくは。私の感知結界は一度通過した者の魔力を記憶します。侵入者はまだ外へ出た形跡はありません。森で一体何をしているのか……」

「分かった。とにかく兵士を増員しよう。森周辺を探って異変がないか調べなくては。スヴェンは侵入者の動向をしっかり感知結界で確認してくれ。見落としのないようにな」

「畏まりました」

「侵入者とは一体、何者なんだ……？」

まさか、食材を求めてやってきた狩猟メイドだとは夢にも思わぬ国王だった。そして今後、メロディは空間転移で森を行き来するため、筆頭魔法使いに感知されることは終ぞなかったそうな。

銀髪の天使と赤い髪の青年in湯けむり☆

それは、メロディがメイドになって五日が経過したある朝のことだった。

「ご友人をお茶会に招待したい……ですか？」

「そうなの。お茶会のリベンジをしたいのよ！」

一週間前。幽霊屋敷に親友二人を招待し、散々なお茶会になったことはまだ記憶に新しい。

ルシアナの脳内で先日のお茶会の記憶が蘇る。床がきしみ、外からカラスの鳴き声が聞こえるたびにビクリと震えていた親友二人の姿が思い出され、申し訳ない気持ちでいっぱいになった。

ルシアナの親友のベアトリス、ミリアリアの家は互いに領地が接する幼馴染である。

ベアトリスのリリルトクルス子爵家と、ミリアリアのファランカルト男爵家は数十年前に興されたばかりの新興貴族で、二家の領地はもともとルトルバーグ伯爵家のものだった。

先々代伯爵が事業に失敗し、領地を二家に売り払ったのだ。ある意味では借金返済に手を貸してくれた恩人とも言えるのだが……先々代伯爵は自業自得であるにもかかわらず、先祖代々の土地を奪われた、掠《かす》め取られた、と二家に対して大いに憤慨《ふんがい》したらしい。

完全な逆恨みである。一応告げておけば、先々代伯爵の事業に二家は全く関わっていない。

幸い、その件を名目に早々に代替わりした先代伯爵が二家と和解し、隣接領地と険悪な仲になるという最悪の事態を防ぐことができた。先々代伯爵はそんなことも分からない人だった。

それ以来三家は友好を育み、親密な関係は今でも続いている。

だからこそ、その関係にひびを入れかねない先のお茶会の印象を払拭《ふっしょく》する必要があった。

「どうかな、メロディ？　今なら招待しても大丈夫だと思うんだけど……」

「そうですね……」

朝食を終えたばかりのルシアナは、メロディの答えを待ちながら食堂を眺めた。どこもかしこも手入れが行き届き、いつ客を招き入れても全く問題のない状態だ。そっと触れたテーブルクロスは汚れひとつない純白……ほんの数日前まで、ボロ布のように黒ずんでいたというのに……。

幽霊屋敷同然だったルトルバーグ家王都邸も今は……なんということでしょう。

錆び付いていた門は新たに塗装され、まるで新品同様だ。開閉時にけたたましい音が鳴ることもなく、ひび割れていた石畳の道はすっかり舗装されている。屋敷中に蔓延《はびこ》っていた余計な木々はごっそり間引かれ、計算されたように美しい配置で植え替えられていた。

外壁が崩れ落ちていたボロボロの屋敷は見る影もなく、内も外もまるで新築のようだ。

真鍮製のドアノッカーが日の光を反射して、キラリと輝いている。

誰に見られても恥ずかしくない、むしろ自慢できる貴族屋敷がそこにあった。

それに――と、ルシアナは胸元に垂れる輝く金の髪に触れる。

今のルシアナは、五日前にメロディが出会った『もったいない系残念美少女』などではない。

メロディによる美容ケアを受けたルシアナは、今では正真正銘の美少女へと変貌を遂げていた。

艶を帯びた波打つ金の髪。美しくハリのある白い肌。もともと均整のとれていた容貌にメロディのメイクテクニックも合わさって、パッチリとした碧い双眸は宝石のように輝いている。

今のルシアナは服装も改められている。彼女が今身に着けているのは、若草色が鮮やかな美しいドレスだ。実はこれ、ルシアナがメロディと出会った時に着ていた深緑色のドレスである。もともと母親が若い頃に使っていたものの御下がりで、経年劣化して黒ずんでいたのだ。

新しいドレスを購入する予算がなかったメロディは、自分のメイド服を作る時と同じ要領で『再縫製』し、ルシアナのドレスを一新したのである。デザインも今風にアレンジされている。

メロディのおかげで貴族令嬢としての衣食住は十二分に整った。今ならば何の憂《うれ》いもなく親友二人をお茶会に招待できる……ううん、招待したい。ルシアナはそう思った。

「畏まりました。では一週間後でいかがでしょうか？」

「一週間後ね。うん、分かったわ。ありがとう、メロディ！」

お茶会の許可をもらえたルシアナは、喜びをぶつけるようにメロディに向かって飛び出した。

「きゃあっ！　お嬢様、メイドに抱き着いてはいけません！」

「うふふん♪　そんなこと言っても結局は拒絶しないいんじゃない……体は正直だぞ♪」

「どこでそんな言葉覚えてきたんですか⁉」

「えへへ。ごめんね、メロディ。嬉しくってつい」

しばらくしてようやくメロディを放したルシアナ。てへへと笑うが、彼女は気付いていない。

「ハァ、ハァ……これは、お茶会までに鍛える必要がありそうですね」

「鍛える？　……何を？」

「——淑女教育ですよ」

……開けてはならぬパントラの箱に手を掛けてしまったという悲しい事実に。


「ひえええええええええ！　無理、無理だよメロディ！」

「この世に無理なことなどありはしませんよ、お嬢様。はい、ワンツー、ワンツー」

リズミカルに打たれる手拍子に合わせてルシアナは歩く……十冊の分厚い書物を頭に載せて。

「顎を引いて、視線はまっすぐ！　お嬢様、腰が曲がってます。重心は後ろへ！　直線を跨ぎながら歩くイメージです。足を内側へ運ぶように、優雅でしなやかな足運びですよ！」

玄関ホールで行われているそれは、要するにウォーキングの練習だ。淑女らしく気品のある歩き方の訓練がメロディ監修のもとルシアナに施されていた。

「……うう、首が……もげる——あっ」

慣れない歩き方にバランスを崩したルシアナは、本をまき散らしながら転んでしまった。

「いったーい！」

膝をついてそう訴えるルシアナ。そんな彼女の手にメロディの手が重なる。ルシアナの手を引いて立たせると、メロディは聖母のような柔らかい笑みを浮かべた。

ルシアナはほっと安堵《あんど》の息を吐く。許してくれるのね。じゃあ、今日はもう訓練は終わ——。

「さあ、お嬢様。訓練を再開しますよ。転んでしまったのでスタート地点からやり直しですね」

「え？　あれ？　メロディ⁉」

ぐいぐいと背中を押され、ルシアナはウォーキングの出発地点に戻された。メロディは魔法を使ったのか、十冊の書物が宙に浮かびルシアナの頭上へと集められる。

そしてメロディから笑みが消え、彼女の眉が鬼軍曹のようにキリリと寄せられた。

「さあ、訓練再開です！　ワンツー、ワンツー」

「いやああああああああ！」

前世において、人類史に残るくらいの天才だったメロディこと瑞波律子は、直感型の天才であると同時に、努力型の天才でもあった……為せば成ってしまう少女、それが瑞波律子だった。

メイドになるために多くの技術を習得すべく奮闘してきた結果、メロディは学習に関しては自分にも他人にも厳しいスパルタメイドへと成長していたのである。

大変な情熱ではあることは間違いないのだが……ルシアナにはいい迷惑であった。

だが、メロディの容赦なき教育のおかげで、ルシアナは淑女としての才能を開花していくことになる……のだけども、それでもやはりスパルタ教育には反対したいとルシアナは思うのだった。

お茶会の準備は滞《とどこお》りなく進み、ルシアナの淑女教育もお茶会前日でどうにか及第点を得られた。

互いにほっと息を吐く。一方は教育が間に合ったことへの安堵感から、もう一方は悪夢のような一週間がやっと終わるのねという解放感から。二人は満面の笑顔を浮かべたという。

そんなわけで、あとは明日が来るのを待つばかりと軽い気持ちで買い出しに向かった店で――――。

――パシャリ。……メロディはなぜか汁まみれになった。

香りから察するに果実酢だろうか。液体の飛んできた方向に目をやれば、焦げ茶色の髪を三つ編みおさげをしたメイド姿の少女が、ぽかんとした顔でこちらを見つめていた。

右手には瓶。左手にはコルク。瓶の口はメロディに向けられている。状況から見て、瓶の蓋を開ける際に、勢い余って中身が飛び出してしまったのだろう。

（……そういえばさっき『おばさーん。これ、香りを確認してもいい？』って聞こえた気がする）

数秒後、ようやく状況を理解したメイドの少女が、顔を青くさせながら大声を上げた。

「ご、ご、ごご、ごめんなさい！　私ったらなんてことを！」

本気で慌てふためく彼女を見れば、故意でないことは明白。突然のことに驚きはしたが、事故ではしょうがない。大丈夫ですと答えようとしたのだが、なぜかメロディは少女に腕を掴まれた。

「――え？」

「本当にごめんなさい！　私、ポーラっていうの。私が働いてる屋敷はすぐそこなのよ。お風呂を準備するから入っていってちょうだい。その服も急いで洗濯しないとシミになっちゃう！」

「えっと、私はメロディで……じゃなくて。あの、私は大丈夫――あ、ちょっと!?」

「おばさんもごめんね！　はいこれ、果実酢の代金。さ、急ぎましょう！」

「あの、私の話を聞いて……ちょ、あ、ちょっとおおおおお!?」

メロディの声は届いていないらしく、強引に手を引かれ、ポーラが務めている屋敷に辿り着く。

そこは貴族区画と平民区画の境界あたりにある小さな邸宅だった。屋敷の配置を鑑《かんが》みるに、ここの住人は貴族区画の中ほどに居を構えるルトルバーグ伯爵家よりも身分が低いのだろう。男爵か、それとも貴族の中では一番身分の低い、一代限りの騎士爵か――などと考えているうちに、気が付けばメロディは屋敷の風呂場に立っていた。

「お湯はもう準備できてるから入っちゃって。その間に服も洗っちゃうから」

あれよあれよというちに、裸にされたメロディは浴室に押し込められてしまった。ポーラ、驚きの手際の良さである。できればそれをお店で活かしてほしかったと思わないでもない。

「……まあ、仕方ない、のかな？」

こうなっては観念して風呂に入るしかない。体を洗うと、メロディは湯船に体を預けた。

「うーん……やっぱりなんだか変な感じ」

肩までしっかりお湯に浸かりながら、メロディは考え込む。

「バスタブは陶器製で西洋風なのに、入り方は日本式だなんて本当にちぐはぐだわ」

一般的に、現代の西洋風呂はバスタブの中だけで入浴が完結する。正確に言えば、体を洗うだけでお風呂に浸かる習慣がない。だが、この世界の風呂は日本の風習と酷似しており、バスタブの形状は西洋風だが、湯船と洗い場がしっかり分けられていた。

商業ギルドでメイドの募集があるように、この世界は十九世紀後半の英国を思わせる雰囲気がある。だが、全体的な印象は魔法の存在もあって中世ヨーロッパのようでもあった。そしてトイレや風呂など、微妙なところで日本式が取り入れられているような気もする。

「……まるで地球の歴史からいいとこ取りした世界みたい。ふふふ」

ついおかしくなって、メロディは小さく笑ってしまった。そんなまさか――と。

やはりここは異世界。地球とは全く違う文明の進み方をしている。前世の記憶との微妙な差異に多少違和感はあるものの、この世界はこういうものなのだとメロディは勝手に納得していた。

（そういえば、誰かに用意してもらったお風呂に入るなんて、いつぶりだろう？）

浴室に涼やかなハミングが響く。いつの間にか随分とリラックスしている自分に気付いた。

ゆったりと足を伸ばせる大きさの風呂に入るのは前世以来のことだ。久しぶりのまったりとした入浴に気が緩んでしまっても仕方のないことである。

「……たまには本当の自分に戻ってもいいよね？」

誰も見ていないとはいえ、髪と目の色を変える魔法を解除してしまうほどに……。

湯船の水面に映るのは銀の髪と瑠璃色の瞳の少女……セレスティ。久しぶりに母セレナの血を受け継いだ瞳を目にして、思わず笑みが零れる。

(久しぶり、お母さん。私、メイドになったよ……あとは世界一素敵なメイドを目指すだけね)

「世界一素敵なメイドかぁ……どうやったらなれるのかな？」

天を仰ぎ、想像してみる。世界一のメイドとは、どんなメイドだろうか。だが、まだ答えは見つからない。母はどんな想いを込めてそんな言葉を残したのだろうか……分からない。

(でも、世界一のメイドっていうくらいだもん。きっとどんな仕事でも軽々とこなせるパーフェクトなメイドであることに間違いはないはず。とりあえず、まずはそれを目指してみよう)

それにはやはり、ルトルバーグ家でオールワークスメイドをするのが、今は最良に違いない。

前世では独学で勉強をしてきたが、実際にメイド業務に携わるのは今回が初めてだ。そう、今の自分はまだ資格を得たばかりの新米メイドにすぎない。これから経験を積んでいき、いつか母との約束『世界一素敵なメイド』を目指すのだ。

メロディは立ち上がった。汚れは落ち、体も十分に温まった。とても気分がいい。あとは風呂から出てポーラにメイド服を返してもらうだけだ。

メロディは脱衣所へ向かった……ところで、母譲りの瑠璃色の瞳からセレナを思い出していたメロディだが、父から受け継いだ銀髪には一切触れなかった。

メロディ、父親のことを意識しなさすぎである。故郷を離れ、既にメイドの身分を手に入れた彼女の辞書に『父親』の二文字はなくなってしまったのかもしれない……哀れな。

まあ、それはともかく、風呂を出るべくメロディが扉の前に立つと――扉が勝手に開いた。

「――え？」

「……は？」

メロディの前に、赤い髪の全裸の男が現れた……ぜんらのおとこが。

思考が停止する。羞恥心よりも前に「誰？」という疑問がループして何も考えられない。

全裸の男と目が合い、そして男の視線は徐々に下へ向いた。首筋、鎖骨、胸元、更に――。

「……美しい。天使だ」

メロディの腕が反射的に動く。右手が男の引き締まった腹筋に触れ、その手がパチリと光った。

「いやあああああああああああ！　全てを忘却の彼方へ『記憶消去《ディメンティカーテ》』！」

それはまだメロディも開発途中で、効果があるか不明な――電撃魔法だった。

電気ショックによる部分的な記憶消去。まだまだ研究の段階であり、実際の効果や持続時間なども未知数。実際、メロディが発動したこの魔法も、今のところスタンガンの域を出ておらず、魔法名のとおりに記憶を消去できるかは甚だ疑問の代物だ。

だがしかし、スタンガンとしてなら……効果は絶大だった。

「――きひっ⁉」

絶叫する暇さえない。吐き出すような小さな悲鳴とともに、男は勢いよく後ろにぶっ倒れた。後頭部を直撃したかもしれないが、メロディにそれを気にする余裕はない。

乙女の裸をばっちりくっきりしっかり見られたのだ。動転して当然であるし、前世も含めて男性経験のなかったメロディには、仰向けに寝転がる全裸の男はハードルが高すぎた。

（もう！　何なのこの人!?　何の断りもなく突然お風呂に入ってくるなんて……あれ？）

バスタオルを体に巻き、男に背を向けながらメロディは内心で悪態をつく。だが、少しだけ冷静さを取り戻した頭で考え、ある結論が導き出される。

……もしかして、この人――。

ドタバタと慌ただしい足音が聞こえ、メロディは急いで魔法を掛けなおした。

「わ、我が身を黒く染めよ『黒染《アンネリーレ》』」

「どうしたの、メロディ!?　――て、旦那様！　どうしてここに!?」

（やっぱりそうだったんだ！　ど、ど、どうしよう!?　屋敷の主を攻撃しちゃった！）

赤い髪の全裸の男の名はレクティアス・フロード。それが、この屋敷の主の名前だった。

その邂逅は忘却の彼方へ

時間は少し遡《さかのぼ》る。場所はレギンバース伯爵家王都邸の執務室でのこと。

「……今度の舞踏会に出席ですか。私のような騎士爵程度、誰も気にしないと思いますが」

「何を言う。毎回お前が欠席するせいで私がご婦人方から文句を言われるのだ。今年は王太子殿下も学園の新入生として参加なさるのだから、必ず出席するように。いいな、レクト？」

「……了解しました」

紫色の鋭い眼光で睨まれながら、レクティアスことレクトは眉を寄せながら了承した。

護衛兼補佐として彼が仕えている主の名はクラウド・レギンバース伯爵。御年三十三歳。

宰相補佐でありながらその体躯《たいく》は騎士に劣らず、鍛え上げた胸板の膨らみが服の上からでもはっきりと窺える。整った顔立ちをしているが美しいというよりは野性味があり、男らしい偉丈夫《いじょうぶ》だ。

刈り揃えられた銀髪に、口元から顎、もみあげにかけて髭《ひげ》を生やしている。

文官というよりもはや軍人のような厳つい風貌だが、社交界での人気は高い。少々強面ではあるが、顔よし体よし身分よしの男盛りな三十三歳独身……現在進行形で最優良物件であった。

だが、愛しのセレナ以外と添い遂げるつもりのない彼には、迷惑以外の何物でもない話だ。

そう、彼こそがメロディ・ウェーブことセレスティ・マクマーデンの実の父親なのである。

表情は変えないが、舞踏会参加を了承したレクトにクラウドは内心で安堵の息を吐く。

（ふぅ、これで私に押し寄せる女性の数は減るだろう。年頃の娘であればレクトに向かうはずだ）

……この上司、尤もらしいことを言っておいて、実のところ保身のために部下を売ったようだ。

伯爵には劣るものの、レクトもまた社交界では立派な獲物の一人だ。現時点では一代限りの騎士爵でしかない彼だが、その将来性は大きい。宰相補佐レギンバース伯爵に信頼され、護衛兼補佐を務めている彼はいずれ正式な爵位を手に入れることだろう。

そしてレクトは見た目もよかった。長身でシャープな顔立ちの彼は、しっかりと鍛え上げられた体躯を有しているにもかかわらず、シュッと細長い印象だ。だが決して弱弱しくは見えない。

短い赤い髪は炎のように情熱的で、眠そうに見えつつも鋭い三白眼の双眸は思春期真っ盛りな十代乙女達をして『あの眼で射抜かれるのがいいのよね』と言わしめる。

性格も特に問題はなく、将来性を見越してターゲッティングされるのは不思議なことではない。

(……こんなことなら、セブレに代わって俺が隣国へ行けばよかったな)

セレナの死と、娘セレスティの存在を報告したレクトは、それが終われば自分も隣国へ向かうよう命じられると思っていた。だが、伯爵から受けた命令は王都に留まることだった。

向かわせるなら隣国の地理に詳しい人間を送った方がいい、と伯爵は判断したらしい。

セレスティは伯爵家の跡取り息子と使用人の女性の間に生まれた婚外子という身の上から、捜索は秘密裏に行われている。これが知られれば間違いなく、悪い意味で注目されるだろう。

娘を引き取る気満々の伯爵としては、彼女が奇異の目に晒されるなど許せることではなく、きちんと準備をしたうえで堂々と社交界デビューをさせようと考えているようだった。

だが、今のところ娘が見つかったという報告は受けていない。当然である。

だって隣国に、セレスティ・マクマーデンはいないのだから。行っていないのだから。

……まさかその娘が同じ王都の空の下で元気にメイドをやっているなど、誰が考えるだろうか。

レギンバース伯爵は大きく嘆息した。それに気づいたレクトが伯爵に視線を向ける。

「娘が見つかっていたらお前に舞踏会のエスコートをさせるつもりだったが、今回は無理そうだな」

「私がエスコート役ですか」

「うむ。お前なら護衛として十分だし……まさか私の娘に手を出そうなどと考えないだろう？」

ギロギロリ。まだ見ぬ娘を想う父親の射殺すような視線がレクトを捉える。愛が……痛重い。

レクトは引きつりそうになる表情筋を堪えながら「もちろんです」と答えた。

正直、貴族社会の女性との交流は面倒臭いので、口説く気にもならない。だというのに――。

「ああ、レクト。舞踏会には女性の同伴者を連れてくるように」

「なっ⁉　ど、どういうことですか⁉」

「先程も言ったが、私がお前に舞踏会の参加を命じたのは、いい加減ご婦人方の催促が煩わしかったからだ。レクトよ、もしお前が一人で舞踏会に来てみろ……女性陣が雪崩《なだ》れ込んでくるぞ？」

伯爵の脅迫じみた言い方に、レクトは思わず喉を鳴らす。

「私も爵位を継いでからはずっと姉上に同伴をお願いしている。一人で出席すればひっきりなしにご婦人が寄ってくるのでな。この時ばかりは先立たれた義兄上に感謝しているよ」

亡くなった義兄に対し随分と失礼な物言いではあるが、伯爵には姉くらいしか面倒のない同伴者はいないらしい。爵位を継いで初めての舞踏会で相当酷い目にあったそうだ。

「誰でも構わんから同伴者を見繕ってきなさい。できることなら舞踏会に出して恥ずかしくない振る舞いのできる女性が好ましいな、本人のためにも。女性の同伴者がいれば早々不躾《ぶしつけ》に言い寄っては来まい。まあ、押し寄せるご婦人方のお相手をしたいと言うなら一人でも全然構わないがな」

「……誰か探してみます」

困ったことになった。レクトは難しい顔で帰路につく。

正直、当てがない。今、親戚関係でちょうどいい相手はおらず、都合のいい知り合いもいない。

「……ポーラにでもやらせて……いや、さすがにそれは……」

ポーラはレクトが雇っているオールワークスメイドだ。潰れてしまった商家の出で、貴族である自分にも物怖じしない度胸がある。だが、彼女には舞踏会に相応しい礼儀作法が備わっていない。

考え事をする時、レクトは周りが見えなくなる傾向にあるらしい。屋敷に帰ると、それを誰にも伝えずに風呂場へ向かった。ゆっくり湯に浸かって考えようと思ったのだ。

風呂場に到着したレクトはあることに気が付く。風呂場が暖かい。既にお湯が張られている？

「……ふむ。ポーラにしては気が利いているじゃないか」

もし、脱衣所に女性物の衣服が用意されていれば、レクトも気が付いたかもしれない。

だが、メイド服の洗浄に気を取られていたポーラは、着替えを準備していなかった。

きっとレクトは疲れていたのだろう。ちょっと考えれば分かることだったのだ。主がいつ帰ってくるかも分からないのに、予《あらかじ》め風呂の準備をするメイドがどこにいるというのか。

自分のために用意された風呂だと思い込んでしまったレクトは、服のボタンに手を掛けた。そして彫刻のように美しい、鍛え上げられた肢体《したい》が露《あらわ》になる。

疲れを表すように大きなため息を吐くと、彼は風呂場の扉を開けて――。

「――え？」

「……は？」

レクトの瞳が、輝く瑠璃色の宝石を捉えた。それが女性の双眸であると遅れて気が付く。

思考がまとまらない。目の前の光景を理解できなかった。

見知らぬ女性がなぜ自分の屋敷の風呂にいるのか……意味が分からない。

それでも男の本能か、視線だけはしっかりとその女性の裸体を捉えていた。

銀糸のように滑らかで光沢を帯びた髪が、透きとおる白い肌に艶《なま》めかしく張り付いている。星空のような瑠璃色の瞳は神秘的で、あどけなくもあだやかな相貌と相まって、あまりにも魅惑的だ。

互いに一糸まとわぬ姿。首筋から雫《しずく》が流れ落ち、思わず目で追ってしまった。

水滴は首筋から鎖骨に溜まり、限界を超えて胸元へ溢れ出す……視線を逸らすことができない。

ただ茫然《ぼうぜん》と、目の前の美しい光景に目を奪われ、レクトは気が付けばただ一言を呟いていた。

「……美しい。天使だ」

その瞬間、彼の腹部に柔らかい感触が伝わる。少女の細い指先がレクトの腹に触れたのだ。

未だ嘗《かつ》てないほどに、レクトの心臓が大きく揺れ動いたのだが、彼はそれを認識できなかった。

「いやあああああああああああ！　全てを忘却の彼方へ『記憶消去《ディメンティカーテ》』！」

「――きひっ⁉」

それはあまりに一瞬のことで、レクトの意識はスッパリ刈り取られてしまった。

ぼんやりと意識が戻り、レクトは重い瞼《まぶた》を上げた。そこには一人の少女がいた。

銀の髪、瑠璃色の瞳の美しい少女だ。レクトの顔を覗き込み、心配そうな表情を浮かべている。

……銀の髪。それはレギンバース伯爵家の色。瑠璃色の瞳。それは我が主の想い人の色。

「ああ……ようやく見つけました、お嬢様」

レクトは腕を持ち上げ、その手を少女の頬に添えようとして――。

「お嬢様？」

不思議そうに首を傾げる少女の姿に、ハッと目が覚めた。レクトの腕がピタリと止まる。

そして、覚醒した意識で改めて目の前の少女の姿を見た……黒髪黒目のメイドだ。

どうやら夢でも見ていたようだ。小さく息を吐き、レクトは起き上った。

自分は応接室の三人掛けソファーに寝転がっていたらしい。だが、なぜこんなところで？

それに、自分を覗き込んでいたこの娘は誰だろう……いや、黒髪黒目のこの少女は――。

「君は確か……」

「えっ⁉　私のこと覚えてるんですか⁉」

少女は首筋まで肌を真っ赤に染めて、大きく目を見開いた……ああ、確かに覚えている。

「……トレンディバレスで王都行きの馬車乗り場を探していた娘だろう？」

「どうしよう、もう息の根を止めるしか…………え？」

今、何やら物凄い物騒な言葉が発せられたような気がするが、多分気のせいだろう。

「違ったか？」

「トレンディバレス……赤い髪……あ！　あなた、馬車乗り場を教えてくれたお兄さん！」

どうやら少女もこちらを覚えていたらしい。不思議とそれが嬉しくて、わずかに口角が上がる。

「それで、君はなぜ俺の屋敷にいるんだ。帰ってからの記憶がはっきりしないんだが……」

レクトの質問を聞いた少女はなぜかほっとした表情を浮かべた。だがすぐにまた慌てだし、目に見えて動揺しだす。レクトが少女の反応を訝《いぶか》しんでいると、応接室の扉が勢いよく開いた。

「あ、起きたんですか、旦那様」

「ポーラか。ちょうどよかった。俺はなぜここで眠っていたんだ？　この子はなぜここにいる？」

そう問い掛けると、ポーラはジッとレクトを見つめた。気のせいか、その瞳には猜疑《さいぎ》と警戒と侮蔑の色が見て取れるような……いや、おそらく気のせいだろう。レクトは内心で首を振る。

「ふぅ、本当に覚えていないんですか？　……旦那様、私の友人を紹介するって言ったら、応接室で待ってるって告げて先に行っちゃったんじゃないですか。それで行ってみればソファーに寝転がって眠っているんですから。余程お疲れだったんですね」

「そ、そうなのか？　全く覚えがないんだが……」

「最近、働き詰めみたいでしたからね。まさか記憶が飛んじゃうほど疲労が溜まっていたとは」

ポーラはやれやれと首を横に振った。……そう言われると否定はできない。

レクトは最近までセレナ捜索のために随分長い間王国中を回っていた。王都に帰ってからもすぐに引継ぎをして伯爵の護衛兼補佐としての仕事を始め、そのうえ春の舞踏会の同伴者探しまでしなければならなくなり、自分で思っていた以上にストレスが溜まっていたのかもしれない。

「まさか記憶が飛んでしまうほど疲れていたとは……」

「……本当に覚えていないんですか？」

ポーラは訝しげに尋ねるが、レクトには「覚えていない」以外の回答はなかった。

腕を組んで首を傾げるレクトの様子にメロディは安堵の表情を浮かべ、ポーラは少し不満げだ。

(よかった。本当に何も覚えていないみたい)

(ふん、覚えていたらお盆でぶっ叩いてやろうかと思ったけど、残念ながら不要みたいね)

当然のことながら、先程からのポーラの話は全て真っ赤な嘘である。メロディに事情を聞いた際に、魔法の効果についても知った彼女が、機転を利かせて辻褄《つじつま》を合わせてくれたのだ。本当にレクトが風呂場の件を忘れているのなら、メロディにはそっちの方が好都合だろう。

「まあ、旦那様はもっと色々と気を付けてくださいね。というわけで紹介します。本日、私の新しい友人になったメロディです」

「えっと、メロディ・ウェーブと申します。ルトルバーグ伯爵家でメイドをしております。どうぞよろしくお願いします」

メロディはそっと膝を降り、カーテシーをしてみせた。レクトは思わず目を見張る。

(……美しい。簡単な挨拶だとばかり思っていたが、こんなにも違うものなのか……)

たった数秒の挨拶が、レクトには何かの舞いの一種のように感じられた。

洗練された礼儀作法は、見る者が見れば芸術と変わらない。レクトは今それを実感したのだ。

そして思う。もしかして彼女は、貴族に対する礼儀作法が完璧なのでは？　——と。

「俺の名前はレクティアス・フロードだ。レクトで構わない」

「はい、レクト様」

「……様は、不要だ」

「えっと……レクトさん、ですか？」

「ああ、それで構わない」

「ですが、貴族の方をメイドがさん付けで呼ぶのは……」

「……ルトルバーグ家の遣いで来たわけではないのだから、普段は気にしなくてもいいだろう」

「はぁ、まあ、そう仰られるのでしたら分かりました。よろしくお願いします、レクトさん。トレンディバレスでは助けていただき、本当にありがとうございました」

メロディがニコリと微笑む。それを目にしたレクトの心臓が自分でも驚くほどに大きく揺れた。突然の動悸にレクトは内心で驚く。メロディにも聞こえるのではというほど大きな鼓動だった。

（い、今のは一体……？）

レクトは動揺を表に出さなかったが、背後でポーラがニヤついていたことを彼は知らない。

この日以来、レクトはポーラを介して毎日のようにメロディと会うことになる。そのたびに妙な動機が起こり、困惑する日々を過ごすことになるのだが……なぜ気付かない、二十一歳。

高鳴る鼓動が何を意味しているのか、レクトが気が付くのはもう少し先の話。

ちなみに、この翌日に行われたお茶会は何事もなく無事に終わった。あとは王立学園の入学式を待つばかりであ……そういえば、ルシアナの両親がもうすぐ来るんだだった。

割と過激な親子の再会

ルトルバーグ伯爵領。王国北方に位置するそこは本来、国内でも指折りの広大な領地だった。

しかし、先々代伯爵が事業に失敗したことで、領地の大半を手放すことになってしまい、これが原因で、ルトルバーグ家は王都で『貧乏貴族』と呼ばれるようになっていったのである。

数十年掛けて借金は完済されたが相変わらず領地は貧しく、伯爵家再興の道はいまだ厳しい状況にある。だが、貧乏ながらも領民を慮《おもんぱか》る伯爵家の領地経営は、領民から多くの支持を集めていた。

昨年起こった不作の際に、税収不足を伯爵家が負担することで税率を下げ、領民から餓死者《がし》が出ないよう尽力してくれたことは記憶に新しい。

清貧を重んじる現当主の名は、ヒューズ・ルトルバーグ伯爵。

先々代の過ちから手堅い領地経営を学び、伯爵家のせいで貧しい暮らしを余儀《よぎ》なくされた領地を救うために粉骨砕身《ふんこつさいしん》する姿は、領民からも彼の家族からも尊敬されるものだった。

そんな伯爵に転機が訪れる。

彼の堅実な領地経営の手腕が宰相及び宰相補佐の目に留まり王国最高行政機関『宰相府』への任官を命じられたのだ。

娘のルシアナの進学とヒューズの任官が同時期であったこともあり、一家は総出で王都に住まうことになった。だが、出発直前に領内で問題が発生。入学手続きの関係で遅れるわけにはいかなかったため、伯爵はルシアナを一人で王都へ向かわせた。

まさか、ルトルバーグ家王都邸がボロボロの幽霊屋敷だったとは夢にも思わずに……。

「な、なんだ……これは……」

ルシアナより一ヶ月ほど遅れてようやく王都に辿り着いたヒューズ・ルトルバーグ伯爵は、呆然とした様子で王都邸の玄関ホールに立っていた。

金髪茶眼の美丈夫だが、口をポカンと開けて放心している今の姿は少々残念である。

「これが……うちの王都邸？」

ヒューズの妻、マリアンナもまた屋敷の現状に心を奪われている。

茶髪碧眼の美しい女性だが、ヒューズ同様口を半開きにしている姿が美貌を台無しにしていた。

辿り着いた王都邸はとても人の住めるような屋敷……どころではなく、『貧乏貴族』には不釣り合いなほどに立派で、美しい邸宅であった。

「お待ちしておりました、旦那様、奥様」

そのうえ、若くて可愛いメイドが二人を出迎えてくれた……メイドはもっと高齢ではなかったかと、ヒューズは内心で首を傾げる。

「やっと来てくれたのね、お父様、お母様！」

「「ルシアナ！」」

聞き覚えのある少女の声に伯爵夫妻が我に返ると、ルシアナが飛び込んできた。伯爵は最愛の娘を抱きかかえ、嬉しそうに笑った。マリアンナは娘の行動に驚きつつも、喜びを全面に押し出すルシアナの表情に自然と笑みが零れる。

一人で王都に向かわせて不安だったが、どうやら杞憂《きゆう》だったらしい。

「久しぶりだね、ルシアナ。息災のようだな。何事もなかったようで安心したよ」

笑顔で告げる伯爵に、ルシアナもまた笑顔で応える。ルシアナは笑顔のまま伯爵から離れると、右腕を肩から背中に回し――目にも留まらぬ速さで右腕を振り下ろした。

「んなわけあるかああああああああああああああああああああ！」

スパーーーーーーーーーーーーーーーーーーン!!

「ぶうううううううううううう！」

「あなたあああああああああああ!?」

突然、脳天に衝撃を感じた伯爵は、気がつくと地面に転がっていた。どうやら何かで頭を叩かれたらしい。なかなか迫力のある衝撃音だったが、痛み自体はそれほどでもないようだ。

伯爵は起き上がると、涙目になってルシアナに抗議した。

「いきなり何をするんだ、ルシアナ！」

「そ、そうよ、ルシアナ！　お父様になんてことをするの!?」

困惑する両親とは裏腹に、ルシアナは全く悪びれる様子もなく伯爵を睨みつけていた。

頬まで膨らませてしっかり不機嫌アピールである。

彼女の右手には、おそらく伯爵をはたいたであろう武器があった。武器と言うか……紙の束だ。

紙をジグザグに折って束ねたのだろうか？　見たことのない武器……いや、武器か？

「……ルシアナ。なんだ、それは？」

「これは相手を傷つけずに懲《こ》らしめるための拷問具『ハリセン』よ！」

「拷問具⁉　ルシアナ、あなたなんて物を……」

「大丈夫よ、お母様。言ったでしょ？　相手を傷つけるものではないわ。私だってお父様に怪我をさせるつもりはないけど、これぱっかりは我慢できなかったのよ！」

「我慢とは、何を……」

「この屋敷のことよ！　いくら我が家はうっかりやらかしてしまう家系とはいえ、今回のことはさすがに許容範囲を超えているわ！」

「この屋敷のどこに不満があるというんだ？　こんなに綺麗で——ぶふうっ！」

またしてもパシンといい音が響く。両親が到着するまでの間、ハリセンを振る訓練をした甲斐があったというものだ。訓練に付き合ったメロディも、満足げにその光景を見つめていた。

友人達とのお茶会の後、王都邸に来る両親に言葉だけでなく体で文句を表現してやりたいというルシアナの要望を叶えるために、メロディが『ハリセンツッコミ』を提案したのである。

ハリセンなら相手を傷つけずに全力が出せる。ハリセンを実演したところ、ルシアナは目を輝かせて「これだわ！」と喜々としてメロディからツッコミ指南を受けた。

「今の発言……つまり、お父様はこの屋敷の現状を全く把握せずに私を送ったってことじゃない！　こんなボロ屋敷に一人娘を送り出すなんて、親として許されない暴挙だわ！」

「ボロ屋敷って……これのどこがそうだというんだい？」

ヒューズは周囲を見回す。だが、ボロ屋敷などどこにも見当たらない。

「そうよ、ルシアナ。とても我が家の屋敷とは思えないほどに素敵な屋敷じゃない」

「これは全部メロディが直してくれたのよ！　でなきゃ私達、あの幽霊屋敷に住むことになっていたんだからね！」

「メロディ？」

ルシアナが指差したのは、彼女の後ろに控える黒髪のメイドであった。年齢はルシアナと同じくらいだろう。少女は美しい所作で礼をするとふわりと優しい笑みを浮かべた。

「お初にお目にかかります、旦那様、奥様。先日よりお嬢様のお世話をさせていただいております、オールワークスメイドのメロディです。よろしくお願いいたします」

伯爵夫妻は一瞬息を呑んだ。今まで気が付かなかったが、メロディと名乗る少女のなんと美しく愛らしいことか。一番はもちろん愛する娘だが、ルシアナに負けず劣らずの美少女で……。

「……ルシアナが前にも増して物凄く綺麗になってる⁉」

「今更よね！」

状況についていけなかった伯爵は、自分の娘の明らかな変貌にようやく気がついた。

なんて鈍感な父親なんだと苛立つルシアナがハリセンを鳴らす。

その音を聞いた伯爵は小さな悲鳴を上げた。軽くトラウマになったようだ。

「そういえばルシアナ。あなたのそのドレス、一体どうしたの？」

マリアンナの質問は尤もで、彼女は煌めくような青いドレスを身に纏っていた。

こんな美しいドレスをルシアナが持っているはずがない。まるで新品ではないか。

「これはお母様が半年前にくださったお古のドレスよ」

「ええ⁉　あのドレスがこんなに綺麗なはずがないわ！」

「これもメロディが洗浄してくれたのよ。あとでお母様のドレスもしてもらうといいわ。お願いできる？　メロディ」

「もちろんです、お嬢様。奥様のドレスもお任せください」

「えーと、一体どういう……」

「お嬢様、昼食の用意が整ったようです」

「分かったわ。お父様、お母様、詳しい説明は食事をしながらするわ。お父様、ちゃんと説明するからしっかり反省してくださいね！」

「あ、ああ……分かったよ」

「そ、そうね、お腹が空いてしまったわね」

メロディに先導され食堂へ向かった。途中、ふと気がついた伯爵はルシアナに尋ねた。

「そういえば、ここのメイドは年配の女性だったと思うのだが、メロディは追加で雇ったのかい？」

「そのメイドは腰を悪くして退職してしまったの。メロディは後任よ」

ルシアナの説明を聞いた伯爵夫妻はともに首を傾げた。つまり、今もメイドは一人ということだ。

では一体誰が昼食の用意をしているというのか。

「メロディはずっとここにいたじゃないか。一体誰が食事を作っているというんだい？」

「そんなの、メロディに決まってるじゃない」

ルシアナの回答に伯爵夫妻は再び首を傾げる。さっきも言ったが、メロディはずっとここにいるのだ。昼食を用意する時間など無かったと思うのだが……？

「最近はもう必要なかったんだけど、今日は彼女のことを説明するためにやってもらったのよ」

「何をだい？」

先程からルシアナの説明が要領を得ない。だが、食堂に到着した夫妻は、その光景に驚愕した。

「「……は？」」

「旦那様、こちらのお席へどうぞ」

「奥様、こちらのお席へお座りください」

「お嬢様はこちらへお願いします」

伯爵夫妻は自分の目を疑った。なぜか食堂にはメロディが……三人いた。ヒューズ達の椅子を下げるために、それぞれの席に同じ顔した三人の少女が立っているのだ。

「……み、三つ子？」

伯爵は考えうる最も可能性のある答えを口にした。しかし、ルシアナは不敵に笑う。

「……そんなことは言ってられなくなるわよ、お父様」

「それは一体どういう……ヒッ！」

ルシアナの真意が分からず聞き返そうとした伯爵の眼前に驚きの光景が広がる。

――ピロリン。ワインメロディが現れた。グラスメロディが現れた。前菜メロディが現れた。

メロディが現れたメロディが現れたメロディが現れたメロディが――以下略。

次々と現れる同じ顔の少女達。一人、二人、三人、四人、五人……いっぱい……。

「ぎゃあああああああああああああああああああああああ！」

「きゃあああああああああああああああああああああああ！」

あまりの絶叫にルシアナは思わず耳を塞いだ。伯爵夫妻は許容限界を越えてしまったようだ。

しばらく絶叫する二人だったが、息も意識も限界が来たようで二人仲良く卒倒してしまった。

「「きゃああああああああああ！　旦那様、奥様!?」」

分身メロディ達はいつかのルシアナの時のように声をハモらせて伯爵夫妻の元へ駆け寄ると、伯爵夫妻を急いで寝室に運んでいった。

食堂に残ったのは本体メロディとルシアナだけである。

メロディは青褪めた様子で運ばれていく彼らを見送った。

対するルシアナは未だ耳を塞いだまま呆れた様子で両親を眺めて、こう言った。

「二人一緒に仲良く悲鳴をあげて気絶するなんて……本当に似た者夫婦なんだから」

「……似た者夫婦じゃなくて、似たもの親子だと思います」

青褪めたまま静かにツッコむメロディの言葉は、耳を塞いでいるルシアナに届くことはなかったはずだが、彼女はほんの少しだけ口角を上げて笑っていた。

王立学園入学式一週間前の、何気ない昼間に起きたささやかな惨劇であった。

想定外の黒髪メイド

春麗《うら》らかな朝、とうとうルシアナが王立学園に入学する日がやってきた。

「お嬢様、お忘れ物はございませんか？」

「大丈夫よ、メロディ。昨夜カバンの中身を全部出して確認したもの。完璧よ！」

学園の制服に身を包んだルシアナは、カバンをポンと叩いて楽しそうに笑った。

銀糸の刺繍《ししゅう》が施された深碧のブレザーに膝下丈のスカート。女性の生足は禁じられているため、黒タイツは履いている。胸元には一年生を表す赤い大きなリボンがあしらわれていた。ちなみに、二年生は青、三年生は黄色のリボンを付ける。男性の場合はネクタイだそうだ。

「行ってきます、メロディ。留守番よろしくね！」

「畏まりました、お嬢様。行ってらっしゃいませ、旦那様、奥様」

「メロディも一緒に連れて行きたかったわ」

「それは無理だよ、マリアンナ。入学式に参加できるのは新入生とその家族だけだからね」

「分かっているわ、ヒューズ。あとでルシアナの勇姿を聞かせてあげるわね、メロディ」

「はい、心待ちにしております、奥様」

どこか悪戯《いたずら》っぽい笑顔を見せあう二人に、ルシアナは顔を赤くして抗議する。

「勇姿って、入学式に出席するだけだよ⁉」

「ははは、娘の晴れ姿なんだ。入学式に出席するだけでも私達親には『勇姿』だ。可愛い娘よ」

「その通りです、お嬢様。奥様がお帰りになられたら、是非詳細を教えていただかなくては」

「ええ、任せてちょうだい」

「もう、やめてよおおおお！」

顔を真っ赤にして恥ずかしがるルシアナは大変愛らしい。三人は満足げに頷く。

恥ずかしがるルシアナを余所に、馬車は王立学園に向けて走り出した。


一週間前、驚きの恐怖体験を齎したメロディだったが、今ではヒューズやマリアンナとも良好な関係を築けている。最初こそ分身に驚いたものの、慣れてしまえば便利なもの。

マリアンナなど、時折分身メロディをお願いしてしっかり活用しているほどだ。

むしろ、メロディほど費用対効果の高いメイドもいないので、絶対に手放したくなかった。

まあ、それはともかく、今日も今日とてメロディはメイドのお仕事である。

本来、屋敷の清掃をするメイドの姿を主人に見られることは、望ましいことではない。就職初日にメロディがルシアナの前で掃除をしていたことは例外と言ってよいだろう。不可抗力である。

以降、メロディは主人が起床する前に粗方の清掃を終えるようにしていた。残っているのはルシアナと夫妻の寝室くらいだ。というわけで、メロディは夫妻の寝室のベッドメイクから始めた。

……伯爵夫妻の寝室を出たメロディは、心なしか頬が赤い。数日おきに彼女はこのように顔を赤くして夫妻の寝室を出るのだ。

理由は……秘密だ。使用人は主人の家庭事情をペラペラと口にしてはいけないのである。

「さて、次はお嬢様のお部屋ですね」

気を取り直したメロディは、ルシアナの部屋の扉を開けた。

明るくお転婆な印象のルシアナだが、存外彼女の寝室は綺麗に整えられている。

サッとベッドメイクを済ませてしまえば、大方清掃は終了だ。あとは机の上を水拭きすれば完了というところで、メロディはここにあってはならない物を見つけた。

「これは……」

机に置かれていたのは一枚の書類。

『王立学園　入学許可証』

書類の隅には注意事項が記載されていた。

『※本許可証は入学式当日に必ずお持ちください。新入生であることを証明する大切な書類です。入学式開始直前で確認、回収をさせていただきます。お忘れになると、入学式への出席を許可できない場合がありますのでご注意ください』

思わず脱力してしまい、メロディは机に両腕をついて体を支えた。今朝の会話が思い出される。

『大丈夫よ、メロディ。昨夜カバンの中身を全部出して確認したもの。完璧よ！』

「……カバンから全部出して――全部を入れなかったんですね、お嬢様」

時たまうっかりやっちゃうルトルバーグの血。それは、ここぞというところで発揮されるのだ！

「……持って行くしかないですね」

入学式開始まであまり時間はない。走ったところで女の足では間に合わないだろう。

だが、メロディならば十分に許容範囲だ。

「開け、奉仕の扉『通用口』」

ルシアナの部屋の真ん中に簡素な扉が出現する。扉を潜ると、メロディは王立学園にほど近い路地裏に出た。ルシアナの入学手続きに付き合ったので学園内の座標は分かるが、さすがにそれは不法侵入である。何よりこの魔法は、人前では使用できないのだ。

「ちょっと面倒くさい縛りを作っちゃったかも……でも、それがメイドだしね」

基本的に、使用人の仕事は主に見せないのが常識であるため、貴族の邸宅では主一家が使う扉と使用人が使う扉は明確に区別されている。

メロディの転移魔法にはこの原則が適用されており、誰かの目がある場所では扉が出現できないよう設定されていた。利便性よりもメイドの矜持《きょうじ》が優先された結果である。

とはいえ、あっという間に学園に入ることができたメロディは、ルシアナのもとへ急いだ。

王城に隣接されている王立学園は、国内中の貴族子女だけでなく優秀な平民も入学が認められている大きな施設だ。様々な学舎や講堂、運動場に庭園まであり、初見では道に迷ってしまいそう。

門番によると、入学式は学園中央にある大講堂で行われるらしい。式が始まるまで新入生は隣の控え室で待機しているそうだ。

「入学式までもう時間がない。急がなくちゃ！」

許可証を手に、メロディは大講堂目指して全速力で走り抜ける。

だがやはり、走ったのは良くなかった。通路を曲がった瞬間、メロディは何かに衝突した。

「きゃっ⁉」

どうやら人とぶつかったらしい。押し負けたメロディは弾き飛ばされ、尻餅《しりもち》をついてしまう。

「いたたた……」

「すまない！　大丈夫かい？」

「申し訳ございません。急いでいて気がつかなくって……わぁ」

差し伸べられた手を取り、メロディは立ち上がる。そして、見上げた先で感嘆の声を漏らした。

金糸の刺繍が施された深碧のブレザーとズボン。胸元にあるのは赤いネクタイ。つまり、ルシアナと同じ今年度の新入生だろう。

身の丈は六尺ほど。長身でいてスラリと細い。男性とも女性とも取れそうな中性的な顔立ちで、サラサラミドルヘアの黒髪には、少々触れてみたい衝動に駆られる。こちらを見つめる浅葱《あさぎ》色の柔和な瞳は、優しさに溢れていた。

まさに美丈夫。イケメンという言葉は彼のためにある。そんな甘いマスクの美少年がメロディを助け起こしてくれたのだ。恋よりメイドなメロディであっても、思わず見惚れる美しさだった。

「起こしてくださりありがとうございます……あの……？」

お礼を告げるメロディだったが、なぜか少年の手が離れない。彼は困惑を孕《はら》んだ表情でメロディを見つめていた。まるで『当てが外れた』とでも言いたげだ。

「あの……どうかなさいましたか？」

メロディの再度の声でようやく我に返ったのか、少年は彼女の手をパッと放した。

「いや、済まない……。怪我はないかい？」

「はい、大丈夫です。ご迷惑をお掛けして申し訳ございません」

「気にする必要はないよ。君はメイドだね。こんなところに何の用事だい？」

言われてメロディはハッと思い出した。今はゆっくり話している場合ではないのだ。

「いけない！　お嬢様に忘れ物を届けに来たんです。早く控え室に行かないと」

「新入生の控え室ならこの通路をまっすぐ行って、二番目の角を右に曲がった先にあるよ」

「ありがとうございます！　失礼します！」

少年に控え室への道順を教えてもらうと、メロディは早歩きでルシアナの元へ向かった。

歩き出したメロディはふと後ろを振り返る。少年は先ほどと同じ位置に立ったまま、メロディを見送っていた。

「あの、失礼ながらあなたも新入生では？　控え室に行かなくてよろしいのですか？」

少年が少し困った表情で「すぐに行くよ」とだけ答えた。これ以上答えがないと感じたメロディは、美しいカーテシーで返礼すると控え室に向けて歩を進めた。

メロディの姿が見えなくなってしばらく経った頃、少年は先ほどの通路の角に何度か頭を出してみた。何かを待っているような素振りだが、待ち人が来る様子はない。それでもしばらく通路の角で何かを待つ少年だったが、いくら待っても変化がないことを悟り、深々とため息を吐いた。

「なぜだ……なぜ……」

「ようやく見つけた！　こんなところで何をなさっているんですか、殿下！」

背後から呼ばれる『殿下』という声に、少年は振り返る。

彼の名前はクリストファー・フォン・テオラス。第一王子にして現王太子、その人である。

クリストファーの元に現れたのは学園の生徒だった。ネクタイの色は青色、二年生だ。後ろで結んだハニーブロンドの髪とエメラルドグリーンの瞳を持つ美しい少年。

マクスウェル・リクレントス。以前、メロディとともに定期馬車便で王都に向かった、現宰相の嫡男にして王太子の最有力側近候補である。

「早く式場へお戻り下さい、殿下。今年の新入生代表挨拶は殿下がなさるんですよ？　もう入学式が始まります」

「待ってくれ、マクスウェル！　俺はここで彼女を待たなければならないんだ！」

マクスウェルはクリストファーの手を引こうとするが、クリストファーはそれを拒《こば》んだ。

「彼女？　ヴィクティリウム侯爵令嬢なら既に会場にいますよ」

「違う！　そっちじゃない！」

「彼女はあなたの婚約者候補筆頭ではありませんか。他の女性と密会だなんて……俺が許しても陛下が許しませんよ。早く戻りましょう」

「いや、だって……ヒロインが、聖女《せいじょ》がまだ現れていないんだ！　ぶつかったのは黒髪のメイドだしさ！　本当なら銀髪のヒロインが来るはずなんだよおおおおおおお！」

「……またか」

マクスウェルは呆れた調子で首を横に振った。

「本当なんだって！　本来ならベタな『遅刻、遅刻〜』って感じでヒロインちゃんが俺と通路の門でぶつかってシナリオが始まるはずなんだよ！　でも、ぶつかったのはなぜか黒髪のメイド！　確かにとびきり可愛かったけど、ヒロインちゃんじゃないんだよ！　何でだあああああああ⁉」

（……黒髪のとびきり可愛いメイド？　……まさかね）

マクスウェルはふと以前に知り合ったメイド志望の少女を思い出した。確か、彼女も黒髪だ。

「このままじゃ魔王が復活するってのに、肝心のヒロインが現れないってなんでだよ！」

王太子の意味不明な叫びは、ほとほと呆れるマクスウェルの耳にしか届いていなかった。

「これさえなければ、君は完璧な王太子なんだけどね」

呆れと同情と諦念の想いを籠めてそう言うと、マクスウェルはクリストファーを無理やり入学式会場へと連行していった。

通路でぶつかった少年、王太子クリストファーと別れて控室に辿り着いたメロディは、どうにか入学許可証をルシアナに渡すことができた。

だが、慌てた様子で駆け寄るルシアナにより、新たな問題に直面することとなる。

「エスコートですか？」

「そうなの！　今夜の舞踏会にはエスコート役が必要だったのよ！」

例年、王立学園入学式の夜には、今年から社交界デビューをする貴族子女のお披露目として『春の舞踏会』が催されてきた。今年十五歳を迎えるルシアナも今夜が社交界デビューである。

だが春の舞踏会には、他の舞踏会にはない特殊な決まりごとがあった。

社交界デビューをする令嬢は、エスコート役の男性を伴って参加しなければならないのだ。

控室にいる他の令嬢達の会話を聞いて、ルシアナはその事実を初めて知った。

「でも、旦那様も奥様もそのような話はされていませんでしたよね？」

「男性は別に一人でもいいのよ。それに、当時からお母様にはお父様がいたの。二人ともエスコート役で困った経験がないからうっかり忘れていたんだわ！」

「……それは……えーと……どうしましょう？」

ルトルバーグ家のうっかり具合に、さすがのメロディも笑顔が引きつってしまう。

「とりあえず入学式が終わった後で同級生との顔合わせがあるから、その時にでもお願いできる人がいないか聞いてみるわ。まあ、望み薄だけどね……」

「が、頑張ってくださいね、お嬢様」

ルシアナは笑顔を浮かべてメロディを見送った。

例の幽霊屋敷の件もあって、王都では『貧乏貴族』ルトルバーグ家の名は悪い意味でよく知られていた。メロディのおかげで今は生活水準が向上しているものの、経理上は貧乏なままであるし、わざわざルトルバーグ家を訪ねてくる者もいないため、実情を知るものは皆無と言っていい。

退職した年配のメイドから『貧乏貴族』の件を聞かされて知っていたルシアナは、実際に周囲の反応に晒されて、舞踏会参加は無理かもしれないと思った。

「まあ。あの方が幽霊屋敷の？」

「学園から支給された制服のおかげで見た目だけはマシですけど、ご実家の方は……ふふふ」

どこからともなく、控室からクスクスと蔑むような笑い声が響いた。表情にこそ出さなかったが、ルシアナは人知れず拳を強く握り締める。だが、ルシアナはそれに屈したりはしない。

（内緒話を装ってしっかり私に聞こえるように……そんなのに負けないんだから！）

ルシアナは笑い声の方を振り返ると、目が合った令嬢に向けてメロディ直伝『淑女ルシアナ』の笑顔を披露する。令嬢はポッと顔を赤らめると、恥ずかしそうにルシアナから目を逸らした。

「お時間です。大講堂へお集りください」

係員に呼び出され、ルシアナは毅然《きぜん》とした態度で入学式会場へ赴く。

『貧乏貴族』を思わせる卑屈さなど微塵も感じられない。理想的な令嬢の姿がそこにあった。

ルシアナと別れたメロディは、妙案がないかと唸りながら学園の通路を歩いていた。

（……この際私が男装してエスコートするっていう手も……いや、さすがにそれはダメか……）

難しい顔をして歩くメロディの頬に、優しい風が触れる。ふと気が付くと、そこは外に繋がる渡り廊下で、メロディの左側には美しい庭園が広がっていた。

「わぁ……」

メロディは感嘆の息を漏らす。ルトルバーグ家で自分が作ったものとは違う、広い敷地面積を生かした芸術的な庭園が彼女の視界を埋め尽くしていた。

木々の配置、計画的な剪定の技術、どれをとっても素晴らしい庭園には人工的に小川も作られているようで、流れる水のせせらぎが耳に心地よい。

生徒の憩いの場でもあるのだろう。適度にガゼボが用意されて――。

「あれ？　あそこにいるのは……マックスさん？」

「……メロディ？」

後ろで結ばれたハニーブロンドの髪と、エメラルドグリーンの輝く瞳を持つ美少年。以前、王都へ向かう定期馬車便に同乗した彼が、なぜかガゼボで読書をしている。

彼は学園の制服に身を包み、二年生を示す青いネクタイを首に絞めていた。

「……久しぶりだね。その格好、どうやら希望通りメイドになれたみたいだね」

「お久しぶりです、マックスさん！　その節はお世話になりました。というか、マックスさんは学園の生徒だったんですね。二年生ですか？　……あれ？　生徒ということは、貴族のご子息だったんですか⁉　あわわ、失礼しました！」

再び慌てて頭を下げるメロディに、マックスことマクスウェル・リクレントスは苦笑する。

「俺達は友達だろう？　そんなこと気にしなくていいさ。とりあえず質問に答えると、俺は学園の二年生だよ。それより久しぶりなんだし、少し話をしないかい？」

「えっと、それじゃあ少しだけ」

隣の席をポンポン叩くマクスウェルに勧められて、メロディは恥ずかしそうに席に着いた。

「そういえば、マックスさんはどうして今日学園に？　入学式に在校生は参加しませんよね？」

「今年の新入生に知り合いがいてね。良く言えば付き添い、悪く言えばお守りかな？　優秀なんだけど、時々壊れたように暴走する人でね。そばで見張っていないといけないのさ」

「まあ、それは大変ですねぇ」

気の毒そうな顔でマックスを見るメロディ。まさかこの国の王太子だとは夢にも思うまい。

「メロディこそどうしてここに？　その格好はメイドだろうけど、学園のメイドではないよね？」

「はい。ルトルバーグ伯爵家のメイドをしています。今日はお嬢様の忘れ物を届けに来たんです」

マクスウェルは軽く目を見張る。その名前には覚えがあった。まだ学生の身ではあるが、宰相である父親の後を継ぐつもりの彼は定期的に宰相府を出入りしており、ルトルバーグ伯爵とも多少の面識を持っていた。もちろんルトルバーグ家の通り名『貧乏貴族』のことも知っている。

（まさかあのルトルバーグ家とは。紹介状もなしによく貴族のメイドになれたものだが……）

と、考えてマクスウェルは気が付く。あの家でまともにメイドの仕事ができるのだろうか、と。

「……いきなり貴族家で仕事は大変だろう。困ったことがあれば相談に乗ろうか？」

「いいえ、大丈夫です。皆様とてもよくしてくださって、やりがいのあるお仕事ですから」

「……そう、それはよかった」

不満のふの字も見当たらない満面の笑顔がそこにあった。少しでも笑顔に影が見られるようなら手を貸そうかと思っていたのだが、これではどうしようもない。

マクスウェルはそれを少しばかり残念に思った。そして、そう思った自分に内心で驚く。

美少年ゆえに幼い頃から女性に言い寄られてきたマクスウェルは、思春期真っ盛りなこの年で既に女性という存在に辟易《へきえき》していた。嫌いとまでは言わないが、積極的に関わろうとは思えなくなっていたのだが……メロディに対してはそうではないらしい。

彼女はマクスウェルの美貌に全く頓着しない。彼が貴族だと知っても、メイドとして畏まりはしたが彼女自身の態度は、以前一緒に旅をしたあの頃と何も変わらなかった。

それは彼にとって、本当に嬉しいことだった……この気持ちは、恋？　いや、これは――。

「――あ、でも、お嬢様が……」

ふと、メロディの笑顔に影が差した。マクスウェルは思わず眉を寄せる。

「……何かあるのかい？」

（まさか、やはりルトルバーグ家で何か大変なことが？　もしかして嫌がらせでもされて……）

「お嬢様のエスコート役が決まらなくて……」

「…………エスコート？」

「今夜の舞踏会がお嬢様の社交界デビューなのにエスコート役がいないんです。どうにかしたいんですけど良案が思い浮かばなくて……この程度も対処できないなんて、私、メイド失格です」

「ぷふっ、ぐっ――あはははははは！」

「マックスさん⁉」

突然マクスウェルが笑い出した。メロディはしばし目を丸くし、そして顔を赤くして怒った。

「私が真剣に悩んでいるのにどうして笑うんですか！」

「いや、ぷくくっ！　ゴメン、ゴメン。まさかそんなことで悩んでいたとは……ぷふふっ！」

「お嬢様にとっては一大事なんですよ⁉」

そう、一大事なのはあくまでルトルバーグ伯爵令嬢の方であってメロディではない。暗い顔をして悩むものだから何事かと思えば、自分のことではなくお嬢様のことだったとは……。

ついさっきメロディが見せた満足げな笑顔を思い出し、マクスウェルは滑稽《こっけい》な勘違いをした自分がおかしくてしょうがなかった。

「あははっ、すまない。お詫びと言ってはなんだけど、メロディの悩みは俺が解決してあげるよ」

「マックスさんが？」

「ああ、ルトルバーグのご令嬢のエスコート役、俺が引き受けよう」

「いいんですか⁉」

「もちろん。今夜の舞踏会には一人で出席するつもりだったけど、困っている友人の助けになるなら、この右腕くらいいくらでもお貸しするよ」

マクスウェルは立ち上がり、右手を腰に添えるとエスコートのポーズを取った。

優美な立ち姿と甘い笑顔は、一介の令嬢が見れば途端に魅了されてしまうに違いないが――。

「わあ！　ありがとうございます、マックスさん！　早速お嬢様にお伝えしなくちゃ！」

そんな姿がメロディに通用するはずもなく、彼女は純粋にその提案を喜ぶだけだった。

(虜《とりこ》にしようと思ったわけではないけど、ここまで反応がないとさすがに自信をなくすなぁ)

ピシリと美少年のプライドに亀裂《きれつ》が走る音がした。マクスウェルは苦笑するばかりだ。

(……だが、それがいい。だからこそ俺と君は……いい友達になれるんだ)

メロディはエプロンから取り出したメモに何事か記すと、それをマクスウェルに手渡した。

「ここがお屋敷の住所です。えーと、馬車の手配は……」

「それはうちから出そう。そうだな……五時頃に迎えに行くと令嬢に伝えてくれるかな?」

「マックスさんも一緒に来てくれませんか? お嬢様にご紹介しますよ」

「すまない。今から用事があって時間がないんだ。令嬢によろしく言っておいてくれるかな」

「分かりました。今夜はよろしくお願いします」

マクスウェルに一礼すると、メロディは再び控室の方へと駆けて行った。マクスウェルはそんなメロディの後ろ姿を微笑ましそうに見つめる。

「さて、メロディが仕える伯爵令嬢はどんな人なのかな? 楽しみだね」


入学式が終わり、控室で休息を取っていたルシアナのものに、メロディから朗報が伝えられる。

「エスコート役が見つかったの!?」

「二年生のマックスさんていう私の友人なんですけど、さっき偶然会ったんです。まさか貴族だとは知らなかったのでびっくりしちゃいました」

「その方が私のエスコートをしてくれるの？」

「夕方の五時に迎えに来てくれることになってます。急だったんで会えるのはその時になりますが」

「ありがとう、メロディ！」

感極まったルシアナがいつものようにメロディに抱き着こうとしたが、メロディは華麗な所作でルシアナの抱擁《ほうよう》を回避した。

「お嬢様、公衆の面前でメイドに抱き着くなんて貴族令嬢のすることではありません」

「うー。屋敷に帰ったら覚悟しておいてよね。……ところで、エスコート相手の方の名前は？」

「あれ？　さっき言いましたよね？　マックスさんですよ」

「家名は？」

ルシアナの当然の質問に、メロディは硬直した。そういえば……彼のフルネームって……何？

「き、聞くの忘れてました……」

「友達なのにフルネーム知らないの？」

「だ、大丈夫ですよ！　マックスさんはとても紳士的で優しくて、そのうえ物凄い美人さんなんですから。し、心配しなくても彼なら問題ありませんよ……多分」

「とっても美人なマックスさんかぁ……」

一体どんな人が来るのだろうか。まだ見ぬエスコート役の男性を思い心躍る――わけもなく、ルシアナは不安な気持ちで天を仰ぐのだった。

（どうしよう。まさか我が家の『うっかり』がメロディにまで伝染したんじゃ……）

不安の論点が少々おかしい。問題ない。メロディは割と最初からこんな子である。

乙女ゲーム「銀の聖女と五つの誓い」

「はじめまして。私の名はクリストファー・フォン・テオラス。テオラス王国王太子たる私が、若輩者ながら新入生代表として挨拶します」

朗らかに、清々しい声が会場中に響き渡る。誰もが王国始まって以来の神童に耳を傾けた。

次代の名君として話題の超有名人だ。国内全域に渡る定期馬車便の設立や、低所得者を救済する商業ギルトへの働きかけなど、若干十五歳にして彼が国民に齎した利益は計り知れない。

繊細にして艶めかしい黒い髪、海の煌きを彷彿とさせる浅葱色の双眸、その中性的な顔立ちは女性だけでなく、うっかり男性さえもときめかせかねない魅力を孕《はら》んでいる。

誰もが羨《うらや》む美貌と頭脳。王族としての高い決断力と、身分差に拘らない柔軟な発想力を兼ね備えた彼は、貴族、平民を問わず名実ともに憧れの的であった。

……だが、彼らは知らない。

「世界を救う聖女が、ヒロインが現れないんですけど！　魔王、復活するんですけど！」

入学式を終えた王太子が王城の自室にて……意味不明なことを喚き散らしているなどとは。

扉の前でマクスウェルは「またか」と、寂しいため息を吐いた。

入学式では綺羅びやかな王太子を演じていたというのに、落差が激しすぎる……。王国始まって以来の天才、王太子クリストファーには時折このように意味不明なことを叫ぶ発作のようなものが見受けられた。正直、マクスウェルには全く理解できないものばかりだ。

これに対処できるのは、彼女ただ一人——。

「まあ、殿下。またそのように叫ばれて。一体どうなさいましたの？」

現れたのは一人の美少女……いや、美女だ。燃えるような真紅の髪は腰よりも長いストレートヘア。凡庸《ぼんよう》な宝石では到底太刀打ちできない、切れ長な翡翠の瞳。均整の取れた顔立ちと、ふっくらとした朱色のくちびるは十五歳にして既に大人の色香を醸し出している。

その肢体は襟首までしっかりとドレスで隠されているにもかかわらず、艶《あで》やかな体躯を隠し切ることはできない。豊満な双丘と引き締まった腰、スカートの下から覗く細い足首が、彼女のスラリと長い下肢を妄想させる。

少々気の強そうな顔立ちをしているが、それもまた男心をくすぐる妖艶《ようえん》さに繋がっていた。

まさに男の理想を体現したかのような絶世の美女、アンネマリー・ヴィクティリウム侯爵令嬢がマクスウェルの頼みにより、王太子の私室に足を運んだのである。

「まったく、わたくし衣装合わせをしておりましたのに」

幼い頃からの幼馴染である彼女だけが、なぜか発作を起こす王太子を宥《なだ》めることができた。そんな事情もあってまだ王太子の婚約者候補にすぎないが、彼女は王城に部屋を与えられていた。

春の舞踏会では王太子が彼女をエスコートするので、こちらで準備をしていたのである。

「残念ながら君でないと今の彼は静まりそうになくてね。悪いが頼むよ」

嘆息しつつも部屋に入ると、アンネマリーは扉を閉めて部屋全体に魔法を掛けた。

「平静と沈黙を保て『静寂《サイレンス》』」

王国では聞きなれない不思議な発音で呪文が紡がれた。部屋全体に遮音の結界が展開される。

これで外に音が漏れる心配はない。アンネマリーが何をしようと、何を語ろうとも……。

彼女は部屋の隅に飾られている甲冑のオブジェから剣を抜き取ると、全力で駆けだした。

「チェエエエストオオオオオオオオオオオオオオオオ！」

「このままヒロインちゃんが現れてくれないと、俺達みんな死ん——うぎゃあああああ！」

みっともない絶叫が部屋全体に響き渡る。だが安心してほしい。王太子の情けない叫び声が外部に漏れる心配は既に対処済だ。いくらでも喚いてもらって構わない。叫べ、クリストファー！

首筋に迫る横一閃を反射的に仰け反って回避するクリストファー。だが、剣閃を避けるのに精一杯だった彼は、受け身を取ることもできずに勢いよく脳天を地面に叩きつけてしまった。

「ぎょおおおおおおおおおおおおお!?」

激痛で地面に蹲《うずくま》るクリストファーを、アンネマリーは心底落胆した表情で見つめる。

「……もう本当にガッカリ。こんなのが攻略対象の筆頭だなんて、マジありえないわ」

「ア、アンナ!?　お前いつからここに！　というか、さっきのはお前か!?　殺す気かよ！」

「いいわね、それ。もしかすると、もっと素敵な誰かが王太子として転生してくれるかも」

「ひでえ！」

剣の切っ先をクリストファーに向けながら、アンネマリーは眉根を寄せて大きく怒鳴った。

「『攻略対象』の自覚が足りないのよ、クリストファー。いえ、栗田秀樹！」

「そっちこそ、『悪役令嬢』なんだから王子には優しくしてくれよ！　朝倉杏奈！」

この二人、メロディと同じく元日本人の転生者であった。そう、前世において、英国行きの飛行機で瑞波律子の隣の席に座っていた高校生バカップル……じゃなくて、幼馴染の二人である。

何の因果か、律子と同じようにあの飛行機事故のあとでこの世界に転生していたのだ。

二人が前世の記憶を取り戻したのは、彼らが六歳の頃。当時、既に婚約者候補として名があがっていたアンネマリーが、クリストファーと初めて顔を合わせた時だった。

二人は目が合った瞬間に前世の記憶を取り戻し、その場で互いがそうなのだと理解したのだ。

「それで何？　あんたまさか、ヒロインちゃんとの出会いシーンを逃したっていうの？」

「いやいやいや、俺は何も悪くないぞ！　俺は指定された場所、時間でヒロインちゃんの登場を待っていたんだ。でも、そこに彼女は現れなかったんだよ！」

クリストファーの弁明に、アンネマリーは苦虫を噛み潰したような顔になった。

「……この世界が私達の知っている乙女ゲーム『銀の聖女と五つの誓い』の世界だというなら、あんたとヒロインちゃんの出会いでゲームのシナリオが始まるはず。その出会いがなかったと？」

「に、睨むなよ！　現れなかったものはしょうがないじゃん！」

乙女ゲーム『銀の聖女と五つの誓い』とは、アンネマリーの前世、朝倉杏奈がハマっていた女性向け恋愛シミュレーションゲームである。

母親を亡くし、失意のどん底にいたヒロインは父親に引き取られたことで、平民から突如伯爵令嬢として生きることとなった。彼女は命じられるままに王都の王立学園に入学し、そこで様々な人達との出会いを経験しながら少しずつ心を癒していく。

そして出会うのだ。生涯の伴侶となるかもしれない、五人の男性と。年齢も立場も違う彼らとの交流の中で、彼女は失ってしまった生きる希望を見出していく——という、割と王道的というか、典型的な乙女ゲームだ。

ちなみに、朝倉杏奈が当選した英国旅行ツアーが企画されたのも、このゲームである。

彼女がよく知るそのゲームに、この世界はあまりにも酷似していた。国の名前、王都の名前、魔物や魔法などの世界観。王国の歴史まで設定どおり。そして何より、彼ら自身が。

アンネマリー・ヴィクティリウム侯爵令嬢。ヒロインのライバル役——所謂《いわゆる》『悪役令嬢』である。

クリストファー・フォン・テオラス。テオラス王国第一王子にして王太子。ゲームの中ではヒロインと結ばれる五人の恋人候補の一人——所謂『攻略対象者』である。

二人の容姿も立場も、何もかもがあのゲームと全く同じ。にわかには信じられないことだが、この世界は乙女ゲーム『銀の聖女と五つの誓い』の世界なのだと、二人は信じざるを得なかった。

「だからこそヒロインちゃんが必要だっていうのに、あんたはこの重要性を分かってないの？」

「だからどうしようって悩んでるんじゃねえか！　このままヒロインちゃんが現れなかったら、この後で復活する魔王への切り札がないってことなんだからさ」

乙女ゲーム『銀の聖女と五つの誓い』はヒロインの言動を選択してシナリオを進めていくシミュ

レーションゲームだ。学園ものだけあって試験や学園祭などのミニゲームも充実しており、朝倉杏奈だけでなく、多くの女子中高生から支持を受けていた。

だがこのゲーム、ヒロインと攻略対象者がキャッキャウフフするだけの学園物語ではない。どこの勇者様の伝説ですかと言わんばかりに、ＲＰＧゲーム的要素もふんだんに用意されていたのだ。

それが『聖女』と『魔王』の設定である。

この世界には遠い昔、王国の歴史書にも載らない古い時代に封じられた『魔王』と呼ばれる存在がいて、ヒロインが学園に入学するのと同時期に、封印が解かれようとする。

それに対抗できるのは、かつて魔王を封印した神秘の乙女『聖女』の力を受け継ぐ者のみ。

要するに、ヒロインである。だが、魔王も聖女も既に忘れられた存在であり、彼女は自分が聖女であることを知らない。そんな中で魔王の封印は少しずつ解かれていき、その余波から学園でも奇妙な事件が起こり始める。

そして魔王の力に対抗するように、ヒロインの隠された聖女の力もまた少しずつ目覚めていく。

王城の最下層。既に王族にすら忘れ去られたその場所には、聖女のみが入室できる『古の書庫』がある。ゲームのシナリオが進み、導かれるように書庫を見つけたヒロインは、そこに残されていた書物を読んで聖女の力について知るのだ。

魔王が復活する時、聖女の大いなる誓いが闇の力を祓《はら》うだろう――と。

ゲームの中でヒロインは様々な難敵と戦うことになる。魔王に操られた人間や魔物。もちろんライバル役のアンネマリーや、シナリオ次第では北の隣国ロードピア帝国の間者など、どれだけヒロインに千辛万苦を与えるつもりだと言いたくなるほどに戦闘パートが充実していた。

攻略対象者達を仲間にし、戦い続けるヒロインだったがとうとう魔王が復活してしまう。

だが窮地に陥ったその時、ヒロインの大いなる誓いが、攻略対象者と育んできた愛が、魔王の闇の力を払い除ける真の聖女の力を目覚めさせた。


『母を失って、私はずっと悲しみを忘れることができませんでした。でも、忘れられなくても……あなたが、あなたがいてくれたから私……このままじゃダメだって気付くことができたんです。だから私は、生きたい。いいえ、生きます！　絶望になんて負けない。私は、あなたと生きる！』

『……自身のため、誰かのための大いなる誓い。全てが揃った。聖なる乙女に白銀の祝福を』

というのが、ゲーム終盤でどの攻略対象者が相手でも発生するイベントだ。彼女の生涯で、決して変わることのない大いなる決意と誓い。それがなされた時、突如天上から響いた祝福の声とともに、ヒロインは真の聖女として覚醒するのだ。

そして魔王は倒され世界は平和となり、ヒロインは学園卒業と同時に攻略対象者との結婚ハッピーエンドを迎えることとなるわけだ。

もしここが本当にゲームと同じ歴史を辿る世界だというのなら、ゲームのシナリオ通りに魔王は復活するし、そうなれば必ず聖女の力が必要になる。

そうでなければ世界が滅ぶバッドエンドまっしぐらだ。

「……これを見て」

「何だよ、これ？」

アンネマリーがクリストファーに差し出したのは最新版の王立学園新入生名簿だった。だがそこにはヒロイン――『セシリア・レギンバース』の名前はなかった。

「おい、これ、どういうことだ？」

「商業ギルドの伝手で調べてみたけど、レギンバース伯爵家が女性向け商品を取り寄せだしたという情報はないみたい。伯爵が娘を引き取ったなら少しくらい何か購入するはずだけど、そんな痕跡はどこにもみられなかったわ。それってつまり……」

「まさか、レギンバース伯爵家は、まだヒロインちゃんを……見つけ出していない？」

「あなたがシナリオ通りに彼女に会えなかったのなら、その可能性も十分考えられるわ」

「でもヒロインちゃんの名前は分かってるんだから、探せば見つかるんじゃないか？　それに容姿だって銀の髪と瑠璃色の瞳だろ？　どっちも珍しい色だからすぐに見つかると思うんだが」

「容姿はともかく、名前では無理ね。あの名前は伯爵が彼女を引き取ってからつけたものだから」

「そうなのか？」

「ヒロインちゃんの母親は元々伯爵家のメイドだったのよ？　いくらなんでも体裁が悪いわ。娘が奇異の目に晒されないよう、あえて新しい名前を付けたのよ。ゲームではその辺の設定がヒロインちゃんの語りでさらっと飛ばされるの。詳しい出身地すら分からないから、容姿の情報があっても捜索は困難だわ。前世でもうすぐ販売するファンブックで、謎が解けるはずだったのに！」

悔しそうに天を仰ぐアンネマリー。クリストファーは呆れた様子でそれを見ていた。

「せっかくヒロインちゃんの顔を拝めると思ってたのに、どうして現れてくれないのよ！　あの神秘的でキュートな笑顔を生で見れるって期待してたのにいいいいいいい！」

「……お前って、マジ可愛い女の子好きだよな？」

げんなり顔でそう告げるクリストファーを前に、アンネマリーは不機嫌そうに鼻を鳴らす。

「ふん。見れるのが好みでもなんでもないなよっちい王太子様のアホ面だけなんてあんまりだわ」

「それ、俺に対してあんまりすぎない⁉」

「せめてレクト様！　私の推しカプ、ヒロインちゃんの護衛騎士のレクト様が見たいわ！　細いだけのクリストファーと違って、引き締められた細マッチョイケメンなのよ！」

「俺だってお前なんかよりヒロインちゃんと婚約したいわ！　俺はお前みたいなボンキュッボンじゃなくてヒロインちゃんみたいな清楚なスレンダー体型の方が好みなんだよ！」

もはや売り言葉に買い言葉。だが、クリストファーは地雷を踏んだ。

女性にスタイルのことで文句を言うなど、男の風上にもおけない所業……制裁事案である。

「私がこのモデル体型を維持するのにどれだけ苦労してると思ってるのよ！」

「ぎゃあああああああ！　あっぷねええええよ！　マジ死ぬから！　やめろって！」

「うるさい！　死ね！」

「ひぃいいいいいいいいいいいいいいい！」

クリストファー、いまだにアンネマリーの手に剣があったことを忘れていたようだ。美しき剣舞が彼のためだけに余すことなく披露された。クリストファー、逃げる逃げる逃げる！

アンネマリーがどうやって暴走するクリストファーを宥めるのか？

それは優しく諭《さと》すわけでも、前世の記憶を持つ者同士で慰め合うわけでもない。

日々のお嬢様暮らしから生じるストレスをクリストファーで解消しようとするアンネマリーから全力で逃げ回ることで、暴走する気力を欠片も残さないようにしているのだ。


しばらくして、王太子の部屋の扉が開かれた……マクスウェルは聞かずにはいられない。

「……君達、いつも中で何をしているんだい？」

「何と言われましても……わたくしはただ、興奮された殿下の御心をお慰めしていただけですわ」

部屋から出てきたアンネマリーは、頬を上気させ少し汗ばんでいた。心地よい疲れからくる息遣いが妙に艶めかしい。女性に辟易しているマクスウェルですら一瞬ドキリとするほどだ。

対するクリストファーは、何かを搾り取られたように疲れ切った顔をしていた。アンネマリー同様息を荒げ、彼女以上に汗だくだ。恥ずかしいのか、決してアンネマリーの方を見ようとしない。

マクスウェル達が外へ出るとすぐに魔法によって遮音されたが、音は消えても扉や床が揺れているのは見れば分かる。扉がギシギシと揺れるほど、中で一体何をしていたのだろうか。

「……君達、どうして正式に婚約しないんだい？」

マクスウェルにしろ侍女達にしろ、もはやそうとしか思えなかった……ナニとは言わないが。

「いやですわ、マクスウェル様。わたくしと殿下が婚約だなんて……」

「冗談がすぎるぞ、マックス」

クリストファーは部屋に残り、アンネマリーは衣装合わせのために私室へ戻っていった。

「いつも二人一緒なのに、どうして婚約しないんだろうな？　陛下も侯爵も何をしているんだ？」

ゲームでは婚約者同士だったこの二人は、いまだに候補止まりだ。

まさか二人が正式な婚約を水面下で阻止していることなど知る由もないマクスウェルだった。

「……結婚なんてしてみろ。初夜にはもう未亡人だっつーの……」


ヘクチッ！

「メロディ、可愛いくしゃみね。風邪でもひいた？」

「いえ、大丈夫です。そんなことより早くドレスを合わせますよ、お嬢様。完璧に仕上げないと。お嬢様に相応しき衣を『再縫製《リクチトゥーラ》』！」

ルトルバーグ家に仕える黒髪黒目のメイド、メロディ・ウェーブ。

その本来の髪と目は美しき銀の髪と輝く瑠璃色の瞳。母親は既になく、母の遺言書によれば父親の名前はクラウド・レギンバース伯爵。そして、彼女は大いなるメイドの誓いとともに天上の祝福を受け、圧倒的魔力『メイド魔法』を手に入れた。

アンネマリーが前世でファンブックを読めていれば分かったかもしれない。乙女ゲーム『銀の聖女と五つの誓い』にて、父親に引き取られる前のヒロインの名前が――セレスティ・マクマーデンであったという事実を……。

まさかヒロインに転生した少女が、ゲームのシナリオガン無視でメイド人生を謳歌しているなどとは、この時は誰一人として想像することができなかった。

……世界の運命の歯車は、シナリオが始まる前から大いに狂い始めていた。

二人の少女は王城へ赴く

「完成です！」

「……これが、私？」

ルシアナは姿見に映る自分を茫然と眺めた。そこには、自分で言うのもなんだが妖精がいた。いつも以上に手入れされた髪と肌が光り輝いて見える。メロディが魔法で再縫製してくれたオフショルダーのドレスも素敵だ。水色と碧色のグラデーションが大変美しい。

鏡の前でターンを繰り返すルシアナ。その姿には喜びが満ち溢れていた。

「お嬢様、大変お綺麗です」

「……ありがとう、メロディ」

思わず零れ落ちそうになる涙をどうにか堪えるルシアナ。

メロディがいなければ、自分はこれほど自信を持って舞踏会に臨むことはできなかっただろう。まさに降って湧いたような幸運だ。今の自分でできることは感謝の言葉を伝えるくらい。いつか絶対に恩返しをしよう。密かにそう思うルシアナだった。

……ちなみに『初☆舞踏会ドレスアップ』を体験したメロディは、むしろそんな状況を用意してくれたルシアナに感謝の気持ちしか持ち合わせていなかった。

メロディはただのメイド好きの少女ではない……ちょっと、ジャンキーぽかった。

全ての準備が整い両親の前に現れると、彼らはこぞってルシアナを褒めてくれた。

「まあ。私の娘はこんなにも美しい子だったのね」

「恥ずかしいわ、お母様」

「マリアンナの言う通りだ。素敵だよ、ルシアナ。それはそうと、そのドレスもメロディが直した物なのかい？　全く見覚えのないデザインだが……し、新調したのかな？」

「ふふふ、気になる？　お父様」

家族にお披露目をする中、ルシアナの言葉にヒューズはドキリとしてしまう。任官が決まったとはいえ、ルトルバーグ家の財政にまだゆとりはない。娘の社交界デビューのためだと思えば惜しくはないがそれでも、ルシアナのドレスはとても安物には見えない出来栄えだった。

「ご安心ください、旦那様。これは当家にもともとあったドレスでございます」

「実はね、お父様。このドレスはうちにあった二着のドレスを編み直して作られたものなのよ」

ルシアナのドレスはメロディのおかげで綺麗になったとはいえ、舞踏会には少々物足りないデザインの物ばかりだった。そこでメロディは、ドレスを新たに作ることにしたのである。

その結果完成したのが、水色と碧色のドレスから作られたグラデーションのドレスであった。

夫妻の衣装も当然メロディ印のお直し品だ。ヒューズは今風のデザインに直された燕尾《えんび》服を、マリアンナは鮮やかな紅色のドレスに身を包んでいる。

「……メロディには驚かされてばかりだな」

ヒューズのそんな呟きに、メロディは不思議そうに首を傾げた。

「どうかなさいましたか？　旦那様」

「気持ちは分かるわよ、ヒューズ」

「それはみんな同じよ、お父様」

ルシアナ達も苦笑を浮かべた。おそらく、メロディは自分の能力の異常性に全く気が付いていないのだろう。魔法に詳しくなかったルシアナも、今となってはさすがにそれを認識していた。

だが、その事実をメロディにはまだ伝えていない。単なる直感でしかないのだが、ルシアナはそれを伝えない方がいいような気がしたのだ。


迎えの馬車が来るまで、ルシアナ達は食堂でお茶を飲みながら待つことになった。

「そういえばメロディ。私達が出発した後はお友達のパーティーに出席するんだっけ？」

「はい。でも本当によろしいんでしょうか？　お屋敷が無人になってしまいますが……」

「構わないさ。むしろ少しくらい遊んできなさい。聞けばうちで働きだして一日も休んでいないそうじゃないか。あまり遅くなりすぎなければ好きにするといいよ」

ヒューズの言葉に、メロディは少々恥ずかしそうに礼を告げる。

実はメロディ、最近王都で知り合った友人から「ちょっとしたパーティーがあるから同伴してくれないか」と頼まれていたのだ。王都で舞踏会が開かれると、連動するように市井《しせい》でもパーティーを催されることがしばしばある。詳細は聞いていないが、おそらくはその類のものだろう。

そんな話をしていると、ドアノッカーを叩く音が響いた。ルシアナの迎えが来たようだ。

「いらしたようね。それにしてもルシアナのエスコート役のマックスさんて、どんな方かしら？」

「メロディの推薦とはいえいきなり見知らぬ男に娘を預けるのは心配なのだが……」

「そういうセリフはエスコート役を見つけてから言ってくださいね、お父様」

それを言われるとどうしようもないヒューズだった。

（それでも、その男がいけ好かない野郎だったら、メロディには悪いが……ぶっ飛ばしてやる！）

無言で玄関ホールに向かいながら、ヒューズはそう意気込んだ。

だが、彼の決意は玄関の扉を開けた時点であっという間に霧散してしまう。

「あ、あ、あああああ、あなたは！　り、りり、り、リクレントス宰相閣下の……!?」

「こんにちは、ルトルバーグ伯爵。本日ご息女のエスコートを務める、マクスウェル・リクレントスです。よろしくお願いします」

現れたのはハニーブロンドの髪とエメラルドグリーンの瞳を持つ美少年。

現宰相ジオラック・リクレントスの嫡男にして王太子の親友。未来の宰相閣下だった。

（ちょ、え？　えええええ!?　メロディ、侯爵閣下のご子息って……これじゃ殴れないだろう！）

てっきりどこぞの下位貴族の子息だとばかり思っていたのに、まさか王国指折りの大貴族の嫡男が娘のエスコート役をするなんて、想像できるか！　うちのメイド、どこまで凄いの!?

あんぐりと開きそうになる口をどうにか堪えて、ヒューズは内心で困惑していた。それはルシアナやマリアンナも同様で、むしろメロディ自身も混乱していたのだが、誰にも気付かれなかった。

「はじめまして、ルシアナ嬢。本日はよろしくお願いします」

「――え？　あ、は、はい！　よろしくお願いしまっしゅ！　――!?」

噛んだ。思わず吹き出しそうになるのを耐えるマクスウェル……笑顔が歪んでいる。

突然の侯爵子息の登場に慌てるルトルバーグ一家だったが、マクスウェルもまた驚きを隠すのに必死だった……この屋敷のどこが『貧乏貴族』なのだろうか？

小さいながらも屋敷の手入れは完璧で、出迎えてくれた伯爵一家の姿に貧乏臭さなど一切ない。

それに、目の前で頬を赤らめているこの少女は……。

「……こんなに美しい少女がこの世にいたとは」

「――え？」

「いえ、なんでもありません。それでは参りましょうか、あなたと私の舞踏会へ」

マクスウェルの中で一人称が俺から私に変わった。心の距離が開いた？　それとも……。

「はい、よろしくお願いします」

ルシアナは差し出された手を取った。マクスウェルは優しい笑みを浮かべる。

「それでは伯爵、お先に失礼します。後ほど会場でお会いしましょう」

「……承知しました。娘をよろしくお願いします」

「行ってまいります、お父様、お母様」

「今日はあなた達が舞踏会の主役よ。社交界の可憐な花になってきなさい。楽しんでね」

「はい、お母様。行ってくるね、メロディ」

「いってらっしゃいませ、お嬢様」

ルシアナの手を引き屋敷を出る瞬間、マクスウェルはメロディへ微笑みかけたが、メロディはメイドらしい静かな笑みを浮かべたまま一礼するだけだった。

マクスウェルは少々残念そうに肩をすくめると、ルシアナを馬車に乗せ一足先に王城へと向かった。ほどなくして伯爵夫妻の馬車も到着し、メロディは彼らの出発を見送った。

「さて、私もすぐに準備しなくっちゃ」

家人達全員を見送るとメロディもすぐに準備を整え、屋敷の裏門にて迎えを待つ。

やがてメロディの前に一台の馬車が停車した。中から一人の男性が姿を現す。

「すまない、待たせたな」

「いいえ、私もさっき出てきたばかりですから。じゃあ、行きましょうか。レクトさん」

メロディを迎えに来たのは、赤い髪と金の瞳の青年、レクティアス・フロードだった。

レクトにエスコートされて乗車すると、蹄《ひづめ》の音が夕暮れの空に鳴り響く。


辿り着いたのはレクトの屋敷だ。そこではポーラが仁王立ちで待ち構えていた。

「待ってたわよ、メロディ。さあ、急いで支度するわよ！」

「え？　ポーラ？　あ、ちょ、え？　あ、待って！　ちょ、ちょっとおおおおお!?」

「私は忙しいんで旦那様は自分で着替えてくださいね。メロディが最優先なんで！」

ポーラに強引に手を引かれ、メロディは屋敷の奥へと連れていかれた。

その場で服を脱がされ、自分と同等の……いや、それ以上のテクニックでメロディは着飾られていく。手際の良さ、化粧のセンス、ドレスのデザイン……どれもこれもが、メロディの技術と遜色なく、むしろ一部は完全に彼女を上回っていた。

潰れた実家は女性向け化粧品を扱っていたとは聞いていたが、メロディは驚くばかりである。

（こ、こんな素敵なメイドがすぐ近くにいただなんて……!!）

「はい、完成！」

メロディが尊敬の眼差しでポーラを見つめていると、気が付けばドレスアップは完了していた。

鏡に映る自分の姿に、メロディはギョッと目を見開く。

「凄い。ポーラ、本当に凄いわ。もはや別人ね……私じゃないみたい。でも、ここまでする必要があるの？　パートナー必須だからパーティーに出席してほしいとはレクトさんに言われたけど、上司や知人に最低限の挨拶を済ませたらすぐに帰るんでしょう？」

「……あのヘタレ旦那様。まだちゃんと説明してないわけ？」

ポーラが不機嫌そうに何かぼそりと呟いたが、メロディにはよく聞き取れなかった。

「まあ、いいわ。とりあえず行きましょう。パーティーに遅れちゃう」

ポーラに急かされてメロディが玄関へ急ぐと、燕尾服姿のレクトがいた。

「お待たせしました」

「ああ、では行こ……」

レクトと目が合った瞬間、なぜか彼は硬直してしまった。メロディは不思議そうに首を傾げる。

「あの、レクトさん？」

「――っ、……ああ。では行こうか」

「はい。それじゃあポーラ、行ってきます」

「ええ、楽しんできてね、メロディ」

「最低限の挨拶を済ませたらそっと帰ってくるつもりだ。それまで屋敷を頼む」

「畏まりました、旦那様。いってらっしゃいませ」

馬車に乗り込む二人に、ポーラは恭しく頭を下げた。蹄の音が遠ざかると、そっと体を起こす。

そして彼女は呆れ顔で馬車の向かった方角……王城の方を見つめるのだった。

「自分だって見惚れていたくせに、どうして気付かないのかしら？　……そっとですって？」

無理に決まっている。自分の渾身の出来栄えを思い浮かべながら、ポーラはそう思った。


馬車が走り始めて少し経った頃、メロディはレクトの言葉を上手く呑み込めないでいた。

「えっと、レクトさん？　今、この馬車はどこへ向かっているって言いました？」

「……王城だ」

メロディから目を逸らすばつが悪そうなレクトの表情が、嘘でないことを示している。

「な、なぜ王城に？　確か、ちょっとしたパーティーに参加するって……」

「ああ……王城で開催されるちょっとした……春の舞踏会だ」

「へえ、王城で開催されるちょっとした……て、どこがですか！　春の舞踏会といったら、うちのお嬢様が参加される社交界デビューのお披露目のことでしょう⁉」

「いや、まあ……上司がパートナー同伴で出席しろと煩《うるさ》くてな。……すまない」

（は、は、嵌《は》められたあああああああああああああ！）

メロディはレクトのパートナーとしての条件を満たした唯一の女性だった。気心が知れ、貴族と接する度胸と礼儀作法を習得している、レクトに恋愛感情を持たない女性。平民ではあるが、騎士爵のレクトの同伴者としては、立ち居振る舞いさえ問題なければとやかく言われる心配も少ない。

「主の出席するパーティーに参加するメイドなんて聞いたこともありません！　私は不参加……」

「ポーラがお前のために寝る間も惜しんで作ったドレスなんだがな……」

「ううっ⁉」

「このドレスを仕上げるために今日まで三日徹夜しているんだが、披露する機会はなしか……」

馬車の窓枠に肘を載せながら小さくため息を吐くレクトを見て、メロディは肩を震わせた。

（ず、ずるいよこの人！　実直そうに見えてもやっぱりこの人も貴族よね！　もうもうもう！）

ドレスを仕立てるのは簡単なことではない。もとは既製品だったらしいのだが、彼女が今身に着けているドレスは、まるでオーダーメイドのような出来栄えだった。

メイドとしてポーラの努力を理解できるがゆえに、断りの一言がどうしても言えなかった。

「うううう……分かりました、出席します。でも、このままだとお嬢様にバレちゃいます！」

「そうか？　もはや別人だと思うが……とても、その、美しいと思うぞ？」

気恥ずかしいのか、レクトはメロディから顔を逸らして彼女を褒めた。本人的には相当頑張ったのだろうが、残念ながらその想いがメロディに伝わることはなかった。

「確かに自分でも別人みたいだと思います。ポーラのメイク技術半端ないです。でも、男性の目は誤魔化せても女性の観察眼は甘くありません。見破られる可能性大です」

「そういうものだろうか」

「そうなんです！　最初から教えてくれていたらこんなに悩まなくてよかったのに」

「……まず間違いなく、断られると思って」

まあ、そうだろうなと、メロディ自身も納得である。だが、今はレクトに共感している場合ではない。どうにかして、舞踏会会場でルシアナ達に気づかれないよう手を打っておかなければ。

「うーん、どうしよう」

「すまない。よく考えてみれば君の黒髪黒目は珍しいから目立つかもしれないな。確かに化粧をした程度では気付かれるかもしれない。迂闊《うかつ》だった」

反省したようにそう告げるレクトの言葉に、メロディはピンときた。

「……そっか。この髪と目じゃ化粧以上に私を特定できちゃうんだ。いや、なら……そうよね」

メロディは俯いていた頭を上げて、レクトに視線を向けた。

「レクトさん、あなたの髪と目の色、借りますね！　――万物よ、我が意に染まれ『虹染《アルコバレーノ》』」

「――は？　お、おおおっ⁉」

気が付けば、メロディの天使のような相貌がレクトの鼻先にまで迫っていた。

吐息が掛かりそうなほどの接近に、レクトの心臓は大いに跳ね上がったという。ドキドキ!

傾国の美姫と妖精姫

「これより春の舞踏会を開催する。皆、心ゆくまで楽しんでくれ!」

国王の開会宣言により舞踏会が始まった。司会が進行し、会場の大扉が開かれる。

舞踏会会場には大中小の三つの扉があるのだが、大扉は本来王族や侯爵などの上位貴族が入場するための扉で、春の舞踏会では、社交界デビューのお披露目のために特別に使用を許されていた。

扉が開き、会場に拍手が鳴り響く。

身分の高い者順に入場するので本来なら公爵令嬢の名が最初に呼ばれるところだが、今年に限ってはそうではない。この国で二番目に偉い男性をエスコート役に持つ彼女が、一番だ。

「ヴィクティリウム侯爵家より、アンネマリー・ヴィクティリウム侯爵令嬢。エスコート役は、テオラス王家王太子、クリストファー・フォン・テオラス殿下です。ご入場!」

二人の名が告げられると同時に、さらなる拍手喝采《かっさい》が会場を埋め尽くす。

扉の影から先に姿が見えたのは王太子クリストファーだ。燕尾服で会場に立つ男性達とは異なり、彼は銀細工を多くあしらった王太子の正装に身を包んでいる。

そして美しき王太子とともに現れたのは、真紅の髪の官能的な美女、アンネマリーだ。

髪をアップにしたことで晒されたうなじが大変艶めかしい。もともとの顔立ちもあるが、大人っぽいメイクと相まってとても今年十五歳を迎える少女とは思えない色気を醸し出していた。

その身に纏うのは黒を基調とした豪華なドレス。腰の細さが強調されたAラインのスカートには宝石が散りばめられ、胸元から袖に掛けてはレース生地となっている。

直視するよりも、生地越しに透けて見える肌の方が色っぽく、男達は思わず喉を鳴らした。嫉妬《しっと》するのも馬鹿らしくなるほどの妖艶な美しさ。人々は畏怖《いふ》を籠めて彼女をこう呼ぶ。

――傾国の美姫。

もちろん、誰も彼女が国を傾けるとは思っていない。その優秀さは社交界でも知られているところで、まだ王太子の婚約者候補にすぎないが周囲の認識としては既に未来の王妃であった。

仲睦まじく微笑み合い、二人は国王夫妻に礼を取る。そして、残りの者達が揃うのを待った。

次々に少女達が入場する中、クリストファーがアンネマリーにそっと囁く。

「確か、本当ならヒロインちゃんは伯爵位の中で最後に呼ばれるんだっけ？」

「ゲームではね。まあ、実際にはいないわけだから最後は違う人でしょうけど」

「ふーん。でもさ、ここが本当にゲームの世界だっていうなら、やっぱりヒロインちゃんが現れないってのは変じゃねえか？　となると、今夜の舞踏会のイベントが起きるかも怪しくね？」

「……それは早計ってもんでしょ。舞踏会が始まってみないことには分からないわ。だから気を抜くんじゃないわよ。ヒロインちゃんがいない以上、何がどうなるか分からないんだから」

「わあってるよ」

どうやらゲームでは、舞踏会で何かイベントが発生するらしい。ヒロイン不在の状況でシナリオがどう進むのか、クリストファーとアンネマリーは完璧な笑顔を維持したまま状況を注視した。

令嬢の紹介も、伯爵位の最後の名が告げられる頃には拍手も落ち着いてきていた。

「ルトルバーグ伯爵家より、ルシアナ・ルトルバーグ伯爵令嬢」

その瞬間、会場中で失笑が漏れる。

「舞踏会に着れるドレスなんて用意できるのかね？　まさかボロ切れを纏って入場するのか？」

「同じ伯爵家と思われたくないなぁ。貴族の誇りがあるなら欠席すればいいのに」

「エスコート役も可哀想に。せっかく大扉から入場できるのに、相手がルトルバーグではね」

幽霊屋敷の存在もあって、王都ではルトルバーグ家の先々代の失策は有名な話だった。一家が領地に引きこもっていたこともあり、悪い噂は誰に憚《はばか》られることなく広まっていったのである。

だが、司会の次の言葉が彼らの侮蔑《ぶべつ》の感情を吹き飛ばしてしまった。

「……エスコート役は、リクレントス侯爵家より、マクスウェル・リクレントス様。ご入場！」

驚きの視線が大扉に向けられた。ありえない！　バカな⁉　そんな思いが駆け巡る。

リクレントス侯爵家は代々世襲ではなく実力によって宰相の座を勝ち取ってきた大貴族である。その嫡男であるマクスウェルもまた、既に未来の宰相閣下と目される才人だ。

同年代の女性の多くが未来の妻の座を欲しており、今年の春の舞踏会にもエスコート役の打診はそこかしこからあったというのに……彼が選んだ相手はまさかの『貧乏貴族』⁉

一体なぜ？　そんな疑問が会場を占める中、アンネマリー達は違う感想を抱いていた。

（マクスウェル様がエスコートですって⁉　ゲームでは一人だったはず。この舞踏会で初めてヒロインちゃんと出会って、次の舞踏会でエスコート役を自分から申し出るはずなのに……）

（マクスウェルがエスコートだと？　あいつ、仲のいい子はいないって言ってたくせに。裏切り者！）

扉の奥から二つの人影が姿を見せる。一人は案内のとおり、マクスウェル・リクレントスその人で間違いなかった。だからこそ、女性陣は眉を寄せる。『貧乏貴族』なんかがどうして——と。

嫉妬と憤怒の感情が女性達を支配する。だがそれも、ルシアナの姿を目にするまでだった。

——妖精姫。

そう口にしたのは誰だったのか。しかし、その言葉を否定する者はどこにもいない。

会場に現れたのは、まさに妖精のように可憐な少女だった。

ハーフアップにされた日の光のような金の髪。深い海を思わせる濃い青緑色の碧眼と穢《けが》れを知らぬ白い肌。ほんのり赤く染まった頰がなんとも愛らしい。

その身に纏うのは、水色と碧色のグラデーションが美しいオフショルダーのドレス。彼女が一歩踏み出すたびに、ドレスの生地が波打つ湖面のように光り輝いていた。

笑顔を見るだけで心が洗われ、まるで子供の頃の純粋な気持ちが戻ってくるような美少女。

誰もが拍手を忘れてルシアナに見入った。静まり返る会場で、ルシアナ達は国王に一礼する。

（な、なんでこんなに静かなの⁉　拍手は⁉　というか、なんでこんなに注目されてるの⁉）

笑顔のまま困惑するルシアナの隣で、いち早く状況を察したマクスウェルは内心で苦笑した。

そして、ルシアナ以上に心の中で絶叫する者が二人ほど……。

（これ、これなのよ！　こういう可愛い子が欲しかったの！　でかしたわ、マクスウェル様！）

（お、おのれ！　マジの裏切り者があああ！　俺好みの清楚可憐な美少女をエスコートだと⁉　マジで許せねえぞ、マクスウェル！　……とりあえずお友達から始めてもらおう！）

アンネマリーとクリストファー。喧嘩の絶えない二人だが、女性の趣味は息ぴったりである。

全ての令嬢がお披露目されると、音楽が奏でられる。始まりのダンス——ワルツの時間だ。

春の舞踏会では、本来国王夫妻が踊る最初のダンスを彼らに任せる風習となっていた。

そして当然のように会場の視線は二組のペアに集中する。

言うまでもなくアンネマリー&クリストファーペアと、ルシアナ&マクスウェルペアだ。

長年連れ添った夫婦のように息の合う、洗練された優雅なダンスを披露するアンネマリー達。対するルシアナ達は急造ペアゆえに熟練の連携を見せることはできない。

だが、ダンス自体は二人とも十分に上手かった。それゆえにお互いの遠慮やたどたどしさがはっきりと目に映り……なんというか、大変初々しかった。ほっこりする。

アンネマリー達の情熱的なワルツに魅入られながら、同時にルシアナ達の朗らかなダンスに心が癒されるという、興奮と鎮静の強制ループに陥っていく観客達……血圧、大丈夫かな？

そして、ルシアナ達に魅了された者達がここにも——。

（替わって！　マクスウェル、その役目を替わってくれえええええええええ！　も、萌えええええええ！）

（替わって！　マクスウェル様、その役目を替わってええええええ！　可愛すぎるううう！）

内心でこれだけ叫んでも一切表情に出さない。王太子と侯爵令嬢は完璧な営業スマイルだった。

（（次は俺と踊ってもらおう！））

先程ルシアナを『貧乏貴族』と侮辱していた者達まで……現金というか、厚かましい人達である。

今年の春の舞踏会。始まりのダンスとしては大変な盛り上がりで大成功と言えるのだろうが、令嬢達の社交界デビューとしては失敗だったかもしれない。

……アンネマリーとルシアナ以外、誰も見向きもされていないよ、こんちくしょう。

まあ、当人達もダンスをしながら二組に魅了されているので、一概に可哀想とも言えない。

何せダンスを見るのに気を取られて、全員一度はステップを踏み外すのだ。

（えっと……私が習った振り付けと違うけど、王都の流行りなのかしら？）

ルシアナがそんな風に思うほどである。こけすぎだ、乙女達……もっと精進しなさい。


「なんとも美しい令嬢じゃないか、ルトルバーグ伯爵」

「こ、これは宰相閣下」

ルシアナのダンスを見ていたルトルバーグ夫妻のもとへ、マクスウェルの父親にしてこの国の宰相、ジオラック・リクレントス侯爵が現れた。

「今までどの夜会にもパートナーを付けなかった息子が、当日になって突然令嬢のエスコートをすると聞いた時は驚いたものだが、まさかあのような妖精に魅せられていたとは」

「きょ、恐縮でございます」

「いやいや、私は安心しているのだよ、伯爵。初め、君が娘を使って息子に取り入ろうとしているのかと疑っていたのだがね、彼女を見てそれが杞憂であったと分かったよ。むしろ、あの表情や仕草が演技だというのなら、それはそれで重畳《ちょうじょう》というものだ」

「は、はあ……？」

ヒューズ・ルトルバーグ伯爵は『貧乏貴族』であったがために、権謀術数を巡らせる機会など皆無であったためか、ジオラックの言葉の意味を理解できなかった。

（長年『貧乏貴族』と言われてきた家だ。後ろ盾がない代わりに余計な虫もついていないから、プラスマイナスゼロか？　資産はともかく伯爵家なら家格は十分。なに、金などこれから稼げば問題あるまい。何よりあれがようやく興味を示した女性だ。一考の余地はあるか……ふふふ、あれが息子を篭絡《ろうらく》するための演技だというのなら、むしろ願ったり叶ったりだ。未来の侯爵夫人ならそれくらいのことを当然のようにこなせなくてはな。演技でないならそれも問題あるまい。自然と他者を魅了する振る舞いができるということなのだから……さて、どうしたものかな？）

ジオラックの口元がニヤリと綻ぶ。今のところ、彼の考えを知る者は誰もいない……。

始まりのダンスが終わると社交界デビューをした少女達は――。

「もう、ルシアナ！　これぱっかりはちゃんと説明してもらうわよ！」

「親友としてこれ以上の秘め事は認めませんよ、ルシアナさん」

ルシアナの前に、親友ベアトリスとミリアリアが現れた……ルシアナハニゲラレナイ。

「『というわけでマクスウェル様、失礼します』」

「ふ、二人ともちょっと待って！　あああああああ……」

二人の親友に連行されて、ルシアナは休憩エリアへ向かうこととなった。パートナーを奪われたマクスウェルは、あまりの唐突な事態に口ポカンである。

まあ、すぐに同じ境遇であるベアトリス達のパートナーと歓談することになったが……。

「殿下、よろしければ……その、わたくしと……」

クリストファーの前に、ランクドール公爵令嬢が現れた……クリストファーハニゲラレナイ。

「美しい姫君、では次の曲をご一緒していただけますか？」

「はいっ！　喜んで！」

（居酒屋か！　くそ、ルシアナちゃんのところに行けねぇ！）

「ヴィクティリウム嬢、よろしければ次の曲を一緒に踊っていただけませんか？」

侯爵令嬢アンネマリーの前に、公爵家の跡取り息子が現れた……アンネマリーハニゲラレナイ。

「……ええ、よろしくお願い致しますわ。楽しいダンスを期待しております」

「ええ、喜んで！　あなたを楽しませると約束しましょう！」

（居酒屋か！　面倒臭い兄妹ね。私もあっちでルシアナちゃんとお話したいよおおおおお！）

これは高位貴族の義務。二人はルシアナのもとへ参じることができないでいた。

……というかこの二人、ルシアナに魅了されすぎてゲームのことを忘れていやしないだろうか？

始まりのダンスが終わったことで、他の参加者達も踊り始めた。

舞踏会はまだ始まったばかり。長く続く舞踏会では、遅れてやって来る者もそれなりにいる。

だから、このタイミングで小扉が開かれることはいつも通りのことだった。

天使降臨

宰相補佐、クラウド・レギンバース伯爵は上司であるジオラック・リクレントス侯爵、新たな部下となるヒューズ・ルトルバーグ伯爵とともに、休憩エリアにてしばしの歓談を楽しんでいた。

ヒューズとは初めて話してみたが、仕事の視点には見どころがあり気も合いそうだ。新しい仲間ができたことに安堵しつつ、彼の視線はヒューズの娘、ルシアナの方へ向く。

とても楽しそうに笑い合う少女達……もし娘が見つかっていたら、彼女もあの輪に加わっていたのだろうか？　まだ見ぬ娘を想い、クラウドは人知れず小さなため息を吐いた。

結局、父親は最後までセレナとの仲を認めてはくれなかった。五年前、爵位を継いでようやく捜索が始まり、探し出してみれば愛するセレナは既にこの世を去っていた。

あの時の絶望感を思い出すだけで、心が壊れてしまいそうになる。

今となっては娘と会うことだけが、愛するセレナを失った悲しみを癒せる唯一の希望だった。

（世界とは本当に、ままならないものだ……私は、娘に会えるのだろうか……）

天井を見上げ、物思いに耽《ふけ》る。仕事が忙しすぎて、いまだにセレナの墓参りにも行けていない。寂しい……寂しいよ、セレナ。君に、会いたい……。

「どうかしたのか？」

ジオラックの言葉にハッと我に返るクラウド。冷静さを取り戻し、彼は咄嗟《とっさ》に話題を変えた。

「……いえ、レクティアスがまだ来ないと思いまして」

「そういえばまだ彼を見ていないね。今回は来るよう厳命したのだろう？　生贄《いけにえ》にするために」

悪戯に成功した少年のように笑うジオラックを見て、クラウドは苦笑した。

「生贄とは物騒ですね。どういう意味ですか？」

不思議そうな顔をするヒューズに、クラウドはさっきまで置かれていた自分の状況を説明する。

「ああ、確かに休憩エリアに来るまでレギンバース伯爵はご婦人方に囲まれていましたね。つまり、そのレクティアス殿も大変人気があり、自分の防波堤にちょうどよいと……」

「信頼する部下をご婦人方に売り捌《さば》こうというのだ。大した上司だよ君は、まったく」

「……あれが毎度舞踏会を欠席するのが悪いのですよ。一応、盾となるようパートナーを連れてこいと命じてあります」

「そんな都合のいい娘がいればの話だろう。やはり君は意地悪な男だよ。おや？　来たようだね」

ジオラックの視線に釣られて、クラウドもそちらへ振り返った。小扉の方だ。

そして彼らの周囲に、静寂が訪れる――。

最初に目に留まったのは長身なレクトの赤い髪だった。そして徐々に人垣が作られ、レクトのパートナーの姿が露になる……それは、クラウドを釘付けにする光景だった。

――天使。

言葉にせずとも、誰もがそう思った。この地に天使が舞い降りたのだ――と。

煌めく金の髪は、まるで宝石がそのまま髪になったかのような透き通る琥珀《こはく》色。その赤い瞳は炎のようであり、血のようであり、どこか近寄りがたく、それでいて目が離せない。

少女が纏うのは、一切の穢れを寄せ付けぬ純白のドレス。銀糸の刺繍が施され、背中で揺れる精巧なレースのケープは、彼女が歩を進めるたびにふわりとはためく……まるで天使の翼のように。

妖艶な美とも、無垢なる可憐さとも違う。

まるで心を奪われる絵画のような神秘的な美しさを持つ少女が、舞踏会に姿を現した。

ジオラックとヒューズは、一歩一歩こちらに近づく天使の姿に言葉がでない。だが、同じく声を失ってしまったクラウドの想いは、彼らと全く異なるものだった。

（…………セレナ？）

一瞬、自分のもとに愛しのセレナが帰ってきたような、そんな気がした。

髪の色も目の色も全く違うし、容姿だって別人だ……なのに、どうして？

「遅れてしまい申し訳ありません。レクティアス・フロード、参上いたしました」

クラウド達の前までやってきたレクトと少女が、紳士淑女の礼を取る。

その姿を見て、三人はようやく正気を取り戻した。

「あ、ああ……」

とはいえ、クラウドはまだ上手く言葉が出ないようだ。フォローするようにジオラックが動いた。

「遅れた甲斐はあったようだね、レクティアス。その大変麗しいお嬢さんはどなたかな？」

「お初にお目にかかります。私の名はメ……セシリアと申します。よろしくお願いいたします」

「……ぁ」

クラウドは瞠目《どうもく》した。セシリア。彼女の名前は……セシリア。

それは一体、どんな運命の悪戯だというのか。

いつか出会う予定の娘に贈ろうと思っていた、心に秘めていたその名を、少女は名乗った。


――時間は少し遡る。

「これでよし！」

王城へ向かう馬車の中で、メロディは琥珀色に染まった自身の髪を見て大きく頷いた。

（さすがに髪と目の色が変われば随分印象も変わるはず。故郷を離れる時と同じ手でよかったんだわ。お嬢様だって、まさか私が舞踏会に来るとは思ってないだろうからきっと大丈夫よ）

「それは魔法か？　そんな魔法があるとは知らなかった」

黒髪黒目だったメロディが、レクトの目の前で金髪赤眼へと変身した。レクトの赤髪金眼とは真逆の色合いだ。そのような魔法は初めて見たレクトが目を丸くして彼女をじっと見つめる。

純白のドレスに黒髪黒目だった時はどこか落ち着いた雰囲気の天使のようであったが、今のメロディは神聖な雰囲気を醸し出す神々しい天使に見える……どちらにせよ、天使であった。

「とりあえずこれで大丈夫だと思います」

「……確かにここまで変わればもう別人だろう。君のお嬢様にもきっと気付かれまい」

「はい。でも、こんなことは今回だけにしてくださいね。せめてちゃんと説明してください」

「ああ、すまなかった」

レクトが素直にペコリと頭を下げたので、メロディも許してあげることにした。

それからほどなくして、馬車は王城に到着する。レクトにエスコートされてメロディは舞踏会会場へと足を運んだ。

気分は令嬢に付き添う舞踏会の介添人『シャペロン』である。辛うじて女性使用人に類する役職を演じることで、心の緊張を解きほぐそうとしていた。

馬車を降りると、門衛の視線がメロディに釘付けになった。

（ま、まさかもうメイドってバレちゃった⁉　メイド特有の洗練されたオーラ出ちゃってた⁉）

清楚可憐な純白のドレスに身を包む天使のような少女のどこがメイドというのか。

メロディ、テンパりつつも意外とお気楽であった。

小扉が開き、二人は入場する。

豪華で大きな舞踏会会場には、魔法で灯された明かりが散りばめられ、様々な装飾が会場を飾り立てていた。楽しそうに踊る人々と歓談する者達。笑顔を浮かべつつも緊張感は忘れない。

そこはまさに王侯貴族の社交界の場であった。

幸い、小扉からの入場だったため周囲からの注目は集めていなかったが、それでも数人は扉の方へ振り返り――こちらを見つめたまま沈黙してしまった。

(……一瞬で、魅了してしまったか)

彼の隣に佇む少女は、それほどに美しかった。彼自身、初めてその姿を見た時、周囲の者達と同じ反応をしてしまったことは記憶に新しい。誰もが芸術品のような美貌に見惚れてしまうのだ。

二人が歩くと人混みに垣根が生まれる。彼女の行く手を阻むことが恐れ多いかのように。

レクトにはそれがまるで、何かの神話の光景のように思えた。

どこかの二人はそれを『ヒロイン補正』と呼ぶかもしれないが……レクトは知る由もない。

(髪や目の色を変えるだけでこうも印象が変わるとは。あんな魔法があるのなら、これからは間者にもっと注意が必要だな。金でも銀でも、黒でも白でも色は自由自在だ。……？　今、何か――)

「レクトさん、あの方々ですか？」

「――ん？　あ、ああ、そうだな」

今、何か大切なことに気付きそうだったレクトだが、メロディの声で意識が戻ってしまった。

目の前にいるのは三人の男性。レクトの上司、クラウド・レギンバース伯爵。宰相、ジオラック・リクレントス侯爵。金髪の男性には見覚えがないが、仲は良さそうだ。

レクトは知らない。隣でメロディが「なんで旦那様がいるの⁉」と内心で叫んでいることに。

「遅れてしまい申し訳ありません。レクティアス・フロード、参上いたしました」

「あ、ああ……」

クラウドの反応にレクトは訝しむ。この方もメロディに見惚れたのか、と。フォローするようにジオラックが声を発した。

「遅れた甲斐はあったようだね、レクティアス。その大変麗しいお嬢さんはどなたかな？」

すかさず淑女の礼を取ろうとするメロディだったが、あることに気が付いた。

「お初にお目にかかります。私の名前はメ――」

……メロディって名乗ったら、ダメじゃん！

「……セシリアと申します。よろしくお願いいたします」

メロディは適当に偽名を名乗った。メロディにどんどん偽名が増えていく……。

「麗しい姿に勝るとも劣らぬ素敵な名前だ。私の名はジオラック・リクレントス侯爵だ」

「私はヒューズ・ルトルバーグ伯爵だ」

愛想よく微笑むヒューズに、メロディは内心でほっとした。どうやらバレていないらしい。

ヒューズに一礼し、もう一人の銀髪の男性の言葉を待つ……が、なぜか彼は動かなかった。

「さて、お前はいつまで固まっているつもりだい？」

「――っ、も、申し訳ありません。ク、クラウド・レギンバース伯爵……である」

「お初にお目にかかります、伯爵様。お会いできて光栄です」

「う、うむ」

メロディの美しさに戸惑っているのか、クラウドの様子がおかしい。レクトとジオラックはそう感じた。メロディはメロディで、目の前の男性に不思議な既視感を覚える。

（この人……何だろう？　私、この人を知っている？）

当然である。クラウド・レギンバース。それは母セレナの遺言書に記されていた父親の名前。

だがメロディの類まれな記憶力は現在、メイドに極振りされていた。

（……分かった！　旦那様の勤め先の上司の名前だわ。確か宰相補佐！　思い出せてよかった）

メロディ、自問自答終了。彼女が自ら父親の名前を思い出す日は来ないと思われる。

哀れクラウド。もはや彼自身が気が付かない限り、親子の感動の対面は訪れないかもしれない。

結局、ヒューズにメロディの正体が気付かれることはなかった。

やはりポーラのメイクと、髪と目の色を変えたおかげらしい。小さく安堵の息を吐くメロディ。

魔法で髪や目の色を変えるなど、実際のところこの世界ではメロディくらいしかできない。

アンネマリー達でも不可能だ。簡単に行っているようで大変高度な魔法だった。

だからそんな方法で容姿を変えるなど、誰にとっても完全に想定外だったのである。


——たった一人の少女を除いて。


「わあ、ルシアナ、物凄く綺麗な子が来たわ。あれじゃルシアナでさえ霞《かす》みそうじゃない？」

「今年の春の舞踏会はどうなっているのでしょうか？　私達、完全に空気ですね」

ベアトリスとミリアリアが楽しそうに言い合うなか、ルシアナだけは黙って件の少女を見つめて
……いや、睨んでいた。そう、ルシアナだけは正確に理解していたのだ。

メロディの魔法は大体何でもできるという事実を。ルシアナの目は誤魔化されなかった。

（なんでお父様は気が付かないのよ！　どこからどう見てもメロディじゃない！）

ルシアナは、今夜ハリセンを持ってこなかったことを心底後悔した。

その時、言い知れぬ悪寒を感じた、と後にヒューズが語ったとか語らなかったとか……。

（どういうことなの⁉　その男は誰⁉　まさか恋人⁉　これは絶対に問いただささなくちゃ！）

先程までベアトリス達にマクスウェルとの関係を根掘り葉掘り問い詰められていたルシアナは、そのストレスを発散する相手を見つけたようだ。プンプン怒りつつも、少しだけ楽しそうである。

せっかく色々と変装したのに、会場に入って五分でメロディは正体を見破られてしまった。


一方、乙女ゲームのヒロインが舞踏会に来たにもかかわらず、悪役令嬢と筆頭攻略対象者の二人は何をしていたかというと――。

（早くルシアナちゃんのところに行きたいよおおおおおおおおお！）

哀しきかな、これは未来の国王夫妻（仮）の大いなる宿命。延々と続くダンスの申し出を断るわけにもいかず、舞踏会会場の片隅に天使が降臨したことに気が付かないまま、二人はダンスホールの華となるのであった。

何というか、ヒロインの出会いの件といい、間の悪い二人である……。

……あと、やっぱりゲームのことを忘れているのではないだろうか？

セシリア嬢は逃げられない

クラウド達への挨拶を終えたレクトとメロディは、彼らのパートナーである女性グループと対面していた。クラウドの姉、クリスティーナ。ジオラックの妻、ハウメア。ヒューズの妻、マリアンナの三名である。幸いなことにマリアンナがメロディに気付いた様子はない――のだが……。

「本当に可愛らしい子ですこと。レクティアス、なぜもっと早く紹介してくださらないのかしら」

クラウドと同じ銀髪の女性、クリスティーナが意地悪そうな笑顔でそう尋ねた。

「……彼女とは最近知り合ったばかりでして。貴族でもありませんので、こういった催しに参加するのは今夜が初めてなのですよ」

レクトは眉根が寄りそうになるのをどうにか堪え、クリスティーナを牽制する。

セシリアは王国の西方生まれで、ポーラの遠縁。たまたま彼女を訪ねてやってきたところでレクトと知り合い今回の運びとなった、という設定である。

紹介できなかったのは出会いが最近だったからであり、彼女は貴族ではないので舞踏会の参加は今回限り。ならば余計に改めて紹介する必要もない――と言外に告げた。

が、クリスティーナはクスリと微笑み、隣に座るハウメアが楽しげに語り始める。

「まあまあ。普段パートナーを連れないあなたが、知り合ったばかりの女性を舞踏会に同伴させるだなんて……本気なのですね。となると、ふふふふ。どうしましょうか、クリスティーナ様」

「ええ、本当にどうしましょうか、ハウメア様。次回も舞踏会に彼女を参加させるとなると、それ相応の立場が必要かもしれないわね……例えば貴族夫人の地位とか」

「あら素敵。ふふふふ」

二人の貴婦人の上品な笑い声が響く。レクトは今にも吐き出しそうな嘆息を喉元でどうにか堪えていた。まあ、要するに若い男の純情を揶揄《からか》って遊んでいるのだ。許してごめんあそばせ♪

（……だから同伴者など連れてきたくなかったんだ）

この二人、所謂恋バナ好きの揶揄い好きで、さらに堅物いじりが大好きだった。普段は社交界でも発言力の高い立派な淑女なのだが、遊び始めると手が付けられなくて辟易してしまう。

ちらりと隣のメロディを見れば、彼女は一切動じることなく天使の微笑みを維持し続けていた。大した胆力だと感心するレクトだが、笑顔の裏で狼狽《ろうばい》しているメロディには気が付かない。

（み・ら・れ・て・るうううううううう！）

今のメロディは、目の前の貴婦人を気にしている場合ではなかった。何せ今もジッとこちらを見られて……いや、睨まれているのだ。ルシアナから。

クラウド達から離れる際、ふと視線を感じてそちらを見ればあら不思議……ギロリとこちらを睨みつけるルシアナお嬢様がいらっしゃったそうな。

（きゃああああああああああああああああああああああ！）

怪談もびっくりな恐怖体験であった。

（えっと……もしかして……き、気付かれている……なんてことは……ない、よね？　あはは）

心の奥底で既に確信しつつも、心の平静のために自身を偽るメロディ……無駄なことを。

そんな中でもレクトとクリスティーナ達の話は続く。

「まあ。では、一目会ったその時からパートナーにしたいと、そう思ったのね？」

「い、いえ、あの、そういうわけでは……」

「違いますわ、クリスティーナ様。毎日のようにお会いして、彼女の心根に触れるうちにこの子ならと、自分の隣に立ってほしいと、そう思ったのですわ。ロマンチックですこと。おほほほ」

「ですから、そういうことではなく……」

「「本当に、隅に置けませんわぁ」」

堅物純情青年が社交界の貴婦人を相手にして勝てるはずがなかった。

社交界で培われたトークスキルによって丸裸にされていくレクト。なんと答えても都合よく曲解され、レクトはどんどん追い詰められていく。何と戦っているかは不明だが……。

そんな中、ただ一人状況についていけていない女性が一人。マリアンナである。

自分も何か言わなければ。そう思った彼女は、メロディにとって最悪の言葉を告げようとした。

「あ、えっと……そ、そうだわセシリアさん。よかったら私の娘をし――」

――この瞬間、メロディの天才的頭脳が高速回転を始める。マリアンナの言葉はきっとこうだ。

『よかったら私の娘を紹介するわ』

それは絶対に言わせてはならない言葉。今ルシアナと対面するのは非常にまずい。マリアンナが話し始めた瞬間、ルシアナの碧い瞳がギラリと光るのをメロディはしっかり確認している。

ダメダメダメ！　どうにかこの場を切り抜ける方法を。どうにか――!!

「よかったら私の娘をしょ――」

「レクトさん！」

メロディは天使に似合わぬ声量で声を張り上げた。これには皆が驚き、マリアンナも思わず口を噤んでしまう。メロディはレクトの袖の裾を両手で摘まみながら、意を決したようにこう言った。

「……あ、あの……私と、踊ってくれませんか？」

それがメロディの取った選択。現在、ダンスホールは静寂に包まれていた。今のダンスが終わり、次のダンスが始まるまでの短いインターバル。

この場を切り抜けるために、メロディはダンスホールへ一時撤退することに決めたのだ。

彼女の取った行動は、正直に言って淑女としてはマナー違反である。ダンスに誘うのは男性の役目であり、女性はそれを静かに待っていなければならない。

だが、恥ずかしそうに顔を赤らめて、遠慮がちに袖の端を摘まむメロディの姿は、控えめに言っても――めっちゃ可愛かった。レクトの心臓がかつてないほどに早鐘を打つ。

彼は、誘われるがままにメロディをダンスホールへとエスコートしていった。

緊張してカクカク動くレクトの後姿を見て、クリスティーナは思わず吹き出してしまう。

「ふふふ、揶揄うまでもなかったようね。初心で可愛らしいこと。それにしても大胆な子だわ」

クリスティーナの言葉にハウメアが笑顔で頷く。マリアンナも同意見のようでコクリと頷いた。

「ええ、なんだかこっちまで恥ずかしくなりますね。……私もよくヒューズにしたっけ……」

マリアンナの何気ない呟きに、恋バナ大好き貴婦人二名が大いに反応した。

「マリアンナ様、あなた、あれを実践していらしたの？」

「え？　はい。学生時代に何度か。あの人、放っておくと男友達とばかり話しているんですもの」

「まあまあ！」

ハウメアが頬を紅潮《こうちょう》させて表情を綻ばせる。隣のクリスティーナも随分と嬉しそうだ。

「ふふふ、ハウメア様。もしかして彼女、掘り出せば見事な金塊が見つかるのではなくて？」

「まあ、クリスティーナ様もそうお思い？　宝石を取り逃がしたと思っておりましたが、案外こんな身近に宝箱は残っていたのですね。おほほほ」

「えっと、何の話でしょうか？」

マリアンナはなぜか嫌な予感がした。それを体現するように二人は意地悪な笑みを浮かべる。

「『まだまだ楽しい舞踏会は続くということよ』」

その後、マリアンナは仁義なき恋バナ尋問に晒されるのだった。ネホリハホリジックリト……。


一方、ルシアナは――。

（メロディィイイイイイイイイイ！）

先程の光景を見ていたルシアナは怒り最高潮である。メロディに明らかに避けられたのだ。

「ルシアナ、そんなに眉間にしわを寄せてどうしたのよ？」

「何でもないわ！」

「そうは見えませんけど……」

ルシアナはどう見ても怒っていた。だが、ベアトリスとミリアリアには原因が分からない。

先程の天使のような美少女を睨んでいたが、まさか美しさに嫉妬したとも思えないし……。

「まあ、いいけど。そういえばこの後のあれ、ルシアナは参加するの？　出るなら付き合うよ？」

「この後のあれ？　ベアトリス、それって何のこと？」

「ルシアナさん、ご存じないんですか？　春の舞踏会の恒例行事ですよ」

ミリアリアが舞踏会のタイムテーブルを見せてくれた。ルシアナはそれを見て目を丸くする。

「――っ!?　これって……」

「本当に知らなかったのね。面白い企画よね。……それで、どうする？」

ベアトリスに質問され、ルシアナはニヤリと微笑んだ。

「ええ、参加するわ」

「そう？　じゃあ……」

「マクスウェル様！」

ベアトリスが何かを言い切る前に、ルシアナはマクスウェルの方へと駆けて行った。

「どうかしましたか？　ルシアナ嬢」

男性同士で話をしているところに突然現れたルシアナ。マクスウェルは首を傾げた。

「マクスウェル様、私と踊ってくださいませ！」

まさかのルシアナからのダンスのお誘いである。先程のメロディの遠慮がちな申し出をさらに上回るマナー違反だ。何度も言うが、女性はダンスのお誘いを待つのが正しい作法である。

周囲は驚愕したが、それを非難する者はいなかった……だって凛《りん》として可愛かったんだもん！

「――へ？　あ、ちょっと⁉」

突然のことに一瞬呆けたマクスウェルだったが、じれったいと言わんばかりに彼の手を引くルシアナによってされるがままにダンスホールへ行ってしまった。

取り残された面々は、目を丸くしてルシアナ達の後姿を見つめるのだった。

「えっと、ベアトリスさん。どうしますか？　何だったら私と……」

「……やめておきましょう。どうやらルシアナは何かするつもりみたいだし、私達はゆっくりとそれを見物させてもらいましょうよ。……きっと面白いことになるわよ」

「まあ、ルシアナさんですしね」

二人は顔を見合わせて笑い合うと、ルシアナを追ってダンスホールに視線を向けた。


向かい合うレクトとメロディ。手を重ね、腰を寄せ合い、互いの鼓動と吐息が耳に届く距離。

端的に言って、レクトはめちゃくちゃ緊張していた。

仕方ないではないか。意中の女性からダンスに誘われて緊張しない男がいるわけ――。

（……意中の女性？　……俺は、この娘のことが……好き、なのか？）

それは衝撃的事実。青天の霹靂《へきれき》。ここにきてレクトはようやく自分の気持ちに気が付いた。

レクティアス・フロードはメロディ・ウェーブに恋をしている……かもしれない。

二十一歳。遅ればせながら……初恋の予感であった。初めてなのでまだ断言はできないが……。

そんなレクトとは裏腹に、メロディは難を逃れられたと、ほっと息をついていた。

(これでお嬢様からは離れられたわね。あとはダンスを踊ったらこっそり帰ろうっと)

人混みに紛れて会場を後にすれば、ルシアナに捕まらずに舞踏会を去ることができる。

そう結論付けて安心したメロディとは対照的に、レクトの体が強張っていく。

(……い、一歩目はどちらの足からだった？　頭が真っ白になって……思い出せない)

「レクトさん？　体が硬くなってますけど、緊張しているんですか？」

当然、彼の変化は相対するメロディにもしっかり伝わっていた。

「あ、いや、その……」

「もしかしてレクトさん、ダンスが苦手なんですか？　それで普段は舞踏会を欠席してるんですね」

メロディはクスリと笑った。全くの勘違いなのだが、レクトは思わずドキリとしてしまう。

「でも大丈夫ですよ。ダンスなんて基本さえ分かっていれば、あとは楽しむだけでいいんです」

うちのお嬢様にはパーフェクトなダンスができるよう熱血指導しましたけど、とメロディはピッと舌を出して笑顔を浮かべた……気が付けば、体の余計な力はすっかり抜けていた。

笑顔一つでレクトの心が満たされていく——もう、疑う余地もない。俺は、彼女を……。

そして音楽が奏でられ、天使のダンスが始まった。

レクトのリードは想像以上に見事なものだった。鍛え上げられた筋肉がしっかりと彼女を支え、どんな姿勢であろうと美しく完璧な振り付けを実現する。メロディのターンが、ステップが、レクトの助けによってより一層魅力的なダンスへと昇華されていった。

（レクトさん、全然踊れるじゃないですか。ふふふ、なんだか楽しくなってきちゃった！）

これはどう？　じゃあこっちは？　こんなことも大丈夫？　まるでレクトを試すかのようにメロディは軽やかに踊り続ける。レクトはその無理難題に難なく応えてくれた。

指先から髪の毛まで神経が通ったような繊細なダンスは、同時に全身を隈なく活用することで、見る者に大胆にして軽やかな印象を与える。

誰もが天使に目を奪われる。レクトがメロディを片腕で抱き上げ、ふわりと回転した。

その姿は宙を舞う天使そのもの。背中で揺れるケープは羽ばたく翼を夢想させる。

ここは舞踏会会場にあらず。天使が住まう雲の上の世界。人々はまさに天にも昇る心地で、美しき天使の戯《たわむ》れに見惚れるのだった。……同時に、天使のそばで可憐に舞う妖精の姿にも。

さて、会場で素晴らしいダンスが披露される中、世間には本当に間の悪い人間がいるもので、天使の踊りを見逃している哀れな者達がここに二人ほど……。

「はぁ、皆ダンスに誘いすぎよ。おかげでルシアナちゃんとまだ一言も話せてないし」

「俺にぼやくなよ。俺だってルシアナちゃんをダンスに誘えなかったんだぜ。そりゃあ、列をなす美少女達とのダンスが楽しくなかったとは言わねえけどさ、やっぱり本命には声掛けたいじゃん」

侯爵令嬢アンネマリーと王太子クリストファー。元日本人の転生者二名である。

「ちょっと。気持ち悪いあんたの性癖なんて私に話さないでくれる？」

「性癖ってほどでもないだろ⁉　第一、美人をダンスに誘うのは男の嗜みだし！」

「そう。では、淑女の化粧直しにお付き合いくださっているのも王太子殿下の嗜みであらせられるということでございますか。へぇ、存じませんでしたわ……キショ」

「ちょっとおおおお！　変な言いがかりはやめてくんない⁉」

この二人、延々と続いたダンスがようやく終わると、そのまま二人してトイレに行ってしまったのである。そして口喧嘩を始めたせいでなかなかダンスホールに戻ってこないのだった。


音楽が終わり、周囲から拍手喝采が鳴り響く。メロディとレクトは肩を揺らしながら、満足感でいっぱいの表情を浮かべていた。そして互いに一礼してダンスが終了となる。

「レクトさん、ありがとうございました。とっても楽しかったです」

「ああ……俺も楽しかった」

額から大粒の汗を垂らしながら、レクトは柔和な笑みを浮かべた。

彼のそんな笑顔を初めて見たメロディは、不意にドキリとしてしまう。

（うわ、レクトさんもあんな風に笑えるんだ）

友人の新しい一面を知って、メロディはなんだか嬉しく思えた。

そしてハッと我に返る。いつまでもここにいてはいけない。あとはこっそりここを出るべし。

「あの、レクトさ――」

『お集りの紳士淑女の皆様！』

唐突に、舞踏会の司会が大音量で会場中に声を発した。突然のことにメロディは驚く。

（な、何なの一体⁉）

『今宵《こよい》の舞踏会をお楽しみいただけておりますでしょうか？　よく知る男女が、初めて出会った男女が楽しく踊るこの舞踏会ですが、今宵の一曲だけは趣向を変えてお楽しみください。春の舞踏会の主役は今年から社交界デビューとなる王立学園の新入生達です。同級生との仲を深めるのにダンスは最適。ですが、そのお相手は異性だけというのも寂しいものです。さあ、この一曲だけは淑女の皆様、男性パートを踊ってみませんか？　紳士の皆様、この一曲だけ女性パートを踊り、次回のダンスに活かしてみては如何でしょう？　春の舞踏会恒例『同性カップルダンス』を始めます！』

（何それ⁉　そんなダンス初めて聞いたんですけど⁉　今から始まるの⁉）

多数の同性ペアがダンスホールに入ってくる。メロディは外に出たいが、動けそうにない。

「そうか、もうこれの時間か」

「レクトさん、これのこと知ってるんですか⁉」

「ああ、毎年の恒例行事だからな」

「恒例行事⁉　あ、あの、私はこれには参加しないのでそろそろ帰、きゃっ⁉」

突然、何者かにメロディの腕がつかまれた。ギョッと目を見張ったメロディは、その手の先で微笑む少女を目にして青褪めてしまう。

「ふふふふ。さあ、私と踊ってくださいな。メ……じゃなくて、セシリア様」

金髪碧眼の美少女。妖精姫ルシアナが、メロディに向けて満面の笑みを浮かべていた。

（きゃあああああああああ！　笑ってない！　目が全然笑ってないですよ、お嬢様⁉）

そして、天使と妖精の同性ペアが、ダンスホールの人混みの中へと消えていった。


ところ変わって、再びアンネマリーとクリストファーは……。

「『同性カップルダンス』って確かヒロインが誰と踊るかでシナリオが変動するイベントだっけ？」

「そうよ。例えば入学式で知り合った友人達と踊れば、友情パラメーターが上がって彼女達からの支援が増えるし、悪役令嬢の私と踊ればライバルパラメーターが下がるから難易度が落ちたりするの。どんな風にゲームを進めたいかで踊る相手を選ぶのがミソよ」

得意げに説明するアンネマリーとは対照的に、クリストファーは口をへの字に曲げてしまう。

「……んで、ついでに男性ペアのダンスが腐ったお姉様方に大人気だったと」

「攻略対象者同士のダンスのスチルがあってね、その手の腐った二次創作は随分と捗《はかど》ったらしいわよ。私は興味ないけど、クリストファーとマクスウェルのペアはかなり人気で……」

「やめてくれえええええええ！」

頭を抱えて悶絶するクリストファー。俺は美少女にしか興味ないんだあああああああ！

「まあ、私としてはレクト様が出てくれるならあなたが相手でも我慢できなくもないけど……」

「マジでやめてええええええええええ！」

本気で嫌がるクリストファーを楽しげに見つめながら、アンネマリーはニヤリと微笑んだ。

……だが、楽しい気持ちで舞踏会に臨んでいられるのも、このイベントまでのこと。

（それが終われば、次はあのイベントが起きるはず。ヒロインがいない今……下手したら死人が出る可能性だって否定できない。気を引き締めていかなくちゃ）

アンネマリーは神妙な面持ちで会場に向けて歩き出した……軽くスキップをしながら。

まあ、あれである。ゲームでは何やら不穏な展開が待ち構えているようだが、それはそれ、これはこれ。アンネマリーはルシアナとのダンスを想像し、期待に胸を膨らませていた。

……うっかりタイムテーブルを勘違いし、既に『同性カップルダンス』が始まっているなどと全く気付かずに。……この二人、どこまで間が悪いのだろうか。ちょっと可哀想である。

ところで、メイドヒロインがお仕えするお嬢様とダンスを踊ると、ゲーム的にはパラメーターにどんな変動を与え、シナリオにはどんな変化が起きるのだろうか？　……謎すぎる。

月下の真実

一瞬の静寂。そして音楽が鳴り始めると、再び会場の視線はダンスホールへ向けられた。

多くの者達の視線が、天使と妖精の織り成す神秘の世界へと引きずり込まれ、魅了されていく。

リードするのは美しき妖精姫、ルシアナ・ルトルバーグ伯爵令嬢。

そして、その手に身を委ね、まさに本物の天使を思わせる軽やかな足取りで観客を魅了しているのは……一体、誰なのだろうか？　だが、その答えを持つ者はどこにもいない。

観客達は思ったことだろう。なんて息ピッタリの可憐で流麗《りゅうれい》なダンスを踊る二人なのか、と。

当然である。この二人、立場は逆だったが今日までずっと踊り合っていたのだから。

今宵の舞踏会のために、メロディはルシアナにダンスレッスンを施していた。男性役をしていたのはメロディだが、ルシアナはそんな彼女のリードをしっかり習得していたらしい。

気が付けば、二人はダンスホールの中央を陣取っていた。

誰が言うでもなく、そこが二人の指定位置だと言わんばかりに自然と場所が空けられる。

二人を中心にダンスの波が広がっていった。彼女達の淀《よど》みない軽やかなステップが、花咲くような鮮やかなターンが周囲の踊り手達までも魅了し、そのダンスに続こうと連帯感が生まれていく。

中央を踊る妖精と天使がクルリとターンで魅せると、彼らを囲んでいた複数のペアが続くようにターンを舞い、その周りを囲んでいたペアが——と、波紋のようにターンが広がっていく。

誰が指揮を執っているわけでもないのに、まるで練習を重ねてきた一流の劇団のような息の合い方。ひとえに、美しき妖精と天使の大いなる魅力の成せる業《わざ》と言えるだろう。

意図せずしてルシアナと踊ることになったメロディは、混乱の極みの中にいた。ルシアナはルシアナで、笑顔を浮かべながらも明らかに機嫌が悪く、目が笑っていない。

……そう思っていたのだが、いつの間にかルシアナは本物の笑顔を浮かべていた。

まるで自分とのダンスを本気で楽しんでいるように……あ。

（ここ。昨日直した方がいいって注意したところだ。私が間違えないようにリードしてる）

自分の教えをちゃんと吸収してくれている。メロディの張りつめた心に熱がこもり始めた。

（ここも。あ、これも。お嬢様、男性側のリードの意味をきちんと理解できてる……）

またひとつ、凍り付いていた不安の心が解きほぐされていくのを感じた。

一度始めてしまった以上、ダンスから逃れることはできない。そんな思いでルシアナのリードについていったメロディだが、リードされ続けるうちにそのままでいいのかと思い始めた。

――だってお嬢様のダンス、本当に本気。真剣なんだもの。

ふいに、二人の視線が重なり――ルシアナの瞳が、語った。

（なんかもう、どうでもいいかも。とりあえず踊りましょう、メロディ！　すっごく楽しい！）

氷のように凝結していた心が、一気に解けた。

（はい、お嬢様！）

そして、ミュージカルが始まった。

妖精は天真爛漫《てんしんらんまん》に草原を駆け回る。走って跳んで転がって、そしてうっかりツルリと滑って笑う。

天使は「仕方ないですね」とでも言うように、妖精の隣に寄り添って優しく見守る。

彼女達の傍らに寄り添うのは、大地に咲く美しき花々。妖精が歌えば、花達はそれに応えてヒラヒラと舞い、天使がそっと手招きすれば、嬉しそうに花弁を天使の御許へ送る。

ある楽園の幸せな一コマ。観客達はダンスホールで踊る彼らの姿に、そんな光景を幻視した。

そして音楽が終盤に差し掛かる頃、気分が高揚していたメロディはちょっとやらかす。

それは本当に幻想的な光景――ダンスホールの床が、淡い銀の輝きを放ち始めたのだ。

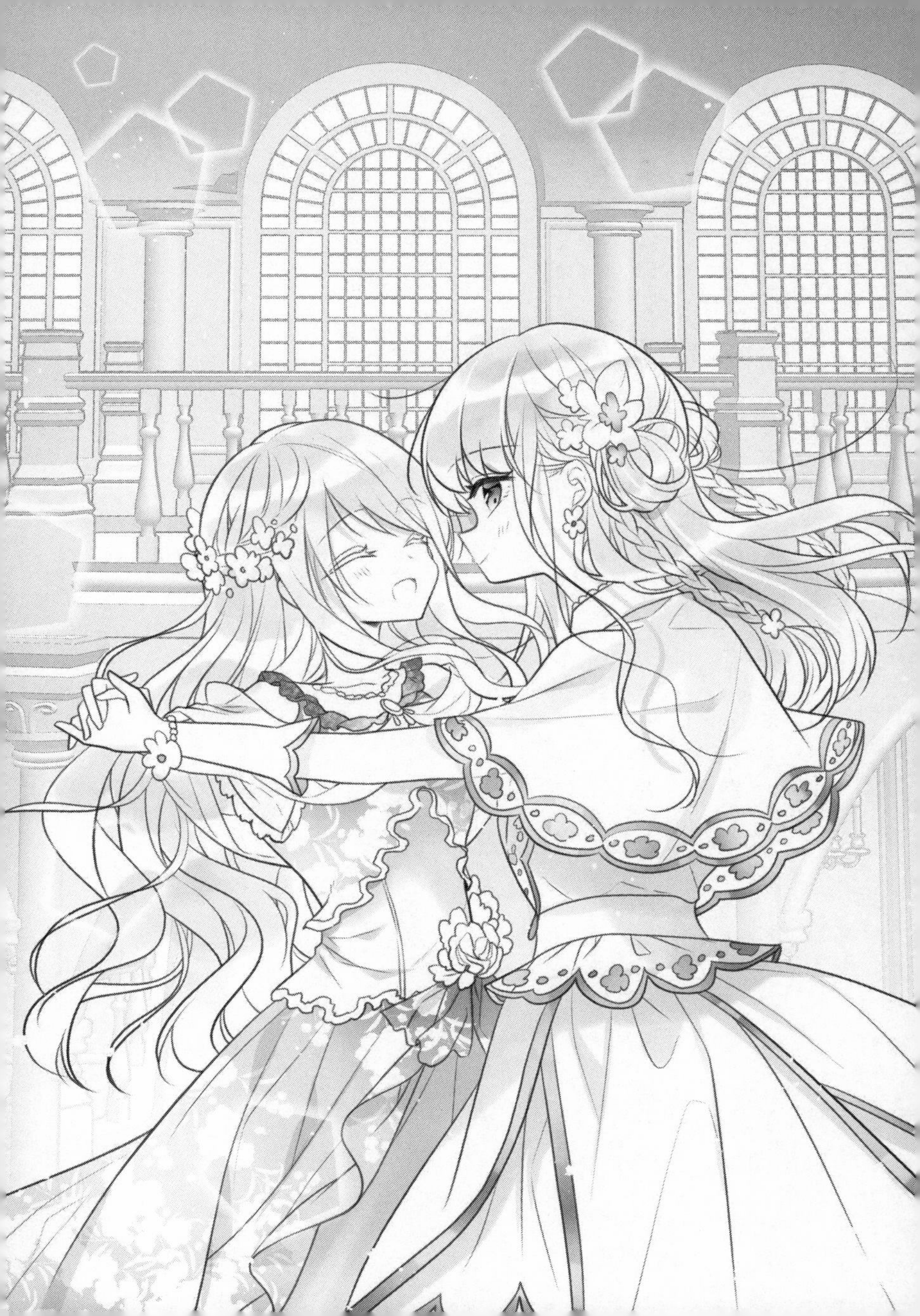

これには観客達はおろか踊っていた者達も驚きを隠せない。気づいていないのは、もはやルシアナ以上にダンスに集中していたメロディだけである。

それはまるで、かつて誰かの踏んだステップを辿るかのような軌跡の光。とはいえ、ホールを一周すれば誰もが踏むであろう位置ばかり。誰が踏んだとは断言できるものではない。

だが、その視線が向かう先などひとつしかなかった。

ルシアナの本気に当てられ、気分が高揚してしまったメロディ。高ぶった心は彼女の強大な魔力を刺激した。膨張した魔力の一部がメロディの制御を失い、銀の光となって溢れ出したのである。

そしてその光は、彼女が歩いた後に残るほんのわずかな魔力の残滓《ざんし》をも刺激して、ダンスホールに幻想的な白銀の光景を生み出していた。

この情景にはさすがのルシアナも驚いてしまう。ちなみに笑顔は維持したままだ。淑女なんで！

（メ、メロディ⁉　何やってくれちゃってんの⁉）

向かい合うメロディはなぜか光が目に入っておらず、ダンスに集中しきっていた。

（まずい、まずいよ！　これ、どうすればいいの⁉）

ルシアナは周囲を見渡す。状況的に原因がメロディだと思う者は多そうだが、はっきりと結論づけることはできないはず。まだ誤魔化せる！

やるべきことはひとつ。ルシアナは、笑顔でメロディの足を踏んだ……ハイヒールゥ。

（いったあああああい！　何するんですか、お嬢様⁉　ダンス中にパートナーの足を踏むなんて失礼の極みですよ！　お屋敷に帰ったら再特訓確定ですからね！）

（ワザとに決まってるでしょ！　それより周り見て、周り！　これメロディでしょ！）

（え？　周りって……きゃあああああ！　何ですか、この光⁉）

ちなみに、視線で会話する二人は笑顔継続中である。ついでに、ルシアナは足を踏んだが二人のダンスは一切乱れていない。彼女が足を踏んだことには、誰も気付いていないだろう。

（とりあえず早くどうにかしてちょうだい！）

（こ、これ何なの？　……あ、私の魔力か。だったら……）

ダンスを踊りながら、メロディは高ぶった魔力を抑え始める。すると少しずつ会場の光が収まり始めていった。同時に、音楽が終盤を迎え、ダンスが終わる瞬間――。

（んんんんん！　光よ、消えて！）

ダンスホールにいる全員が華麗なポーズを決めたその時、会場に残っていた全ての光が弾けるように瞬いて、消えた――美しきフィナーレの大演出であった。

しんとする会場。踊り手達の息遣いだけがかすかに聞こえる。

それから数秒後、感動のあまり立ち上がった国王夫妻を筆頭に、大拍手が巻き起こった。

所謂、感動の嵐。誰もが心打たれ、溢れる激情を止めることができない。

彼らが見た光景はあまりにも現実離れしていた。会場に魔法使いはいたが、感動のあまり目の前の光景と魔力を結びつけることができなかった。

というか、感情の高ぶりに連動して魔力が光となって溢れ出るなど、筆頭魔法使いでも起きない現象である。気づけるはずがなかった。

そして好機が訪れる。拍手喝采に夢中になった観客の視線が、メロディ達から離れたのだ。

「……メロディ。魔法でそっとこの場を出られないかしら？　話があるんだけど」

「そ、そうですね。それじゃあ……我らはここに在ってここに在らず『使用人の心得《コノシェンツァデセルヴィ》』」

ルシアナとメロディの周囲に薄い空気の膜のようなものが形成された。外が若干歪んで見える。

「うわ、何これ」

「使用人とは裏方仕事です。この中に入ると目に見えているのに外からはあまり意識されなくなるんです。メイド業務のいざという時の保険に作った魔法なんですが、こんな形で役に立つなんて」

「とりあえずここを離れましょう。舞踏会会場の隣の庭園なら、今は多分人がいないはずよ」

（うー、ダンスでうやむやにできるかと思ったけど、やっぱり問い詰められるんだぁ）

ガクリと肩を落としたメロディは、ルシアナに手を引かれて庭園へ向かった。

そして入れ違うようにクリストファーとアンネマリーが舞踏会会場へと戻ってきた。

ルシアナの百合ダンスをガン見するつもりだったクリストファーと、ルシアナとダンスを楽しむつもりだったアンネマリーが美男美女とは思えぬ絶叫を上げたのだが、幸いなことに拍手喝采のおかげで誰の耳にも届くことはなかった。


「不思議なダンスでしたね」

「……ええ、そうですね」

メロディ達が踊っている間、お互いにパートナーを失ってしまったレクトとマクスウェルは、せっかくなのでとペアを組み、『同性カップルダンス』を踊っていた。

あの時感じた不思議な高揚感と一体感は何だったのだろうか……？

「さて、この余韻《よいん》を楽しみたいところですが、お互いのパートナーを探しましょうか」

マクスウェルの言葉に賛成し、レクトはメロディ達を探し始めた。マクスウェルは会場内を、レクトは一度休憩エリアの確認に向かう。

レクトの目に、何かを見つめながらため息を吐くレギンバース伯爵の姿が映り込んだ。

「おお、レクトか。……セシリア嬢は一緒ではないのか？」

「先程のダンスが終わってからはぐれてしまいまして。こちらに戻っていないか確認に来ました」

「そうか。ここには来ていないが心配だな。……私も手伝おうか」

「……できればこちらで彼女達が戻ってきた時に保護していただけると助かります」

「ふむ、分かった。もしセシリア嬢に言い寄る輩を見つけたら、私が即成敗してやろう」

なぜか伯爵はギロリと真剣な視線をレクトに向けた。その鋭い眼光に思わず後退しそうになるが、どうにか堪えきる。まさか、自分に言っているのだろうか……。

「そ、それは頼もしいです。ところで、先程は何をご覧になっていたのですか」

「ああ、これだ」

伯爵が持っていたのは小さな額縁。十七歳当時のセレナ・マクマーデンの肖像画だった。

セレナが亡くなった今、彼女との数少ない思い出の品だ。いつもは一人になった時に静かに眺めているはずの物を舞踏会の場で見るなど、急にどうしたのだろうか？

「不思議なことにな、セシリア嬢を初めて見た時……なぜかセレナを思い出したのだ」

「セシリア嬢がセレナ様にですか……？」

「髪も目も全然違う色なのにな。不思議だろう？」

伯爵は悲しそうに笑った。久しぶりにセレナのことが強く思い出され、寂寥《せきりょう》感が増したようだ。

休憩エリアを出たレクトは、人の少ない場所を探すことにした。おそらくルシアナがメロディを連れてどこかで事情を聞いているはずだ。そうなれば、向かう先は人気のない場所。

レクトは庭園に向けて歩き出した。その道中でついメロディのことを考えてしまう。

（初めて会ったのは俺の屋敷で……いや、違うな。確か、セレナ様を探してアバレントン辺境伯領に行った時だ。まさかあの時道に迷っていた少女にこ……恋をして、しまうとは……）

年齢を聞けば今年で十五歳。誕生日はまだらしいので、実際にはまだ十四歳だ。まさか七歳も年下の少女に懸想《けそう》することになるとは思ってもみなかった。

というか、年齢差はともかく、レクトはメロディと恋仲になれる自信が持てなかった。

まだ短い付き合いだが、メロディは一にメイド、二もメイド、三四もメイドで五もメイドという、正直なところ、メイドのことしか頭にないメイドジャンキーであることは十分に理解している。

一般的に結婚をすれば大抵はメイドを退職するわけで……求婚を受ける姿が全く想像できない。

そんなことを考えているうちに、レクトは庭園の中央あたりに辿り着いた。そこには大きな噴水が設置されており、噴水の端に腰を下ろすメロディとルシアナの姿が視界に映る。

二人の雰囲気は明るい。仲がこじれることはなかったようだ。レクトは安堵の息を吐く。

どうやら彼女達はここで別れるらしい。ルシアナはメロディに手を振ると、舞踏会会場に向かって駆けだした。そしてすれ違いざまにレクトをギロリと睨みつける。

「メロディと舞踏会を楽しめたことは評価するけど、今度彼女を騙すような真似をしたら絶対に許さないから。肝に銘じておきなさい」

「……了解した」

令嬢とは思えぬ気迫の籠った眼力に、レクトは深く頷くことしかできなかった。

ルシアナが去り、メロディの護衛を任されたのだと理解したレクトは、噴水の方を向いた。

金髪赤眼の美しき天使が佇んでいる。その神秘的な美貌にレクトは改めて見惚れてしまう。

(ルシアナ嬢の観察眼には驚かされたが、ルトルバーグ夫妻はメロディに気が付いていない様子だった。……まさか目の前の少女が本当は黒髪黒目のメイドだなんて気づくはずもないか)

——本当にそうか？　彼女は本当に黒髪黒目なのか？

(初めて会ったのはアバレントン辺境伯領のトレンディバレス。あの時も黒髪黒目だった)

——本当にそうか？　俺は、黒髪黒目の彼女しか知らないのか？

(……知らない。王都で再会した時、俺は応接室で眠っていて……そこに彼女が現れて……)

——本当に、そうか？

(本当だ——て、俺はさっきから何を自問自答しているんだ？)

その時だった。雲に隠れていた満月が姿を見せ、柔らかい月影がメロディを優しく包み込んだ。

メロディの魔法『虹染』は光の反射や屈折を利用する特性上、異なる色に見えることはない。

だが、だが一瞬……月光に包まれたメロディの金の髪が、光を反射して白んだように見えた。

それは白というよりも……白銀の髪、で……。

レクトの足が止まる。目は見開かれ、彼の視線がメロディに釘付けになる。

……幸か不幸か、この世界でレクトだけが、真実に気が付く全ての条件を手にしていた。

レクティアス・フロードは知っている。

レギンバース伯爵にはかつてセレナという恋人がいて、二人の間にはセレスティという娘が生まれていたことを。

レクティアス・フロードは知っている。

セレスティが父レギンバース伯爵と同じ銀の髪を、母セレナと同じ瑠璃色の瞳を持つことを。

レクティアス・フロードは知っている。

レギンバース伯爵から借りた姿絵から、セレナがどんな容姿をした女性であったかを。

レクティアス・フロードは知っている。

メロディ・ウェーブは、セレナが住んでいた地、アバレントン辺境伯領から来たことを。それが、セレスティが失踪したのと同時期であったことを。

レクティアス・フロードは知っている。

メロディ・ウェーブが、髪や目の色を変える魔法を使えることを。

レクティアス・フロードは知っている。

メロディ・ウェーブの髪が、本当は金色ではないことを。本当は——。

レクトが見た光景は見間違いだったのかもしれない。しかし、そんなことはどうでもよかった。銀の髪を揺らすメロディの姿は、失われていた彼の記憶を刺激するには十分なものだった。

メロディと王都で再会したのは彼の屋敷の応接室ではない。レクトの脳裏に、扉を開けた瞬間に晒された、無垢な少女の扇情的な裸体が浮かび上が――。

(――て、違う！　そうじゃないだろう！　そうだ！　王都で彼女と再会したのは応接室ではなく、屋敷の風呂場で……あの時、彼女は間違いなく……銀の、髪を、瑠璃色の、瞳を……していた)

それは、セレナが暮らしていたアナバレスの町長から聞いた、セレスティの特徴。

どんなに髪や目の色を変えたところで、根本的な顔の造形は変わらない。

だから、そうだと思って彼女を見れば……メロディは、セレナによく似ていた。

セレナの死と同じ時期に、同じ領内からやって来た、銀の髪と瑠璃色の瞳を持つ、セレナによく似た少女……それは、一体どれくらいの確率で別人なのだろうか。

「すみません、レクトさん。こんなところまで迎えに来てもらっちゃって」

「いや……気にしなくていい」

微笑むメロディに、レクトは不愛想にそう答えることしかできなかった。

(とうとう、見つけた。見つけてしまった……お嬢様を。メロディが、セレスティお嬢様……)

恋した少女は、ずっと探し続けていたレギンバース伯爵のご令嬢だった。

無垢な笑顔を浮かべるメロディことセレスティとは対照的に、レクトは内心で渦巻く様々な感情を表に出さないように、必死で抑え込む。

（俺の恋は……いや、そうじゃない。お嬢様の望みは、メイド……閣下に報告すれば、おそらくそれは叶わない……だが、あんなにつらそうな閣下に伝えないなんて、不義理なことは……）

答えなど、出るはずがなかった。誰もが幸せになる未来がレクトには想像できなかったから。

気づかなければよかった――レクトは、そう思わずにはいられなかった。

視線と予兆と守りのペンダント

――時間はレクトがやってくる少し前に遡る。

庭園にある噴水の端に二人で腰掛けると、メロディはこれまでの経緯をルシアナに説明した。

「じゃあ、メロディはあの男のこと、もう怒っていないのね？」

「はい。ここに来る前にちゃんと謝罪は受け取っていますから何とも思っていませんよ」

これは、レクトが嘘をついてメロディを舞踏会に連れてきた件についての話である。

「ふーん。まあ、メロディがいいって言うなら……ハリセン百叩きはやめておいてあげるわ」

「そ、そうしてもらえると助かります」

不承不承ながらも納得した様子のルシアナに、メロディは安堵の息を吐く。

さっきは大変だった。騙し討ちのような形でメロディが舞踏会に参加することになったと知ったルシアナが「あいつちょっとシメてくる」と言って満面の笑顔で突然駆け出したのだから。

……制止が間に合って本当によかったとしみじみ思うメロディだった。

ほっとした表情を浮かべるメロディとは違い、説明を聞いたルシアナは少々複雑な気分だ。

（むぅ、メロディと舞踏会で踊れたのは正直とても楽しかったけど……そのきっかけがあの男だと思うとやっぱり腹立たしいわ。真正面からメロディを誘う度胸もないくせに名前だけは愛称で呼ばせてるし。私のメロディに手を出そうだなんて、一生涯早いのよ！）

つまり、今生ではメロディを口説くなということである。ルシアナさん、意外と独占欲が……。

「……メロディ、一応確認するけど、あの男はただの友人なのよね？」

「――？　何の確認かよく分かりませんけど、レクトさんはいい友人ですよ？」

キョトンとした顔で答えるメロディに安堵しつつ、ルシアナは少しだけレクトを可哀想に思う。

（……完全に片思いね。全く恥じらいを感じさせない回答だったわ。紛う方無き純然たる友人扱い。好意がないわけじゃないだけに、喜んでいいんだか悲しんでいいんだか、微妙なところねぇ）

二人の仲は悪くはないようだが、肝心の恋愛の脈はなさそうだった。いや、だって……。

「友人と言えばお嬢様。私、レクトさん以外にもポーラって子とも友達になったんですよ。レクトさんの屋敷で働いている私と同じオールワークスメイドなんですけど、彼女は化粧技術が――」

メロディはポッと頬を赤らめてメイド談議を始めた……まるで恋する乙女のような表情で。

（……脈、ないなぁ。協力する気はこれっぽっちもないけど、やっぱり少し可哀想……）

メロディは本当にメイドという職業を愛しているのだと、ルシアナは改めて理解する。

その好きっぷりには驚かされるが、だからこそ彼女はルトルバーグ家に仕えてくれているのだと思うと、無邪気な笑顔で語り掛けるメロディの姿に、ルシアナは感謝の想いが溢れ出してくる。

「――というこなんですよ、お嬢様。……て、いけない。申し訳ございません。私ったら夢中になってペラペラと……」

ようやく我に返ったようだ。恥ずかしげに顔を赤らめて俯くメロディのなんと愛らしいことか。

「気にしなくていいわ。とっても可愛かったし。さて、そろそろ会場に戻りましょうか」

「はい。……あ、お嬢様。ドレスが少し乱れてます。直しますね」

度重なるダンスやレクトをシメに行こうと駆け出したりで、ルシアナのドレスは少し着崩れてしまったようだ。手際よく整えながら、メロディはついでにドレスに掛けた魔法の状態も確かめる。

不特定多数の人間と一堂に会する舞踏会では、どんな不測の事態が発生するか分かったものではない。今回メロディは、ルシアナ達の衣装に特別念入りに強力な守りの魔法を付与していた。

(……うん。魔法に綻びはないみたい。これなら何かあっても大丈――……え？)

「メロディ？　どうかした？」

視線を感じた気がして、メロディはバッと顔を上げた。だが、彼女が目を向けた先は舞踏会会場の屋根の上だった。もちろんそこに人影などありはしない。

(気のせいかな？　でも、さっき、確かに一瞬だけ、誰かに睨まれたような気がしたんだけど)

勘違いだったのかもしれない。だが、メロディの心の中で漠然とした小さな不安がチラついた。

「……お嬢様。ひとつだけ追加で守りの魔法を掛けさせていただいてもよろしいですか？」

「守りの魔法？　それは構わないけど、何の魔法なの？」

ルシアナは言われるままにペンダントを差し出す。メロディはそれにそっと指先を触れた。

「淑女たる者、鋭敏であれ『人工敏感肌《アーティルセンシティボ》』」

一瞬、ペンダントの宝石に光が灯る。それ以外、見た目に変化はない。

「えっと、どんな魔法なの？」

「感覚を鋭敏にする魔法です。『視線』に敏感になるよう設定しました。このペンダントを身に着けておけば、お嬢様に悪意ある視線を向ける者がいればそれを察知できます」

「何それ凄い！」

「悪意ある視線が向けられると、視線の発生源目掛けてお嬢様にだけ見える探知の光がペンダントから放たれます。そういう人にはなるべく近寄らないようにしてください」

要するに敵対者を割り出す魔法だ。貴族ならば誰もが欲しがるだろう。

ルシアナが感心してペンダントを眺めていると、メロディが注意点があると告げてきた。

「この魔法はまだ未完成なんです。ペンダントに感覚を付与するので、すぐ近くにいる別人に向けられた悪意の視線を間違って捉えてしまう可能性もあります。一応気を付けてくださいね」

了承の返事をすると、ルシアナは再びペンダントを首に下げた。

「それじゃあ、そろそろ本当に戻りましょうか。メロディはもう帰るんだっけ？」

「はい。レクトさんの上司への挨拶も済んでますし、お嬢様をお出迎えする準備もありますから」

「私はもっと一緒にいたいけどしょうがないか。なら、面倒だけどあの男と合流して……あら？」

「……あ、レクトさん」

舞踏会会場の方からレクトが向かってくるのが見えた。自分達を探しにきてくれたらしい。

「ふーん。まあ、ヘタレっぽいけどそれくらいのことはできるってわけね。メロディ、お迎えが来たみたいだし、私は先に会場に戻ってるわ。んじゃやね！」

「あ、お嬢様！　走るなんてはしたないですよ！」

メロディの注意も聞かず走り出したルシアナは、すれ違いざまにレクトに何やら呟いていた。

何を話したのだろうと首を傾げていると、メロディに頭上に満月の光が降り注いだ。

(わぁ……この世界も月って本当に綺麗……あ、いけない。レクトさんが来てるんだった)

「すみません、レクトさん。こんなところまで迎えに来てもらっちゃって」

「いや……気にしなくていい」

「――――？」

メロディは不思議そうにレクトを見つめた。彼の表情がいつもと違うように見えた。

その後、レクトとメロディも会場に戻り、予定通り退出する旨をレギンバース伯爵に告げる。

「もう帰ってしまうのか。残念だ。……セシリア嬢、またいつでも来るといい。歓迎する」

「ありがとうございます、伯爵様」

伯爵とメロディのそんな遣り取りを、レクトは不安そうに、そしてもどかしそうに見つめていたが、それに気が付いた者は誰もいなかった。

そんなわけで、メロディの舞踏会体験は割とあっさり終了したのである。

一方その頃、舞踏会会場では――。

「何じっと窓なんて見てるんだ？」

粗方の社交を終えた二人の転生者は現在、王族専用休憩エリアにてしばしの休息を取っていた。

だが、会場のあらぬ方向を凝視するアンネマリーに、クリストファーは訝しげな顔を見せる。

アンネマリーが見ていたのは会場の上段に設置された窓のひとつ。それは奇しくも、メロディが視線を感じて仰ぎ見た屋根のちょうど真下にある窓だった。

「……あのイベントが起きるのはそろそろのはずなんだけど、静かなものね」

「あのイベント？　……ああ、例の奴か。もうそんな時間だっけ？」

緊張感のないクリストファーの声音に、アンネマリーは思わず目を細めて苦言を呈した。

「こんな大事なイベントを忘れないでよね。まあでも、そう。ゲームのシナリオではこのくらいの時間にイベントが起きるはずだけど彼が現れる気配が全くないわ。どうなっているのかしら？」

二人の視線が件の窓へと向けられる。だがやはり、何かが起きる予兆は感じられなかった。

「……ヒロインちゃんが現れなかったように、彼も現れないのかしら。……春の舞踏会最大のイベント『舞踏会襲撃事件』の犯人。魔王に心を奪われた哀れな襲撃者。第四攻略対象者ビューク・キッシェルは、今くらいの時間にあの窓から乱入してくるはずなのに……」

「ヒロインちゃん不在の今、奴が現れたら俺達が戦うしかないよな」

ソファーに座ったまま、クリストファーはブーツに手を伸ばした。そこには銀製の短剣が隠されている。アンネマリーもスカートの上から太ももに手を触れると、銀製の短杖の感触が伝わった。

「魔王を倒すことができるのは聖女だけ。でも、私達だって全く対抗できないわけじゃない。ゲームでは、少し古典的だけど『銀』が魔王の弱点として設定されていたわ。聖女の力も、大きく顕現される時に白銀の光を放っていた。ヒロインの仲間になった攻略対象者達は、銀製の武器を手に入れることで魔王との戦闘に参加可能になるのよ」

「確か、先代聖女が魔王を封じるのに使ったのも銀の剣と台座だったっけ？」

「ええ。魔王を倒し切れなかった先代聖女は、多少なりとも弱点の銀の剣に魔王を閉じ込め、当時の決戦の地『ヴァナルガンド大森林』の奥深くに台座を用意して、剣ごと魔王を封印したのよ」

「……で、その封印を解くための鍵になるのが、高い魔力を有するテオラス王家の血であると」

クリストファーは苦々しい表情でため息を吐く。

王城最下層の『古の書庫』の件から分かるように、王家と先代聖女には深い関わりがあった。

先代聖女は、テオラス王家の古い祖先の一人なのだ。そのため、魔王の封印を完全に解くためには一定以上の強い魔力を有する、テオラス王家の者の生き血を剣に吸わせる必要があった。

現在その条件に当てはまるのはクリストファーのみ。つまり、襲撃目標は王太子ということだ。

「ホント、なんで俺、こんな人間に転生しちゃったんだか……」

「ま、頑張るしかないでしょ。気を引き締めていきなさいよ」

クリストファーはやるせない気持ちで窓を見つめるのだった。

乙女ゲーム『銀の聖女と五つの誓い』のヒロイン『セシリア』は、王立学園入学を機に様々な事件に巻き込まれ、五人の男性――攻略対象者――と交流を持つようになる。

筆頭攻略対象者。テオラス王国王太子。クリストファー・フォン・テオラス。十五歳。

第二攻略対象者。テオラス王国宰相の嫡男。マクスウェル・リクレントス。十六歳。

第三攻略対象者。ヒロインの護衛騎士。レクティアス・フロード。二十一歳。

シナリオ初日から登場する彼らはテオラス王国の王侯貴族だ。ゲームの舞台が王立学園ということもあり、彼らの登場する機会は多い。

学園を舞台に互いに交流を持ちながら、彼らはヒロインへの恋心を少しずつ募《つの》らせていく。

この三名との関係は、いわば王道的異世界恋愛ファンタジーなのである。

だが、第四攻略対象者ビューク・キッシェルはその道から逸脱した存在だった。

魔王に心を奪われてしまった彼は、ヒロイン（聖女）と敵対する関係として登場するのだ。


テオラス王国の北、ロードピア帝国との国境沿いにある森に存在する小さな村『シュノーゼル』。

魔物の討伐や戦争に関わりたくなかった魔法使い達により作られた隠れ里だ。

そんな中、ある魔法使いの夫婦の間に生まれたのがビューク・キッシェルだった。

「ほぅ、魔法使いの村とは面白い。喜べ。お前達は我々の奴隷《どれい》として生きる栄誉を授かった！」

ビュークが十歳の頃、村はロードピア帝国軍による襲撃を受けた。所謂奴隷狩りだ。

戦いから逃げた者達の集まりに大した抵抗ができるはずもなく、村は容易く蹂躙《じゅうりん》されてしまう。

ビュークの両親も抵抗したが殺されてしまい、ビュークは奴隷として生きることとなった。

才能があったビュークは、十歳ながら十分に魔法を行使することができた。

そんな彼は、帝国で魔障の地の魔物を狩っていた傭兵《ようへい》に購入される。

当時、帝国では魔障の地から溢れ出す魔物の被害が多発しており、この傭兵のように魔物を間引く仕事をする者が多くいたのだ。

傭兵の盾代わり、大砲代わりに購入されたビュークの、過酷な人生の始まりである。

転機が訪れたのは彼が十八歳になった頃。いまだに帝国の魔障の地が鎮静化された気配はなく、ビュークの主も既に六人目に突入していた。

新しい主はビュークが恨まずにはいられない相手——八年前、シュノーゼルを急襲した帝国軍の元指揮官だった。どうやら帝国軍にクビを切られたらしい。

シュノーゼルで魔法使いを手に入れたところまではよかったが、この男はせっかくの魔法使い達を酷使しすぎて、使い潰してしまったのである。

ある者は命を失い、またある者はビュークのように奴隷として売られ、男の小遣いに消えた。

魔法使いをただの道具としか認識していない男の態度は、彼らを長期的に運用したいと考える帝国の方針と相容れなかったため、あっさり切り捨てられてしまったのである。

「ちっ、どうして俺がこんなことをしなけりゃならないんだ。くそ、くそっ！」

「——っ！　ぐっ、がはっ！」

男はよくビュークを暴行して憂さを晴らしていた。ビュークのことなどこれっぽっちも覚えている様子はなく、ビュークは男への憎しみを募らせていくばかりだ。

「ふん、今に見てろ。俺をクビにしたことを絶対に後悔させてやるからな！」

帝国を見限った男は、今度はテオラス王国で名を上げようと考える。

王国に取り入るにはどうすればいいか？　――王国最大の危険地帯、ヴァナルガンド大森林の強力な魔物を討伐してみせれば、きっと国王もぜひ騎士団に入団してくれと懇願するはずだ！

王国筆頭魔法使いの感知結界をビュークの魔法で誤魔化すと、男を含めた十人近い傭兵達がヴァナルガンド大森林へ足を踏み入れたが……生き残ったのは男とビュークの二人だけだった。

「くそ、くそ！　なんでだ！　あいつら、任せておけとか言っておいてあっさり死にやがって！」

男が生き残っている理由はただひとつ。ビュークの支援があったからに他ならない。

ここは大陸に轟《うごめ》く不可侵領域『ヴァナルガンド大森林』。その危険性から王国が侵入を禁じ、常に監視を置くほどの死地であることを、男は正しく理解していなかった。

ビュークは内心でほくそ笑み……そして深く憤る。

（こうも簡単に話に乗るとは、馬鹿で助かった。だが、こんな阿呆に俺の家族を、村の皆を奪われたのだと思うと、子供だったとはいえ自分が許せない。この復讐《ふくしゅう》は絶対に成功させてやる）

男の大森林遠征はビュークが持ちかけたものだ。奴隷にはある種の魔法が掛けられており、自らの意思で主を殺すことはできない。だから、男をここに誘い込むことにした。

（ヴァナルガンド大森林なら、たとえ俺が先に死んだとしてもこいつが助かる可能性は万に一つもない。俺なしで生き残れるはずもないのだからな。こいつの死は確定した）

ビュークの心に昏《くら》い笑みが浮かぶ……それを、大森林の眠れる主は見逃さなかった。

「くそ、くそ！　おい、もうこんな森を歩くのはおしまいだ。出口はどっちだ」

「……先程から走り回っていたためどこから来たのか分かりません」

「この、役立たずが！」

顔を殴られ、ビュークの口から血が垂れる。口内を切ったらしい。だが、さすがの男もビューク
なしでは生き残れないことは理解していたため、それ以上は何もしない、いや、できない。

その場で何度も地団太を踏んでは怯える男に、ビュークは心の中でニタリと笑ってしまう。

――ああ、素晴らしい。なんと素敵な、歪んだ憎しみか。

「おい。次はどっちに……お、おい！　どこへ行くんだ⁉」

突然、ビュークが歩き始めた。何かに呼ばれた気がしたのだ。男が止まれと命じてもそれには従
わず、ビュークはぼんやりとした感覚で歩き続ける……そして大森林の奥深くに辿り着いた。

「お、おい。何だよ、ここは？　お前、どうしてこんなところに……」

男の声にビュークは反応せず、目の前にある一振りの剣に視線を集中させた。ボロボロの銀製の
台座に刺さった、同じく銀聖の剣……その美しく白い剣身に、ビュークは魅入られてしまう。

――さあ、こっちへ。魔法使いよ、剣を抜き取り、我が贄となれ。

……気がつくと、ビュークは剣を手に茫然と立ち尽くしていた。剣先からは赤い血がポタリポタ
リと滴り落ち、足元には男の死体が転がっていた。

――お前の復讐は成された。次は我の番だ。さあ、我が意に従い、テオラスの地に永遠の闇を！

白かったはずの刀身は黒く染まり、それに倣うようにビュークの心も闇に覆われていく。

忘れ去られた存在『魔王』の封印に綻びが生じ、暗い絶望の闇が世界に解き放たれようとしていた……哀れな復讐者の手に携えられて。

乙女ゲーム『銀の聖女と五つの誓い』において、ビュークとはそういう存在だった。

一台の馬車が貴族街に向けて走り出す。メロディとレクトが乗った馬車だ。

その光景を、舞踏会会場の屋根からこっそり見つめる人間が一人。

ボサボサに切られた紫の髪と、濁った灰色の瞳を持つ小柄な男。長い間、ろくに食べさせてもらえなかったせいか、十八歳でありながら彼の身長はメロディと同じくらいしかない。

襤褸《ぼろ》切れのような薄汚いローブを纏い、右手に黒剣を持つ彼の名はビューク・キッシェル。

ゲームのシナリオ通りに魔王の剣を手に入れた彼は、舞踏会を襲撃するため屋根の上から機を窺っていた。だが思わぬところで邪魔が入り、その邪魔者が去るのをずっと待っていたのである。

(……まさか、あんな小娘に……気配を悟られるとは……思いもし……なか……った……)

魔王に魅入られたビュークの意識は混濁《こんだく》していた。今となっては、この思考が彼のものなのか魔王のものなのか、区別することすら儘《まま》ならない。

(本当な……らあの時、会場に乱入するはずだった……のに、まさか……一瞬視線を向けた、だけで……気取られる……なんて……隠形の魔法……を、してあった……のに。あの娘、何者なのだ)

メロディが感じた視線。その正体はビュークだった。舞踏会を襲撃しようとしていた彼は、たまたま庭園にいた女性二人が視界に入り、ほんの一瞬だけちらりとそちらに目を向けた。

そして、魔法で気配を消していたにもかかわらず、なぜかメロディに気付かれたのである。

（だい……丈夫。女は……消えた。もう一度……機を窺えば……問題、ない）

暗闇に溶けるようにビュークは姿を消した。舞踏会の危機はまだ……去ってはいない。

シリアスは突然に

「お待たせしてしまい申し訳ございません」

メロディと別れたルシアナは、ほどなくしてマクスウェルと合流した。

「いいえ、お気になさらず。では参りましょうか。私の友人にあなたを紹介しましょう」

「は、はい」

極上の笑顔を浮かべる美男子に手を差し出され、さすがのルシアナも頬を赤らめてしまう。

ルシアナの手を取ると、マクスウェルはキョロキョロと周囲を見回し始めた。

「そういえば、ダンスのお相手をした天使様はご一緒ではないのですか？」

「天使様？　……ああ、メ……セシリア嬢ですか？　彼女はもう帰るそうですよ」

「それは残念です。一度ダンスをご一緒していただきたかったのですが」

悲しげな表情を浮かべるマクスウェルにルシアナは軽く目を見張ると、思わず呟いてしまう。

「……隣に私がいるのにそんなことを仰るなんて」

パートナーがいる前で堂々とそんなセリフを言うとは何事か――と、ルシアナがやや膨れっ面でマクスウェルを見ていると、気が付けば彼は口元を押さえながら肩を震わせていた。

（な、何？　なんでこの人笑っているの？　さっきまでの悲しげな顔は？　なんで……あ）

ルシアナは思い出した。最初に隣にいたパートナーをほっぽりだしたのは誰であるかを。

ルシアナのセリフは完全にブーメランであった。羞恥で顔が真っ赤に染まる。

「ふふふ、すみません。少々冗談が過ぎましたね。なに、誰だってあのような美しい方が現れてはダンスに誘いたくなるものです。まして、妖精が天使をダンスに誘うなど当然のことですよ」

「……妖精？」

「ご存知ありませんか？　会場中が、お二人が披露した幻想的なダンスの話で持ち切りですよ。皆があなたのことを『妖精姫』と呼んで褒め称えています。今のあなたにぴったりですね」

「な、ななな、何ですかそれ⁉」

驚愕するルシアナに、マクスウェルはやはり極上の笑顔を見せる。

「明日からの学園生活はなかなか大変そうですね。誰もが妖精姫の一挙一動に注目するでしょう」

ルシアナは項垂れた。家格はともかく『貧乏貴族』のルシアナには分不相応な通り名だ。変に興味を持たれて周りからいじめでもされたらどうしようと不安な気持ちになってしまう。

「このような場で俯いてはいけませんよ、淑女《レディー》」

ルシアナはハッとして顔を上げた。ニコリと微笑むマクスウェルに手を引かれ、歩き出す。

「大丈夫ですよ、ルシアナ嬢。とりあえず、私の友人にあなたを紹介しましょう」

「えっと……は、はい」

何が大丈夫なのだろう、と内心で首を傾げながら、ルシアナはマクスウェルについて行った。

誰に紹介されるのだろうかと緊張するルシアナだったが、すぐに意識が逸れてしまう。

ペンダントが光り始めたのだ。

(これ、確かメロディが言ってた……誰かが私に悪意を向けている?)

白い光の線がペンダントから放たれる。気付かれないようにちらりと視線を向けると――。

(……誰かしら?)

小柄で小太り、ガマガエルのような顔の中年男性が、厭《いや》らしい笑みを浮かべていた。

正直、顔をしかめたくなるほどの生理的嫌悪感だが、ルシアナは笑顔を崩さない。

(き、気持ち悪い。絶対に近づかないように気を付けよう……と、またペンダントが光ってる)

今度は金髪の美少女に光が伸びた。友人達と談笑しながら、時折冷たい視線を向けてくる。

なぜか女性特有の嫉妬心のようなものが感じられ、ルシアナは首を傾げたい気持ちになった。

(……あんなに美しい人のどこに、私を妬む必要があるのかしら? 意味が分からない……)

笑顔を貫くルシアナの隣で、マクスウェルは彼女に対する評価を改めていく。

(随分と勘がいい。自分に向けられる悪意や敵意にしっかりと反応している)

社交経験の少ないルシアナを守るために、マクスウェルは周囲を常に警戒していた。

彼らに彼女を紹介するまでは特に気を付けておこう、と様子を窺っていたのだが、マクスウェルが気に掛けた人間に対し、ルシアナは悉《ことごと》く注意を払っているのだ。

（……上位貴族の妻となる者にとって、敵と味方を瞬時に判別できる能力は大変得難い資質だ）

そんなことを考えて、マクスウェルは内心で首を横に振った。

今日初めて会ったばかりの女性に対して自分は何を考えているのだろうか、と。

ルシアナは、友人であるメロディが困っていたから引き受けたエスコート相手にすぎない。

それほど会話を交わしたわけでもなく、彼女のことなどまだまだ知らないことの方が多いのだ。

そんな女性を相手に特別な感情など持てるはずがない。普段の彼ならばそのはずだった。

……だが、初めて会ったあの時、不覚にも彼女を美しいと思ったことは紛れもない事実。

メロディの時とはまた違う不思議な感覚に、マクスウェルは少しばかり戸惑ってしまう。

とはいえ、今はそればかり気にしてはいられない。マクスウェルはルシアナにそっと囁いた。

「先程の男性は財務局のサイシン伯爵殿です」

「――え？」

「財務局でも給仕のメイドに手を出そうとして注意を受けている方です。気を付けてください」

「……ふーん、メイドに手を出すの。ふーん……」

「それと、今の女性はランクドール公爵令嬢です。あなたに見せ場を奪われてお冠《かんむり》なのですよ」

「私に見せ場を取られた？」

「まだ自覚がありませんか？　今夜の舞踏会最大注目株は王太子殿下とヴィクティリウム侯爵令嬢のペアでした。そして次に注目されるのは当然、公爵令嬢であるランクドール嬢だったはずです。ですが結果をみれば、今夜最も注目を浴びているのは、ヴィクティリウム侯爵令嬢と肩を並べるほどの美しさを持ち、天使様との幻想的なダンスを披露したルシアナ嬢、あなただ。おかげさまでランクドール公爵令嬢の注目度はほぼゼロ。悔しくて仕方がないのでしょう」

ルシアナの表情がサッと青くなる。公爵令嬢を敵に回すとか、本気でシャレにならない。

青褪めながらも必死で笑顔を取り繕うルシアナに、マクスウェルは思わず苦笑を漏らした。

「大丈夫ですよ。そういった問題に対処するために、あなたを彼らに紹介するのですから」

「マクスウェル様、あの、彼らって……」

「まあ、マクスウェル様。何か問題が起きておりますの？」

艶めかしくも透き通る美声に、ルシアナはハッとした。

同性であるルシアナですら息を呑むほどの妖艶な美少女が、目の前に佇んでいたのだ。

「はじめまして、ルシアナ・ルトルバーグ伯爵令嬢。わたくしの名前はアンネマリー・ヴィクティリウムよ。今宵の舞踏会一番の輝き『妖精姫』にお会いできて本当に嬉しいわ」

「あ、えっと、あの……わ、私もお会いできて光栄です。ルシアナ・ルトルバーグと申します」

緊張しているが、体で覚えたカーテシーは乱れることを知らない。洗練された仕草に、アンネマリーは満足そうに頷いた。最初の挨拶で噛んでしまったが無礼には思われなかったようだ。

小さく安堵の息が漏れる。だが、ルシアナの緊張はまだ終わらない。

「君が先にするなんてずるいじゃないか。私も挨拶させてくれないかい？」

「まあ、殿下が早くいらっしゃらないからでしょう。わたくしのせいではありませんわ」

ルシアナの肩が思わず強張る。侯爵令嬢アンネマリーの背後から現れた人物は、王太子クリストファーだった。マクスウェルにも負けない極上の笑顔がルシアナに向けられる。

「はじめまして、ルシアナ嬢。私はクリストファーだ。僭越《せんえつ》ながらこの国の王太子なんて面倒な役についているよ。マクスウェルとは幼馴染で親友なんだ。仲良くしてくれると嬉しいな」

「は、はひぃいいい！　よ、よよよろしくお願いいたしますっ！」

言葉遣いはともかく、カーテシーは大変美しい。マクスウェルに対して緊張しっぱなしだというのに、初めての舞踏会で王族と面識を持つことになるなど誰が想像できようか。

「ルシアナ嬢、そんなに緊張しなくても大丈夫ですよ。二人は見た目よりも気さくな方々です」

「まあ、酷い言い方。わたくし、そんなに御高くとまっていませんわよ？」

お互い冗談なのだろう。雰囲気は柔らかく、ルシアナもようやく緊張が解れてきた。

クリストファーに誘われて、四人で王族の休憩エリアに足を運ぶと、しばしの歓談が始まった。

「そういえばルシアナさん。あなた、『同性カップルダンス』で天使と踊ったと皆が言っていたのだけど、どなたのことかしら？　わたくし、それらしい方とはお会いしていないのよね」

やはり今夜の話題の中心はルシアナとメロディのダンスになるらしい。なんでも、二人が所要で会場を抜けていた間に終わってしまったらしく、ダンスを見ることができなかったそうだ。

「私も知りたいな。誰に聞いてもどこの誰なのか知らないそうだ。大変な美少女だったらしいね」

「ああ、メ……セシリア嬢のことですね。彼女だったら……」

「「セシリアだって（ですって）⁉」」

クリストファーとアンネマリーが驚愕の表情を浮かべて立ち上がった。二人の突然の行動に、ルシアナだけでなくマクスウェルも目を丸くする。

「ルシアナさん、そのセシリアさんはどちらにいらっしゃるの⁉」

「どのような容姿だ⁉　出身は⁉　家名は⁉」

「えっと、セシリア嬢は、その……もう帰りました。あと、金髪の子で……」

「「帰った⁉　どうして⁉　……金髪？」」

ルシアナはコクコクと頷いてセシリアのことを説明した。……メロディが考えた設定をだが。

一通りの説明が終わると、二人はガクリと項垂れてしまった。

「二人とも一体どうしたんだい？」

「いや、すまない。何でもないんだ……忘れてくれ」

「ご、ごめんなさい。どんな子か気になっただけなの。少し興奮してしまって……」

（このタイミングで現れたセシリア。ヒロインなの？　でも、金髪らしいし……でも、彼女をエスコートしたのはシナリオと同じレクト様。でも、レギンバース伯爵の娘ではない……何者なの？）

当然ながらこの場で答えなど出るはずもない。混乱するアンネマリーだったが、そこはやはり侯爵令嬢。すぐに平静を取り戻すと、一旦セシリアのことは忘れることにした。

その後、パートナーを交換してダンスをし、以降は最後まで四人で舞踏会を楽しんだ。

聞けばルシアナはずっと領地住まいだったため、王都に知り合いがほとんどいないらしい。今回の件で注目を集めすぎている彼女だ。少しでも既知の者が必要である。

アンネマリー達に連れられ、彼らの友人達に紹介されるルシアナ。恐縮するばかりだが、当の友人達は嬉しい限りである。なにせ今夜の注目株が目の前に現れたのだから。

中にはペンダントが反応する人物もいたのだが、それは仕方のないことだろう。要注意人物として記憶しておき、学園では気を付けようと思うルシアナだった。


時刻はそろそろ真夜中の十二時。舞踏会が閉会する時間が迫っていた。

「今夜は色々とありがとうございました」

「いいえ、わたくし達もとても楽しかったわ」

「アンネマリーの言う通りだ。学園でも仲良くしてくれると嬉しいな」

ルシアナは笑顔で「はい！」と答えた。一人だけ学年の違うマクスウェルが軽く肩を竦《すく》める。

「いいですね、三人とも。私も一学年からやり直そうかな」

「あら、宰相様が許可なさるなら、してもいいですわよ。学園長にはわたくしから伝えますわ」

冗談を言い合うと、四人はクスクスと笑った。

「ルシアナ嬢、今夜は本当に楽しかった。明日からもよろしく」

クリストファーはルシアナの右手にそっと唇を重ねた。ルシアナは目を見開いて驚くが、アンネマリーとマクスウェルは少々ムッとしてしまう。

（こいつ、本当に油断も隙もあったもんじゃないんだから。後で絶対にお仕置きしてやる。……それにしても、結局ビューク・キッシェルは現れなかったわね）

ルシアナ達と舞踏会を楽しみながらも警戒を怠らなかったアンネマリー。しかし、例の窓を見みてみるが、やはり何事も起きそうな気配はない。

（こうなると色々計画の見直しが必要だわ。それも後で相談しないと……て、いい加減手を離しなさいよね、クリストファー！　ルシアナちゃんが驚いて……え？　ルシアナちゃん、何を……）

クリストファーに右手を口付けされたルシアナは目を見開いた。だが、彼女が驚いた理由はその行動に対してではない。

（ペンダントが……こんなに光って⁉）

今夜一番の輝きがなぜか上に伸びていく。ルシアナは思わず天を仰いだ。

そして見つけた。シャンデリアの上から、少年が剣を振り上げて飛び降りてくる光景を。

ペンダントの光は彼を指し示している。狙いは……私じゃない！

「危ない！」

ルシアナは反射的にクリストファーを突き飛ばした。狙いは、王太子殿下！

その瞬間、誰もが言葉を失った。

天井から降ってきた男が、ルシアナを背中から切りつけたのだ。その一撃があまりにも重かったせいか、ルシアナのドレスが背中から勢いよく弾け飛ぶ。

同時に、周囲に激しい衝撃波が生まれた。剣圧で近くにいた者達が吹き飛ばされ、残ったのはクリストファー、アンネマリー、マクスウェルの三人のみとなってしまう。

……襲撃者の剣撃を直に浴びたルシアナは、他の者達同様に吹き飛ばされ、アンネマリー達の背後にゴロゴロと転がっていくと地面に仰向けになって倒れ伏した。

既に意識はないようで、彼女は瞳を閉じたままピクリとも動かない。

「ルシアナアアアアアアアアアアアアアア！」

それは誰の声だったのか。会場に絶叫が響いた。

右手に黒い剣を持つ小柄な男――襲撃犯ビューク・キッシェルは涼しげな顔でクリストファー達の前に立ちはだかる。

「……さて、蹂躙を……始めよう」

今ここに、乙女ゲーム『銀の聖女と五つの誓い』の最初のビッグイベント『舞踏会襲撃事件』の幕が上がろうとしていた。

クソゲー爆誕伝説

「衛兵！」

国王の命令で衛兵達が走り出すが、ビューク・キッシェルはそれを許しはしない。

「……囲め。そして遮れ『魔牢獄《プリジョーネ》』」

ビュークやクリストファー達を中心に闇色の半透明なドーム――結界が形成された。

結界に残されたのは襲撃犯とクリストファー、マクスウェル、アンネマリー、そしてルシアナの計五名。おそらく重症であろうルシアナが残されている状況に、クリストファーは舌打ちをする。

「炎よ、赤く燃え上がり焼き払え！『火球《ボリード》』！」

魔法を使える衛兵が結界に向けて火の魔法を放った……だが、びくともしない。数名で集中砲火を浴びせるも、結果は変わらなかった。これには国王も恐怖で青褪めてしまう。

「なんということだ。スヴェン！」

「承知しております、陛下。――風よ、凝縮し一点を貫け！『天穿大槍《アーリアジャベロット》』！」

スヴェンを中心に強風が吹き荒れ、周囲から悲鳴が上がった。

王国筆頭魔法使いスヴェン・シェイクロードが持つ、最も貫通力に優れた攻撃魔法だ。圧縮された空気による集中一点突破は、王城の端から端まで貫くことすら可能。この魔法ならば――。

「……ば、ばかな」

結界には亀裂ひとつ入っていなかった。信じられない光景にスヴェンは茫然としてしまう。

「王国の筆頭魔法使いで、この程度。ならば、何の問題も……ないな」

ビュークの言葉に皆の思考が絶望に染まっていく。筆頭魔法使いですら対処できないのではどうしようもない。結界内の王太子達は丸腰……このままでは襲撃犯に成す術もなく……。

「スヴェン・シェイクロード筆頭魔法使い！　衛兵達とともに結界への攻撃を続けろ！」

それは王太子クリストファーの声だった。覇気《はき》を孕んだ強い声に、スヴェンは正気を取り戻す。

「結界を攻撃し続けろ！　奴の注意力を少しでも逸らせ！　私が奴を倒すために！」

囚われの身でありながら、王太子は諦めていない。だというのに、結界の外にいる自分が、王国筆頭魔法使いたる自分が先に諦めるなど……あってはならない！

「魔法を使える衛兵は私に続け！　属性を合わせて一点突破だ！　殿下を援護せよ！」

王太子の言葉をきっかけに、皆の活力が戻っていった。避難も始まり、全員が動き出す。

ビュークは外の様子をつまらなそうに眺めていた。

（こっちは完全に無視か。そういうことなら時間は有効に使わせてもらおう）

「アンネマリー！　いつまで呆けているつもりだ。ここで死にたいのか！」

「――え？　あ、そ、そんなわけありませんわ！」

ルシアナが犠牲になるという想定外の事態に茫然としていたアンネマリーへ、クリストファーは活を入れた。最もゲーム知識に長けている人間がいつまでも戦力外でいてもらっては困るのだ。

アンネマリーが立ち上がると、ビュークの視線がクリストファーへと向けられる。

「……茶番は終わったか？」

「……マクスウェル、丸腰では危険だ。俺が前に出るから、お前は魔法で援護を頼む」

「分かったが、丸腰は君も一緒だと思うが、どうするつもりだい？」

（武器はあるが……奴に隙がない。ブーツに仕込んだ剣を取り出すには……）

クリストファーがアンネマリーに視線を送ると、彼女も同意するように浅く頷いた。

「得物なんて……あったところで、どうせ意味はない。無駄な、ことだ……」

「ああ、そうですか。だがな……王太子を舐めるな！」

クリストファーとアンネマリーは胸元に手を寄せると呪文を唱えた。

「『我が手に来たれ『限定転移《ドローイング》』！』」

その瞬間、クリストファーの手に銀の短剣が、アンネマリーの手に銀の短杖が突然現れた。

「……なんだ、その魔法……は？」

「教えるわけないだろ」

クリストファーとアンネマリーは、魔王との戦いに備えていくつかのオリジナル魔法を開発していた。これはそのひとつ『転移魔法』だ。まだ開発途中のため、せいぜい身に着けているものを手元に引き寄せるくらいしかできないが、現状では十分役に立つ魔法だった。

「ふむ……王家の秘術……か？　まあ、どのみち、そんな短剣程度、何でもないが……」

ビュークが剣を突き出す。確かに、剣を相手にクリストファーの短剣では心許ないだろう。

口元をニヤリと歪ませるビュークに、クリストファーは額に青筋を立ててビュークを睨んだ。

「だから、王太子を舐めるなと言っているだろうが！」

クリストファーは声を張り上げ、短剣を天に突き立てた。

「私が身に着けている銀の装飾は、ただの飾りではない！　万物よ、我に従え『錬金術《アルケミー》』！」

クリストファーの衣装につけられていた銀の装飾達が形を失い、短剣に集まっていく。やがてそれらはひとつとなって、クリストファーの手に立派な銀の剣が形成された。

ビュークはその光景に目を見張った。クリストファーの剣先がビュークに突き付けられる。

「さあ、俺の相手をしてもらおうか。アンネマリーはルシアナ嬢の治療を急げ！」

「はい！」

「マクスウェル、援護を任せたぞ！」

「君は本当にいつも俺を驚かせるね。ああ、任せてくれ」

「……おもしろい。お前を殺して、あとでゆっくり……調べることに、する」

王太子クリストファーと、魔王に憑《と》りつかれた男ビュークの戦いが始まろうとしていた。


クリストファーとビュークが睨み合う中、アンネマリーはルシアナのもとへ走った。

魔王の剣を受けたルシアナは重症のはずだ。一秒でも早く治療をしなければ命が危ない。

(だというのに私ときたら、驚いて意識を飛ばしちゃうなんて！　待っててルシアナちゃん！　すぐに私の『治療魔法』で治してあげるから！)

ゲームにおいて悪役令嬢アンネマリーは、無力なくせに傲慢という、まさに当て馬のようなキャラクターとして描かれている。ゲーム中の襲撃事件でも、ただ怯えて泣くだけの哀れな少女だ。

アンネマリーは今時の乙女ゲームにしては古典的な、空気の読めないおバカ悪役令嬢だった。

だが、朝倉杏奈が生まれ変わったことで、アンネマリーの運命は大きく変わったといえよう。

魔王と戦うために勉強を怠らず、クリストファーと協力して国力増強を図る日々。平凡な才能ながらも自分自身の鍛錬も欠かさず、特に魔法の研究には多大な努力を費やした。

先程の『限定転移』や『錬金術』もアンネマリーが開発した魔法だ。現代日本人の知識と想像力を活かして、アンネマリーは未来の王妃に相応しいという評価を世間から得るまでに成長した。

乙女ゲーム『銀の聖女と五つの誓い』には、所謂回復魔法は存在しない。アイテムを使って治療するのが一般的だ。一応、穢れを祓う聖女の魔力には副次的に治癒効果があるということがゲーム後半で判明するのだが、魔王との戦いがある以上、回復魔法は必要だと判断し研究が進められた。

その結果完成したのが、外科手術やレントゲンなどの現代医療を再現させる『治療魔法』だ。

聖女のような自然治癒を促す魔法を作ることができなかったがゆえの、苦肉の策ともいえる。

「ルシアナさん、大丈夫⁉　治療魔法『無菌室《クリーンルーム》』！」

魔法で形成されたフィルターを通して空気が循環され、ルシアナの周囲に無菌空間が生まれた。

剣で斬られたからには外科手術が必要だ。そのための下準備である。

だが、アンネマリーはすぐさま異変に気付いた。

（……どこにも血が流れていない？）

仰向けに倒れるルシアナは、本来なら背中から大量に出血しているはずだ。だが、地面にそれらしい痕跡は見当たらない。アンネマリーは慎重にルシアナをうつ伏せに転がしてみた。

（……ど、どうして？　怪我ひとつ、ないなんて……）

ドレスこそ無残に破れているが、ルシアナは無傷だった。背中だけではない。魔王の剣圧で吹き飛ばされたはずなのに、擦り傷ひとつ見当たらない。治療魔法で体温や心拍を計るが異常はない。

CTのように体内をスキャンしてみるも、やはりどこにも問題は見つからなかった。

一体、どういうこと？　そう思った時だった。

「「ルシアナ！」」

結界の外から、泣き叫ぶような声を上げてルトルバーグ夫妻が駆け寄ってきていた。

「目を覚ますんだ、ルシアナ！」

「いやよ、いやよルシアナ！　私達を置いていかないで！」

「ルシアナさんのご両親ですね。彼女は無事です！　命に別状はありません。ご安心くださ い！」

「ほ、本当ですか⁉　よかった！」

ボロボロと泣き崩れる二人。どうして無傷なのかは不明だが、心配するご両親に無事だと伝えられたことに、アンネマリーは安堵の息を吐いた。だが、それに水を差す者が一人。

「小娘が生きているとは、驚きだ。まあ、どうせ全員殺すのだから、また斬ればいいだろう……」

ビュークは淡々とそう告げた。これにはアンネマリーも憤りを隠すことができない。

「……なんですって。人の命をなんだと思っているの⁉　ふざけんじゃないわよ！　魔力よ、収束し星を象れ！　流星よ、我が敵を打ち砕け！　『流星撃《シューティングスター》』！」

銀の短杖を通して形成される魔法が、魔王の弱点となる銀の気配を帯びて発動する。流星の速さをイメージして星型に象られた純粋なる魔力の弾丸が、ビューク目掛けて解き放たれた。

彼女にとっては対魔王用の最速最大の攻撃魔法だが、案の定ビュークの剣に容易く受け止められてしまった。分かってはいたことだが、やはり悔しい……奴を倒す戦術が必要だ。

「……魔法の選択は悪くない。銀の武器を持っていることも、上々。随分と、昔のことだから、人間のことだ……とっくに忘れ去られたと、思っていた……が、そうでもないらしい」

（とっくに忘れてたよ！）

クリストファーとアンネマリーが内心で激しくツッコんだ。

「だが、どんな魔法を選んでも……銀の武器を用意しようと、無駄なことだ。弱者は、死ぬだけ」

ビュークが剣を構えた。露になった敵の戦意に、クリストファーも自然と身構える。

そして一瞬の静寂。誰もが『今』と思ったその時だった。

ピキキ、ピキキキキキキキキィ！　――と、甲高い金属の亀裂音が結界内に響き渡った。

「……うそ」

アンネマリーが茫然と呟く。そして、他の者達は驚愕に目を見張った。魔王の剣に亀裂が走っていたのだ。それは、先程アンネマリーの魔法攻撃を受けた箇所だった。

（あ、ありえない！　あの程度の魔法で我の防御を突き破ったとでも…………ま、まさか⁉）

ビュークのうちに潜んでいた魔王の魂が不測の事態に慌てふためく。

いまだ封印の解けていない魔王は、ビュークの体を操るために彼の五感と同調する必要があった。だがそれは、魔王としての鋭敏な感覚を犠牲にする諸刃《もろは》の剣。

本来であれば感じ取ることができるはずの存在に、今の魔王は気付いていなかったのだ。

魔王は急いで剣の方に感覚を戻し、現状把握に努めた。そして、驚愕に剣を震わせる。

（我の剣が、依り代が……大いなる銀の魔力に侵されている⁉　これは聖女の、覚醒した聖女の魔力！　そんな、まさか……聖女がここにいるのか⁉）

見回してもこの場に聖女の姿はない。だが剣には、間違いなく聖女の力がこびりついて、魔王の力を削り続けていたのだ。

（――好機！）

突然隙だらけとなった魔王に、クリストファーの剣閃《けんせん》が走る。ビュークは一瞬遅れて迎撃態勢をとるが、魔王の感覚が剣に戻ったことで今はビュークとしての意識が強い。本来魔法使いである彼にはクリストファーの洗練された剣撃を剣で受け止めることでしか身を守る術がなかった。

バキキキキ！　——だがそれは、魔王にとっての最悪手。黒剣にさらなる亀裂が入った。

（ぎゃあああ！　聖女の魔力に侵食されて剣の耐久性がおかしなことに⁉　このままでは依り代が自壊してしまう！　今の状態でそんなことになったら……それはまずい、まずいぞ⁉）

なぜ、魔王は自身を封じる剣の破損を恐れるのだろうか。それは、剣が壊れれば封印が解けるわけではないからだ。むしろ、封印中の剣の損壊は魔王にとって最も避けたい事態だった。

乙女ゲーム『銀の聖女と五つの誓い』の設定では、正確に言えば魔王は生物ではない。

メロディのダンスの件を挙げれば分かるだろうが、魔力は感情によって世界に発露する。彼女の場合、ルシアナと踊ることへの喜びや楽しさの感情を含んだ魔力が放出され、人々に大きな感動を与えていた。だが、人の感情は善いものばかりではない。

例えば愛する者の幸せを願い、身を引いた男がいたとする。確かに彼のその行いは立派だったかもしれない。彼なりに折り合いをつけて次の未来へ向けて歩きだしたのだろう。だが、今まで彼が心に秘めていた欲望はどこへ行ったのか。愛した者の隣に寄り添うのが自分でないことへの憤りは？　彼女の隣に佇む男への妬み、恨みはどこへ向かう？

メロディのように目で見ることはできなくとも、行き場を失った負の感情は、男の魔力となって世界に解き放たれ……そして、魔王のもとに辿り着く。それが魔王の力となるのだ。

魔王とは、人間を含むこの世界の生き物達が切り捨ててきた、負の魔力の集合体だった。

それゆえに魔王には肉体がないため自らの魔力で姿形を象るのだが、封印されている状態ではそれに足るだけの魔力を捻出できず、剣に封じられているからこそ魔王は自身の魔力をひとところに留めることができていた。

今の魔王は風船に閉じ込められた空気のような状態であり、剣の損壊は風船の栓が外れることと同義。そうなれば風船から空気が吹き出し、世界に解けるように霧散してしまう。

負の感情の集合体である魔王にとってそれは、自我の消失を意味するのだ。

だからこそ、これ以上剣を傷つけさせるわけにはいかない。魔王の意識に従って距離を取ろうとするビューク。だが、幼い頃から鍛えてきたクリストファーの剣技がそれを許しはしなかった。

またしても剣撃を受けるしかできず、黒剣に新たに亀裂が走る。

（こいつ！　くそ、邪魔が入って、魔法を使う隙が……）

クリストファーの背後で彼を援護するマクスウェルとアンネマリーの存在も、ビュークが苦戦する要因となっていた。彼が魔法を使おうとすれば、二人によって牽制されてしまうのだ。

黒剣に纏わりつく聖女の力を振り払うために、魔王の意識は剣に大きく傾いていた。いくらビュークとはいえ、魔王の支援がなければこの三人を相手に善戦することは難しい。

ビュークはギリリと歯を食いしばる。だが、魔王はそれどころではなかった。

（ありえない！　これだけ魔力を使っているのに、なぜ剣から聖女の力を排除できないのだ⁉）

この場に聖女の姿はない。ならばこれは、聖女の力の残滓にすぎないはず。だというのに、今もなお黒剣を侵し続けるこの力は、先代聖女の攻撃に匹敵する力を有していた。

それはつまり、それだけ大いなる想いが籠められた力だということなのだが……。

『メイドたる者、ご主人様を守るのは当然の嗜みです♪』

(なんじゃそりゃああああああああああああああああああ⁉)

魔王が残滓から読み取った想いは……浅くて軽くて……それでいてめっちゃ重くて固かった。

(意味が分からん！　何これ⁉　我、こんな感情に負けてるの⁉　納得いかないんですけど⁉)

剣の中で魔王、ご乱心である。……まあ、仕方ないんじゃないかな？

こんな理解不能な力。一体いつ付着したというのか。少なくとも森に安置されていた頃も、ビュークを手に入れた時にもなかったはずだ。森を出てから王城に来るまでの間に剣が何かに触れる機会もなかった。黒剣が触れたものといえば……。

唐突に、ビュークが停止した。突然のことに三人も動きを止めて様子を窺う。そして、ビュークは全身で震え始めた。黒剣もカタカタと音を立てて、まるで自ら震えているかのようだ。

そして彼は、カッと目を見開く。その視線の先にあったのは……倒れ伏すルシアナであった。

(な、ななな、な……馬鹿な、あれは……)

ビュークが、魔王が凝視したのはルシアナ――ではなく、彼女が身に着けているドレス。

それが何であるのかを、魔王はよく知っていた。

(……あ、あれは聖女最終武装『銀聖結界』……なぜ聖女でもないあの娘が纏っているのだ⁉)

魔王の超感覚が、ルシアナのドレスから大いに迸《ほとばし》る白銀の魔力を捉える。

聖女最終武装『銀聖結界』。乙女ゲーム『銀の聖女と五つの誓い』にも登場する、ヒロインの最終奥義ともいえる必殺技だ。

ゲームでは攻略対象者と誓いを立て、天上の祝福によってヒロインが真の聖女の力に目覚めることで初めて行使することが可能になる。

言うなれば、アニメの魔法少女がラスボスを前に都合よく手に入れる奇跡の最終フォーム。

ヒロインの中で眠っていた聖女の力の奔流が、白銀のドレスとなって顕現される。

その能力はまさに『無敵モード』。発動と同時にヒロインのあらゆるパラメーターがカンストし、今まで負っていたダメージも全回復。発動中はどんな攻撃も無効化され、魔王の闇の魔法攻撃なんて全てが浄化&倍返しという……RPG的にはとんだクソゲー仕様だった。

だがこれはRPGではなく乙女ゲーム。メインはあくまで恋物語。最後はヒロインチート、大どんでん返しのハッピーエンドで全く問題ないのである。

魔王はゲームのことなど知りはしないが、遠い昔、聖女に敗れた原因が『銀聖結界』であった。

余裕綽々《よゆうしゃくしゃく》で追い詰めたところからの圧倒的逆転劇。魔王にとってはまさに理不尽の権化。

既に聖女はこの世を去り、もはや再び目にすることはないと思っていた最悪の力が魔王の目の前に……恐怖以外に何を感じろというのか。だが、あることに気が付き——戦慄《せんりつ》する。

『銀聖結界』がひとつ……結界の外に、ふたつ……みっつ……。

それは、魔王の結界の外でルシアナの様子を窺っていたヒューズとマリアンナの衣装で……。

「な、な、なななな……なんでだああああああああああああああああああ！」

本来ならばありえない光景に魔王が、ビュークが絶叫した。『銀聖結界』は聖女だけの最終奥義。それが複数存在するなどどんな悪夢だ！　負の感情の集合体は世界の理不尽を嘆いた。

……魔王はあれを『銀聖結界』だと思っているが、実はそうではない。

あえていうなら廉価版、もしくは量産型『銀聖結界』とでも言えばよいだろうか。

本物の『銀聖結界』は、その全ての素材が聖女の力が実体化したものである。それに対し、メロディがルシアナのドレスに施したのは守りの魔法の付与だ。

素材はあくまで普通のドレスなので正確には『銀聖結界』とはいえず、実際、ゲーム設定のようなクソゲー的能力は発動していない。これはルシアナが意識を失っていることからも明らかだ。

……ただし、主を守るためならばと自重を忘れたメイド謹製のドレスには、魔王に『銀聖結界』だと誤認させるには十分な魔力が注ぎ込まれていたことは、言うまでもない。

主を守らんとするメロディの想いがたっぷり籠められたドレスに触れたことで魔王の剣は敵認定され、残滓であろうとも主の敵を執拗に攻撃していたのである。

まあ、これを正しく理解していたところで結果は変わらないのだが……魔王、哀れ。

当然、乙女ゲージャンキーのアンネマリーは『銀聖結界』の存在を知っていたが、この状況で連想しろという方が酷というものだ。ゲーム初日に最終奥義が披露されるなどと誰が想像できるだろうか。完全にバグっているとしか思えない。大幅修正アップデート必須のマジクソゲーである。

この状況で魔王が絶叫するのも頷けるというものだ。だがそれは、完全な隙であった。

バキガシャーン!!

「……え?」

耳障りな破砕音が聞こえ、ビュークはようやく現状を理解した。

構えていた黒剣が……無残に砕け散っていたのである。たくさんの亀裂が入っていたせいで、断面はボロボロだ。地面には砕かれた剣の欠片が散乱していた。

そして、目の前には、横一閃に銀剣を振りぬいた姿勢のクリストファーがいる。

ルシアナに気を取られていた隙を狙われて、クリストファーに黒剣を破壊されてしまったのだ。

「……あ、ありえない」

ビュークは砕け散った黒剣をただ茫然と見つめている。

黒剣を破壊したクリストファーも、ビュークの様子を静かに窺っていた。あまりに隙だらけだったので思わずやってしまったが、ちょっとこの後どうすればいいのか分からなかったのである。

(……よく考えたら、あれって魔王を封じている剣だよな。あれ? まさか封印解けちゃった!?)

アンネマリーを見るが、彼女もこの状況に困惑しているようだ。

ゲームでは、王太子に襲い掛かる魔王に立ちはだかったヒロインが、その心の強さを持って聖女としての不思議な力に目覚め始める、というイベントである。

ここで第四攻略対象者ビュークと出会い、襲撃を退け、ヒロインの選択肢によってビュークの好感度に影響を与えたりするのだが、その際に魔王の剣が壊されるなどというシナリオはなかった。

シナリオとかけ離れたこの状況……これで魔王の封印が解けでもしたら目も当てられない。

クリストファーが内心で慌てふためいていたその時、事態が動いた。

「うわ⁉　何だこれは⁉」

ビュークが持つ剣の断面から、物凄い勢いで暗黒の靄《もや》が噴出したのだ。

「負の魔力の瘴気《しょうき》だわ！　吸い込まないで！」

慌てて口を塞ぐクリストファー。ビュークに近かった彼の視界が一気に闇に包まれる。四方八方どこを向いても闇、闇、闇。黒い靄は結界内をあっという間に覆い尽くしてしまったようだ。

これには結界の外にいたスヴェン達も動揺を隠せない。

「何が起きた⁉　早く結界を破壊せねば！　お前達、もう一度だ！」

筆頭魔法使いスヴェンは、クリストファーの命令通り結界を攻撃し続けていた。しかし、残念ながら結界に綻びはいまだ見られず、目の前の状況に焦りが募るばかりだった。

そしてそれは、ルシアナの身を案じていたルトルバーグ夫妻も同様だ。

「何だ、この靄は⁉」

「ルシアナ⁉」

結界内が闇に覆われ、ルトルバーグ夫妻は困惑した。ルシアナの姿も見えなくなり、どうしようもない不安と焦燥に襲われる。

「くそ！　返せ！　私の娘を返せ！」

無駄だと分かっていながら、二人は何度も結界を両腕で叩きつけた。愛する娘の危機を前に、このまま突っ立っていることなどできるはずがない。彼らはひたすらに結界を殴り、蹴り、体当たりをして、祈るような気持ちで何度も結界にぶつかっていく。

「頼む！　頼むから、私達の娘を返してくれえええええええええ！」

涙を流しながら振るわれた父ヒューズの渾身の一撃。自分の腕のことなど無視するかのような全力の拳が結界を殴打する。

そして、彼の祈りは天へと届いた。

――バリン！

ガラスが割れるような音とともに、ヒューズの腕が結界を貫通した。そして徐々に亀裂が広がっていく。望んでいたが想定外の事態に、ヒューズは慌てて腕を抜いた。

すると結界の穴から、逃げ道を見つけたかのように黒い靄が我先にと溢れ出した。穴が広がるにつれ、飛び出す靄の量もどんどん増えていく。

靄は会場に広がらず、まるで意志があるかのように上空を目指す。黒い靄は上の方の窓を割ると、その全てが舞踏会会場の外へと流れ出て行ってしまった。

その場にいた者達はしばし呆気に取られる。最初に我に返ったのはヒューズだ。

「――……は！　ル、ルシアナ！」

気づけば結界は完全に消滅していた。ルトルバーグ夫妻はルシアナのもとへ一目散に駆け寄る。

「ルシアナ、ルシアナ！」

意識こそ戻らなかったが、静かに寝息を立てる娘の姿に夫妻はほっと安堵の息を吐いた。

靄は完全に晴れ、クリストファーはビュークを探した。彼は地面に伏し、意識を失っている。

その手に握られている砕けた剣は、美しい白銀の剣身へと姿を変えていた。

襲撃に失敗した魔王は、形のない靄の状態で王城から逃げ去った。銀の剣が損壊したことで剣から抜け出したが、封印が解けたわけではない。むしろ、かなりまずい状況にある。

そもそも、聖女が施した封印と銀の剣はそれぞれ役割が異なる。

肉体を持たない魔王は、聖女によって封印された際に形状を維持する力を失ってしまい、世界に霧散し始めてしまった。これに慌てたのは聖女だ。封印されているとはいえ、世界に負の感情の魔力が拡散されては困る。そのため、全ての靄を銀の剣の中に封じ込めたのだ。

それは、魔王にとっても不幸中の幸いであった。もし靄が霧散していれば魔王としての自我まで拡散し、心を維持できなくなるところだった。

奇しくも剣に封じられたおかげで、今もこうして魔王は生き残ることができたのである。

まあ、それも今や風前の灯火だ。封印の穴から漏れだす魔力でギリギリ靄を維持しているが、いつ限界が来てもおかしくない。早急に新たな依り代が必要だった。

人間は自我が強すぎて依り代には向かない。ねずみでは生物として弱すぎる。聖女の剣ならともかく、そのへんの無機物では依り代にはなれない。口もないのに歯噛みしたい気持ちになる。

そんな矢先のことだった。貴族街の一画で、薄汚れた灰色の子犬が魔王の目に留まった。路地裏の陰に横たわるそれはやせ細っており、今にも死にそうなほどに息遣いが小さい。

だが、今まで見た中では一番依り代に使えそうな生き物だった。

魔王の黒い靄が子犬の中に吸い寄せられていく。子犬の体内を魔王の魔力が駆け巡り、子犬の体躯に力が入り始める。そして子犬はゆっくりと立ち上がった。

（さすが我。生命維持は完璧だな。腹ペコで死にかけるとは情けない犬だが、特に問題はないな）

子犬は依り代として十分に機能した。魔王は安堵するが、突然不思議な声が脳裏に響いた。

『生きてる！　死ななかった！　やった、やった！　嬉しい！　嬉しい！　ありがとう！』

（……この犬の感情か？　これは、思った以上に親和性が高かったか？　ふむ……だが……）

それは『生の喜び』の感情だった。自身を構成する負の感情との違いに魔王は戸惑ってしまう。

（とりあえず一旦森に戻るか。態勢を立て直して……ん？　これは⁉　あの小娘の匂い⁉）

子犬を依り代にしたことで、魔王はルシアナの気配を匂いとして認識していた。

魔王の脳裏に『銀聖結界』の恐怖が蘇る。だが、このまま森に逃げ帰ったところで聖女がいては勝算など生まれるはずもない。幸い、本物のルシアナはまだ王城にいるはず。こっそり調べるには絶好の機会だった。

なけなしの勇気を胸に訪れたのは、貴族区画の真ん中あたりに立つ小さな邸宅だ。ルシアナの匂いが一番強いのは二階にある一室。屋根伝いにやってきた魔王はベランダへと降り立つ。

屋敷全体の気配を読むと……屋敷にいるのは魔力を持たない人間が一人いるだけ。

子犬の口元が器用にニヤリと歪んだ。

……それは子犬を依り代にしたせいか、それとも生来の傲慢さゆえか。

無力な人間しかいないと知るや否や、ついさっきあれほど痛い目に遭ったにもかかわらず、魔王の辞書には『慎重』の二文字が欠落していた。

魔力が行使され、ベランダのガラスが音を立てて粉々に砕け散る。悠々とした足取りで部屋に入ると、魔王は再び魔力を使って部屋中を荒らし始めた。念動力というやつだ。

机に本棚、クローゼットにチェスト。全てが散乱し、滅茶苦茶になっていく。特にふわふわのベッドが気に入ったようで、寝台の上をピョンピョンと飛び跳ねる。シーツは足跡だらけになった。

十分に楽しんだ魔王だが、結論から言えばこの部屋に聖女の気配は微塵も感じられなかった。

これでは何も分からぬではないかと憤慨する魔王だったが、こちらに向かって駆ける足音が聞こえ、再びニヤリと口元を歪ませた。どうやら屋敷にいた無力な人間がこちらに来るようだ。

（ふっ、殺すなど造作もないが何か知っているやもしれん。洗脳して情報を吐かせてみるか）

そんなことを悠長に考えていると、勢いよく扉が開いた。

現れたのは黒髪の少女だ。服装からして、おそらくメイドとか呼ばれる人間だろう。魔王は余裕綽々にダランとベッドに寝転がりながら少女を待ち構えていた。

部屋の現状を見た少女は口元を押さえてカタカタと全身を震わせ始める。恐怖で怯えているのかと、魔王は楽しそうに見つめるが少女と目が合った瞬間――魔王は戦慄した。

「……あなたが部屋を滅茶苦茶にしたんですか？　もうすぐお嬢様が帰ってくるというのに……」

涙目ながらも鋭い眼光。そして、少女の全身から迸る……美しき、銀の魔力。

「なんてことしてくれたんですかああああああああああああああああああああ！」

（なんでだああああああああああああああああああああああ⁉）

魔王、恐慌状態に陥る。悪夢再び。というかめっちゃ怒ってるし！

（さっきまで魔力なかったじゃん⁉　魔力のまの字もなかったじゃん⁉　お前が聖女かよ⁉）

訳が分からず心の中で絶叫する魔王。少女からは間違いなく聖女の力が溢れ出していた。

だが、確かにさっきまでこの少女から魔力の欠片ひとつ感じられなかったのだ。

何故なにどうしてＷＨＹ教えてヘルプミイイイイイイイ！　……魔王、焦ってるなぁ。

説明しよう。膨大な魔力を有するメロディは、それに相応しい圧倒的魔力制御能力を習得していた。そのため、必要がない限り普段は全ての魔力が抑えられており、魔王でも感知不可能なのだ！

出るとしたら、こうやって彼女の感情が大きく揺さぶられた時くらいである。

「逃がしませんよ！」

「キャイイイイイイイイイイイン⁉」

哀れなことに、魔王は少女の逆鱗に触れたのである。

激おこメイドが現れた……マオウハニゲラレナイ。

悲劇の少女と白銀の王都

「うへー、疲れたー」

事後処理を終え、自室に戻ってきたクリストファーが気怠げにベッドに倒れ込む。

結局、あの後もルシアナが目覚めることはなかった。医師の診察を受け、現在は王城に用意した一室で休ませている。ルトルバーグ夫妻も看病のために同室にいるようだ。

ビューク・キッシェルについても、医師に診察をさせた後は王城の離れに軟禁してある。彼の背景を知っているだけに、クリストファーはあまり厳しい対応ができなかった。それに、魔王についても話を聞きたい。あまり無碍に扱ってこちらに敵対されたくもなかった。

ベッドの上で大きく息を吐くクリストファー。ああ、このまま眠ってしまいたい。

「おつかれー」

……まあ、アンネマリーがいるのでそれはできないのだが。クリストファーが部屋に戻ると、なぜか既に彼女がソファーで寛いでいたのである。

「……お前さ、隠し通路使って来るにしても、せめて俺が部屋にいる時だけにしてくれない？」

「ああ、ごめんなさい。女性に見せられない如何わしい本とか隠さないといけないものね」

「ね、ねえし！　あるわけないし！　バッカじゃねえの⁉」

本当にない。乙女ゲーム世界に成人男性向け雑誌など存在しないのだ……なんという悲劇！　ではなく、印刷技術がまだ未熟な世界なので、思春期男子向けのドキドキするような本はまだ作られてすらいないだけなのである……ああ、なんという悲劇！

「ま、不在時に勝手に部屋に入っていたことは一応謝っておくわ」

「そうだぞ。人としてサイテーだぞ」

「……直接訪ねてほしかったっていうならそうしてもいいのよ？　誰もが寝静まる深夜に、殿方の部屋へ淑女が訪れていいものならね……一応言っとくけど、どう見積もっても婚姻確定ね」

「サイテーなんて言ってすんませんしたあああああ！　ご配慮に感謝いたしますううううう！」

「……同感だけど、なんかイラつくわぁ」

ベッドの上で誠心誠意土下座するクリストファーに、アンネマリーはため息を吐くのであった。

「そういえば、ルシアナちゃんはどうだった？　医者はなんて？」

襲撃事件の後、アンネマリーはルシアナ達にしばらく付き添っていた。

「とりあえず、医師の診断でもルシアナちゃんは無傷ね。明日には目が覚めるだろうとのことよ」

「いや、それ、おかしくね？」

魔王の一撃を受けて無傷など、どう考えてもおかしい。何かあるとしか思えない。

「もちろん夫妻に心当たりがないか尋ねてみたけど、事件のせいで動揺しているのか、きちんと答えてもらえなかったわ。こっちが可哀想になるくらい震えながら『知らない』って」

アンネマリーは夫妻の動揺を事件が原因だと解釈したようだ。

「そりゃあ、娘が剣で斬られるシーンなんて見せられたら冷静でなんていられないよな。明日、本人が目覚めたら直接聞いてみるしかなさそうだな。……やっぱり聖女関連の何かなんかな？」

「少なくともルシアナちゃんは聖女ではないと思うわよ。魔力も大したことないし。ゲームでは、当初の聖女は強力な魔力を持つにもかかわらず魔法が使えない、ていう設定だったはずだから」

二人の嘆息が部屋に零れ落ちた。前世の記憶を取り戻して九年。ゲームに向けて色々と準備をしてきたというのに、いざ始まってみればシナリオとは全く異なる展開ばかり。がっくりである。

「……あ、そういえばルトルバーグ夫妻がルシアナちゃんの世話にメイドを呼びたいっていうから、私の方で許可しておいたわよ。問題ないわよね？」

「ん？　まあ、いいんじゃね？　でも、会場に付き添いの使用人はいなかったのか？」

「ええ。使用人は屋敷にいるメイド一人だけらしいわ」

「うーん。一人か。『貧乏貴族』は伊達じゃないってか。でもその割にルシアナちゃんのドレスは決まってたよな？　本人も美人で、エスコートはマクスウェル。掴みはオッケー。さらには妖精姫の可憐なダンスときたもんだ。周りから今年の注目株と言われても仕方ないよな～」

　舞踏会でのルシアナの姿を思い出しているのか、クリストファーはうんうんと頷く。だが、アンネマリーは彼の言葉に引っ掛かるものを感じていた。

（……そうだわ。今考えてみればルシアナちゃんはおかしい。舞踏会の注目株になるような子ならゲームの主要キャラのはず。でも、あんな可愛い子がゲームに出てきた覚えはないわ。ルシアナ・ルトルバーグ……一体、何者なの？　……………………あれ？　ルシアナ・ルトルバーグ？）

　ふと気付く違和感。ルシアナ・ルトルバーグ。その名前を……朝倉杏奈は知って、いる？

（そうだ。その名前、どこかで聞いた気がする。でもどこで？　……上手く記憶が繋がらない）

　顔をしかめて記憶を探るアンネマリー。次のクリストファーの言葉が彼女の記憶を揺さぶった。

「それにしても、ルシアナちゃんが無事で本当によかったよな。舞踏会で注目されて、これから明るい未来が待ってるって時に、俺を庇って死んだりしたら悲劇以外の何物でもないもんなー」

　アンネマリーは大きく目を見開き、勢いよくソファーから立ち上がった。

「うお⁉　急にどうしたんだよ」

「……なんてこと。ルシアナ・ルトルバーグって、あの『悲劇の少女』のことじゃない！　『嫉妬の魔女』ルシアナ・ルトルバーグ！　──て、あんなに可愛くなってて気付けるか！」

「ひ、悲劇の少女？　嫉妬の魔女って……何のことだよ？」

「ゲームのスチルと容姿が違い過ぎて記憶が繋がらなかったのよ。ルシアナちゃんは学園でヒロインの前に立ちはだかる最初の敵。魔王に魅入られ、そしてヒロインに返り討ちにされるとゴミのようにあっさりと殺されてしまう悲劇の少女。それが『嫉妬の魔女』ルシアナ・ルトルバーグよ」
※以下、乙女ゲーム『銀の聖女と五つの誓い』シナリオ設定資料集より抜粋──。
宰相府への任官が決まったルトルバーグ伯爵は、娘ルシアナの王立学園入学を機に、家族三人で王都へ向かうことになっていた。

だが、領内でトラブルが発生したため、急遽ルシアナだけが王都に向かうこととなる。

それが彼女を不幸へ導く大いなる第一歩であったとは露知らずに……。

伯爵夫妻が王都邸に到着したのは、ルシアナに遅れておよそ一ヶ月が経った頃だった。

「な、なんだ……これは……」

「これが……うちの王都邸？」

そこは、到底人が住めるような場所ではなかった。蔦《つた》塗れの錆び付いた門に、ひび割れだらけの石畳。鬱蒼と茂る木々に覆い隠された屋敷は、控えめにいっても幽霊屋敷としか表現できない。

――こんなところに一人娘を一ヶ月も住まわせていたなんて！

外観もだが、屋敷の中も酷すぎた。蜘蛛の巣だらけ、埃だらけでまるで生活感がない。どこもかしこも破損だらけで唖然としてしまう。

そして、聞き覚えのある少女の悲鳴が屋敷に響いた。

「ルシアナ！」

「……お父様。お母様？」

そこには、木桶を落として水浸しになった愛する娘がいた。目の下にはくっきりとクマが浮かび、領地にいた頃よりもやせ細っている。髪も肌もボロボロで、その相貌には疲れしか窺えない。

久しぶりの再会だというのにルシアナは無表情で両親を見つめていた。

ルシアナは、自分のせいでメイドを退職させてしまったと説明した。求人を出すも誰も来ず、ルシアナは一人で屋敷の管理と入学手続きに追われ、領地に手紙を送る暇もなかったという。

ただ忙しいだけならルシアナとて頑張れた。だが、彼女を本当に疲弊させたのは……周囲の者達から向けられる侮蔑の感情と、彼女の中に芽生えてしまったささやかな劣等感だ。

貧乏ではあったが、領地にいた頃、ルシアナは誰かに見下されたことなど一度もなかった。

だが、王都に一人でやってきた彼女は蔑みの目に晒されることとなる。

『「貧乏貴族」のルトルバーグ家の令嬢が学園の入学手続きに来ていたらしい。噂通りのみすぼらしいドレスだった。あれと同学年だなんて恥ずかしくて仕方がないよ』

『ドレスだけでなく、髪も肌もボロボロね。とても同じ貴族とは思えない。本当に嫌だわ』

『あれで伯爵令嬢とはね。その辺の商家の娘の方がよっぽどマシなドレスがあるんじゃないか？』

幽霊屋敷のこともあり、王都で『貧乏貴族』ルトルバーグ家の名前は噂のひとつとしてよく知られていた。身分の上下に関係なく、ルシアナを目にした者達からヒソヒソと陰口が聞こえる。

ルシアナは明るく優しい少女だった。それは彼女が明るく優しい両親や友人に囲まれていたからだ。だが、蔑みと嘲笑《ちょうしょう》に晒されたことで、彼女の心の鏡に——大きな亀裂が入ってしまう。

両親がいくら慰めても、一度入った鏡のひびが直ることはなく、彼女の心の鏡に降り注ぐ優しさという光は、正しく反射することができなくなっていった。

蔑みによってルシアナに生まれた劣等感が、彼女に届けられる愛をいびつに歪ませてしまう。学園に入学したあと、友人達とも疎遠になりルシアナの黒い感情が徐々に増していった。

王立学園入学式の後、本来であれば貴族の子女は春の舞踏会に出席する。

だが、綺麗なドレスもエスコート役も用意できなかったルシアナは、説得する両親を無視して舞踏会を欠席した。

——本当は参加したかった。でも、また誰かにバカにされるのは、もう嫌なの……。

娘の変貌に動揺を隠せなかった伯爵は、王都での仕事に集中できず何度も失敗を重ねた。そしてルシアナが学園に入学して三ヶ月が経った頃、とうとう取り返しのつかない失態を犯してしまう。

宰相や宰相補佐から信頼を失った伯爵は無情にも免職され、悪事に手を染めざるを得ない状況に陥ってしまった。だが、誠実が売りの彼にまともな悪事が働けるはずもなく、彼の行いはあっという間に世間に知られることとなる。

悪徳貴族の汚名まで受けることとなったルシアナの心に、新たな亀裂が走る。心の鏡は黒く染められ、彼女の心はどんな光も映すことすらできなくなってしまった。

「どうして、どうしてこんなことばかり……王都に来るまでは、こんなではなかったのに……」

父親が捕まった以上、ルシアナも学園にはいられなくなるだろう。

なぜ自分ばかりがこんな目に……行き場のない負の感情が魔力となって溢れ出す。

心が苛まれる中、ルシアナの耳に朗らかな笑い声が届いた。そこには、美しい少女がいた。

風に揺れる銀の髪は、まるで絹糸のように艶やかで滑らかだ。

――くすんでボロボロになった私の金髪とは大違い。

銀の髪の少女が道に躓《つまず》き、隣にいた美しい少年に支えられた。白い頬が薄桃色に染まる。

――なんて綺麗。青白くなってすっかりこけてしまった私の頬とは全然違う。

――何より、私の隣には誰もいない。私を助けてくれる人は誰も……いない……。

ずるい、ずるい、ずるい……気が付けば、ルシアナは拳を握りしめ、歯を食いしばりながら銀の髪の少女、セシリア・レギンバース伯爵令嬢を見つめていた。

(同じ伯爵令嬢なのにこの差は何？　悔しい。妬ましい。ずるい……ずるいずるいずるいずるい！)

ルシアナは……泣いた。

『ああ、なんと美しい「嫉妬」の涙。お門違いと分かっていても止められないいびつな心よ！　それでこそ、私の手駒に相応しい！』

瞬間、ルシアナの胸を黒い剣が貫いた。剣身から溢れる黒い靄が彼女を包み込んでいく。

この日、少女は魔王に魅入られ、聖女に仇《あだ》なす『嫉妬の魔女』という存在へと生まれ変わった。

「で、この後ヒロインに負けて魔王に殺されるのか？　ちょっと設定が悲惨過ぎねえか？」

「こんな話、ゲーム本編では語られていないわ。後で発売された設定資料集にシナリオライターが新しく書き下ろしたのよ」

ゲームにおけるルシアナとヒロインの対決は推理形式で行われる。

ルシアナがありもしない罪をヒロインに擦り付けようと画策し、理不尽に貶《おとし》められることでヒロインの心に影を落とさせ、聖女の力を封じようとしたのである。

ちなみに、この時ヒロインを糾弾するのは、おバカな悪役令嬢アンネマリーのお仕事だ。

ヒロインは無実を証明するために証言や証拠を集め、真犯人がルシアナだと突き止めるとバトルが始まる。この時、推理のパートナーに誰を選ぶかで各キャラクターとの親密度が変動する。

ヒロインが勝利すると魔王が激怒し、ルシアナに与えた魔力で彼女の命を奪ってしまうのだ。

「この戦いがある意味ヒロインに聖女の自覚を持たせる契機になるの。敵対していたとはいえ、ルシアナちゃんは魔王に心を弄ばれた犠牲者だもの。ゲーム内で死亡するのは彼女だけよ」

これ以降、ヒロインに目覚めた聖女の力の一端が、魔王の断罪を防いでくれるらしい。

「……それで『悲劇の少女』か。お前、よくこんな重要キャラのこと今まで忘れてたな」

「うう、面目ないわ。でも、ゲームとは容姿が全然違ってて顔を見ても思い出せなかったのよ」

「もしかすると俺達、全部覚えているつもりで、意外と前世の記憶に欠落があるのかもな」

（確かに気になるけど、今はルシアナちゃんが問題よ。絶対に魔王の好きには……あれ？）

アンネマリーは首を傾げた。……何か、おかしくない？

再び覚えた違和感。不思議に思っていると、またしてもクリストファーの言葉が答えをくれた。

「なあ。ゲームではルシアナちゃんって、舞踏会を欠席してるんだよな？　出てるんだけど……」

「それだわ！」

それが違和感の正体。ゲームと現実でルシアナ・ルトルバーグの境遇が違い過ぎている！

アンネマリーの思考が加速していく。

筆頭攻略対象者クリストファーはヒロイン『セシリア・レギンバース』と出会えなかった。だが、容姿の特徴こそ違うが、セシリアと名乗る少女がシナリオ通りにレクティアス・フロードのエスコートで舞踏会に出席している。そして彼女はルシアナとダンスを踊り、早々に退出してしまった。

第二攻略対象者マクスウェルが舞踏会で親密になったのはヒロインではなく、ルシアナだった。

第三攻略対象者レクティアスはセシリアのエスコート役だった。同性カップルダンスでルシアナがセシリアと踊ったことで多少の面識を持ったはず。同性カップルダンスはヒロイン（セシリア）が誰と踊るかで今後のゲームのシナリオに影響が出る。そのセシリアと踊ったのがルシアナだ。

そして第四攻略対象者ビューク。本来なら襲撃事件に巻き込まれるのはヒロインのはずだった。だが、実際にそこに居合わせたのはルシアナだ。王太子を庇ったにもかかわらず、なぜか無傷。

魔王の剣は砕け散り、おそらく魔王は逃げ去り、ビュークはこちらの手にある。

ゲームではルシアナは魔王の剣に貫かれることで心を奪われてしまう。だが、剣が壊れてしまった以上、ゲームのシナリオ通りに彼女が操られる可能性はかなり低くなった。

可憐なドレスを身に纏い、妖精姫と称された少女ルシアナ。美しい恋人候補。起きるはずだった悲劇は回避された可能性が極めて高く、襲撃を庇ったことで王太子殿下の覚えもめでたい。

まるでゲームのシナリオがルシアナに都合よく進められているような、そんな気さえしてくる。

そしてアンネマリーは、あるひとつの可能性に行き着いた。

(まさか……ルシアナちゃんは、私達と同じ転生者?)

ある意味、納得のいく結論だった。

転生したルシアナが自分の辿る悲惨な結末を知って、運命を変えようと行動したのだ。

もしかすると、アンネマリーが前世で買い損ねたファンブックを読んだことがあるのかもしれない。となると、現れないヒロイン、容姿の異なるセシリア……まさか、これもルシアナが?

そこまで考えて、アンネマリーは自分の出した答えに疑問を持った。

舞踏会で出会った少女の笑顔の裏に、そんな陰謀めいた打算があったようにはとても思えない。

これでも六歳の頃から王太子の婚約者候補として社交界を渡り歩いてきたのだ。利益のために近づく者。悪意を隠した微笑み。笑顔の裏に隠された欲望。それを見逃すアンネマリーではない。

何より、クリストファーを庇ったルシアナに、打算があるとは到底信じられなかった。

結局のところ、アンネマリーはルシアナをとても気に入っているのだ。

(……信じたいと思うなら、本人に直接聞いてみるしかないじゃない)

明日、彼女が目覚めたらはっきりと尋ねてみよう。もし彼女が自分達と同じ転生者なら、しっかりと事情を説明して協力してもらえばいいのだ。

この世界に生きる以上、魔王打倒を避けて通ることはできない。だったら仲間は多い方がいいに決まっている。その一人がルシアナになるのなら、アンネマリーはむしろ大歓迎であった。

「クリストファー。明日、ルシアナちゃんが目を覚ましたら……クリストファー？」

気が付けば、クリストファーはベッドの上でぐっすりと眠ってしまっていた。

「ちょっと、クリストファー。こんな大事な時に私を無視して眠るなんて許されると──え？」

突然、アンネマリーの視界がグニャリと歪んだ。唐突に、眠気に襲われる。ソファーに手をついてどうにか堪えるが、いつまでも抗えそうにない。それほどに眠かった。

（急に、何なの？　……それに、これは……歌？　魔法で音は遮断してあるはずなのに……）

ふらつきながら、アンネマリーは歌声の発生源──ベランダへと向かった。

そして外に出た彼女は、眼前の光景に目を奪われてしまう。

それはとても美しい眺めだった。誰もが寝静まる真夜中の王都の空が、白銀に染まっていた。

貴族区画の中腹あたりから、白銀の奔流が大樹のように立ち昇り、王都全域を包み込むように奔流が枝分かれしている。その光は王城すらも覆い尽くし、幻想的な光景を作り出していた。

空から雪のような白銀の粒子が降り注ぐ。思わず手を伸ばしたアンネマリーは指先に粒子が触れた瞬間、クラリと意識が遠のくのを感じた。

（この粒子……まさか魔力？　それにこの眠気は……この白銀の光のせいなの？　……白銀？）

もし、王都を包み込む光の奔流全てが魔力だというのなら、それはあまりにも膨大で、人智を超えた大いなる力としか言いようがない。

そしてアンネマリーは、この世界に白銀の魔力を持つ存在がいることを知っていた。

(この力は……まさか、聖女の力⁉)

可視化されるほどに濃密な魔力。現実世界でそれを可能とするのは魔王か聖女くらいだ。魔王の魔力は黒く染まり、聖女の魔力は白銀に輝く。目の前には、それを体現したかのような光の奔流が王都中に広がっている。その光景に目を奪われながら、アンネマリーは再び意識が遠のいた。

(聖女がこれほどの力を行使する相手……そんなの、決まって……ああ、本当にもう……)

アンネマリーは最後の力を振り絞ってバルコニーから室内に戻った。それ以降、自分がどうなってしまったのか覚えていない。だが、不思議と嫌な気分ではなかった。

アンネマリーは夢の世界へと旅立つ。そして、王都パルテシアは沈黙した。


……それはいつのことだったか。アンネマリーが朝倉杏奈だった頃の記憶。

『ううー、いつも思うけどルシアナちゃんって可哀想だよ、杏奈お姉ちゃん』

『そうよね、舞花《まいか》ちゃん。ルシアナちゃんのハッピーエンドも作ってくれないかしら?』

『お前ら毎回それ言うのな』

『お兄ちゃん、ルシアナちゃんが可哀想だと思わないの⁉』

『いや、可哀想だとは思うけどさ、所詮はゲームだろ?』

『お兄ちゃん、サイテー』

『本当にサイテーね、秀樹。そんなだから三組の英子ちゃんに振られるのよ』

『なんでお前がそれ知ってるわけ⁉』

『お兄ちゃん、女子の情報網を舐めちゃいけないんだよ』

『こえーよ！　頼むから言いふらさないでくれよ⁉』

『そんな趣味ないわよ。バーカ』

眠るアンネマリーの口角がほんの少しだけ上がった。


……それは彼がまだクリストファーではなく、栗田秀樹だった頃の思い出。

『そういえば五番目の攻略者って物語中盤になってもまだ出ないんだな』

『普通のゲームは最初に五人とも登場するんだけどね』

『分かった。さては五番目の攻略対象者は魔王だな。一度クリアしないとルートが開かないとか』

『お兄ちゃん、バカなの？』

『あんた、魔王が封印されていた「ヴァナルガンド大森林」の名前の由来を知らないの？』

『知らねーよ。あれに意味なんてあったのか？　……おい、二人してため息吐くなよ』

『お兄ちゃん。「ヴァナルガンド」っていうのはある有名な動物の別名なんだよ』

『北欧神話の有名な怪物「フェンリル狼」。ヴァナルガンドはその別名よ』

『だからね、お兄ちゃん。フェンリルがデザインの元になっている魔王は狼の姿をしているの。だから攻略対象にはならないんだよ。いつも一緒にゲームしてるのになんで覚えてないの？』

『……乙女ゲームなんて興味ないっていつも言ってるじゃん』

『いーもん。お兄ちゃんが忘れられなくなるくらい付き合ってもらうんだから』

『ふふふ、そういうのも面白いわね。付き合ってね、お兄ちゃん』

『……うっせ。とっととクリアしてくれ』

クリストファーは少しだけ眉を寄せた。だが、少しだけ楽しそうだった……。


一方その頃。白銀の大樹の発生源……ルトルバーグ家王都邸では——。

響いていた歌声がやみ、同時に王都を覆い尽くしていた白銀の光も消えうせた。

使用人食堂で腰掛けていた少女は閉じていた瞼をそっと開け、慎ましやかな笑みを浮かべる。

「……よく眠ってる」

少女メロディの膝の上にいるのは一匹の子犬だ。美しい銀の毛並みの小さな犬が、それはそれは気持ちよさそうに可愛い寝息を立てて、幸せそうな寝顔を浮かべていた。

激おこメイドとガクブル魔王の子守歌

「持ってきたよ、私」

使用人食堂で眠る子犬を抱くメロディの前に、バスケットを持った分身メロディが現れた。バスケットをテーブルに置き、子犬をかごの中に入れてやる。

「ふふふ、幸せそうに眠っちゃって。さっきまでとは大違いだね」

「最初は随分吠《ほ》えまくってたもんね。旦那様、飼っていいって言ってくれるといいな」

楽しみだね、とニコリと微笑むと分身メロディは本体の中に戻っていった。

人心地ついたメロディは雲ひとつない満月を眺めながら、物思いに耽る。

「……お嬢様達、遅いなぁ」

時刻は既に深夜二時。そろそろルシアナ達が帰ってきてもいい頃だが、その気配はなかった。

真夜中とはいえ、王都は驚くほど静かだ。まるで自分以外全員が眠ってしまったかのよう。

……まるでではない。まさか本当に王都中の全ての人間が眠ってしまった（というか、眠らせてしまった）ことを知らないメロディは、思わず可愛らしいあくびをしてしまう。

「……少し眠くなってきちゃった。いつもこんな時間まで夜更かししな……いもん……ね……」

本人も知らぬうちに、メロディはテーブルに突っ伏してすやすやと寝息を立て始めてしまった。

メロディは夜更かしのせいだと思っているが、事実は異なる。人間は魔力を急速に失うと、心身を休ませるために体が休眠を求めるのだ。

魔法を独学で学んだうえ、魔力を大量消費した経験のないメロディはその事実を知らなかった。

そうして、王都で意識を残していた最後の一人もまた、夢の世界へと旅立つ。

メロディは先程のことを――バスケットで眠る子犬との出会いを夢に見るのだった。

——時間は今よりも少し前に遡る。

舞踏会を退出し、レクトとも別れてルトルバーグ邸に帰ってきたメロディは、早速ルシアナ達を迎える準備に取り掛かった。

各寝室を改めて整え、調理場にてお茶やお酒、軽食の準備も行う。会場にも食事はあっただろうが、ああいった場所では食べた気がしないかもしれない。主人の要望に応える準備は万端だ。

時刻は深夜十二時を回った。舞踏会もそろそろ閉会の時間だ。

メロディがそう思った時だった。二階からガラスが割れる激しい音が鳴り響いた。発生源はルシアナの部屋だ。何事かと辿り着くと……ルシアナの部屋が滅茶苦茶に荒らされていた。

部屋中に物が散乱し、朝にメロディが整えた跡など見る影もない。あまりの酷さに思わず口元を押さえて慄《おのの》くメロディ。たが、ベッドの上で我が物顔で寝転がる子犬を見て、全てを理解した。

犯人は……こいつだ！

「……あなたが部屋を滅茶苦茶にしたんですか？　もうすぐお嬢様が帰ってくるというのに……」

怒りのあまり制御を失った一部の（他者から見れば圧倒的な）魔力が溢れ出す。子犬はそれを察したように体を強張らせ、メロディを見つめたままプルプルと震え始めた。

「なんてことしてくれたんですかああああああああああああああ！」

今にも泣きそうな顔で激怒るメロディ。舞踏会も終わり、もうすぐルシアナが帰ってくるというのに、彼女の寝室が滅茶苦茶にされた。これでは掃除のやり直し……いや、それ以上にルシアナが帰宅した時にすぐに休めない状況の方が、メイドの矜持としては大問題だった。

いまだかつて、これほどの怒りを感じたのは前世を含めて初めてかもしれない。

おかげでベッドの上の子犬——もとい、魔王はもうガクブルである。

(ひいいいい！　こんなの、さっきの『銀聖結界』の比ではないぞ⁉　に、逃げねば死ぬ！)

魔王は跳んだ。恐怖を押し殺して、あるかどうか不明な生存本能に懸けて、メロディから逃れようと必死でベランダに向かって飛び出した——だが……。

「逃がしませんよ！　伸びろ、仮初めの手『延長御手《アルンガレラマーレ》』！」

「キャイイイイイイイイイイン⁉(なにいいいいいいいい⁉)」

魔王はなぜか空中で静止した。見えない何かに体を掴まれている。それは先程魔王が部屋を滅茶苦茶にしたのと同じ力だった。力属性魔法による念動力の見えざる手に魔王は捕縛されたのだ。

「これだけ部屋を荒らしておいて逃げようだなんて、ふてえワンコです！」

(ひいいいい⁉　殺されるうううううううう！)

魔王は震えた。マッサージ器のように振動した。覚醒した聖女と真正面からやり合ったところで封印中の魔王に勝ち目などあるはずもなく、もはや魔王は『まな板の鯉《こい》』状態だった。

だが、魔王が本気で怯えだしたことで、逆にメロディは冷静さを取り戻した。溢れ出した魔力は抑えられ、爆発した怒りも静まっていく。メロディは仕方なさそうにため息を吐いた。

「我が身はひとつにあらず『分身《アルテレーゴ》』」

「はいはーい。今日の用事は何かな……て、聞くまでもないね」

召喚された分身メロディが、呆れた様子で周囲を見渡す。

「とりあえず、部屋の掃除をお願い。お嬢様達はもういつ帰ってきてもおかしくないので超速で」

「りょーかーい。時間もないし魔法込みでパパっとやっちゃうね」

分身は早速部屋の片づけを始めた。本体メロディは子犬を連れて部屋を後にする。

「……さて、これだけのことをしておいて、ただで帰れるとは思わないでくださいね」

「キャ、キャイイイイイン!?（な、何をするつもりなんだああああ!?）」

首根っこを掴まれた魔王は、冷笑を浮かべるメロディによって……風呂場に連行された。

「キャイン、キャイン！（やめてくれ！　魔力が削ぎ落とされるうううう！）」

「こら！　逃げちゃダメです！　ほーら、どんどん綺麗になってますよ」

メロディは子犬のことをヒューズに叱ってもらおうと思っていた。だが、ベッドの状態を見るからに、子犬はとても汚れているようだったので、とりあえず体を洗うことにしたのだ。

だが魔王にとってそれは、大いなる苦行の始まりだった。

おそらく魔王に対して聖女の力が無意識に発動しているのだろう。メロディの『洗おう』『綺麗にしよう』という意識に反応して、メロディが子犬に触れるたびに聖女の力が魔王の闇の魔力をバカスカと削り取っていくのである。魔王の脳裏に『ゴリゴリ』という擬音が聞こえた気がした。

悪夢のバスタイムが終了する頃には、魔王が行使できる魔力はほとんど残っていなかった。

ぐったりと脱力し、メロディの成すがままタオルで体を拭かれている。

「ふう、完了ですね。洗ってみれば意外と綺麗な毛色じゃないですか」

灰色だった子犬の本当の色は白銀だった。だが……。

「毛色はともかく毛並みは悪いです。……あれ？　この子、こんなに軽かったっけ？」

不思議議と、体を洗う前と後で体重が違う気がした。よく見ればこの子犬、あばら骨が浮き上がり痩せ細っている。さっきまでこんなに弱弱しかっただろうかと、メロディは首を傾げた。

……詰まるところ、子犬の生命維持に消費されていた魔王の魔力が、誰かさんの洗浄によってすっかりなくなってしまったのである。

きゅるるるるるる……魔王の支えを失った子犬は、再び窮地に陥った。腹ペコである。

子犬の体調が急変した。突然げっそりしだした子犬に、さすがのメロディも慌てだす。

「え⁉　急にどうしたの⁉　大丈夫⁉　お腹が空いたんだよね？　い、今何か準備するから！」

使用人食堂へ向かったメロディは、テーブルに子犬を寝かせて調理場に立った。

相手は痩せこけた子犬。しばらく何も食べていなさそうだから、あまり重い物は食べられないだろう。メロディは魔法の保管庫からボトルに入ったヤギのミルクを取り出すと、それを皿に注いだ。

ヤギミルクは牛乳よりも犬の母乳に近いので、こちらの方が飲みやすいだろう。

皿を差し出すと、子犬は必至に体を動かしてミルクに舌を這《は》わせた。命の渇望《かつぼう》が滲み出ている。

心配だったが食事をする気力は残っているらしい。メロディは調理を続けた。

再び魔法の保管庫からメロディお手製のソーセージを取り出す。それをミンチ状に細かく刻んでいく。おそらく子犬に噛み砕く力はないだろうし、こちらの方が消化にもいい。先程のヤギミルクを少し加えて、簡単だが子犬用の離乳食が完成した。

ソーセージのミンチを出してやると、子犬はよろつきながらも夢中で食べ始めた。口から空気が抜ける音だろうか。時折子犬から「うまうま」という音が聞こえ、メロディはクスリと笑った。

（うちに押し入ってきたのは空腹だったからなのね。だったら素直に調理場にでも来ればよかったのに……というか、どうやって二階まで昇ってきたのかしら？）

首を傾げるメロディの傍らで、子犬と魔王はソーセージの味に酔いしれる。

『うまうま、うまうま、うまうま』

（こ、これが『美味しい』という感覚……生まれて初めての感情。これは、一体……）

負の感情の集合体であり、肉体を持たない魔王は食事をしたことがない。そして、喜びや楽しさ、嬉しさや愛といった、正の感情を経験したこともなかった。

依り代となった子犬から伝わるダイレクトな感情に、魔王は困惑してしまう。だが、不思議とそれを嫌だとは感じなかった。

……その時、魔王は気が付かなかった。自身を封じる白銀の封印が、まるで困惑するかのように一瞬、揺らめいたことを。

「お腹いっぱいになった？」

「くけぷ」

どうやら満足したらしい。子犬はお腹を膨らませて小さくゲップした。そこに、ルシアナの部屋の掃除を任せていた分身メロディがやってくる。

「掃除が終わったよ。そっちはどう……おう、お腹ポンポンだね」

「お腹が空いてたみたいなの」

「それでうちに押し入ってきたのね。だったら素直に調理場にでも来ればよかったのに……という
か、どうやって二階まで昇ってきたのかしら？」

分身メロディは首を傾げた。さすがは分身。考えることは本体と同じである。

「とりあえず掃除が間に合ってよかった。あとはこの子をどうするかね」

二人の視線が子犬に向けられる。満腹になった子犬は今にも眠ってしまいそうだ。

「……ねえ、もう部屋も綺麗になったことだし、旦那様に叱ってもらうのはやめにしない？」

分身メロディの言葉に、本体メロディも「そうなんだよね」と苦笑してしまう。

「今さら叱っても意味ないかもね。何を叱られているのか理解できなさそうだし……」

というか、満足そうにお腹を上にして寛ぐ姿に、怒る気が削がれてしまった。生きるために必死
な様子に心を揺さぶられたことも否定できない。あとやっぱり……子犬は可愛い、反則だ。

まあ、この際許してあげてもいいだろう。とはいえ、子犬の扱いをどうするべきか……。

あの痩せ細りよう。屋敷を放り出して生き残れるとは思えない。うんうん唸っていると、隣にい
た分身メロディがある提案をした。

「今思ったんだけど……子犬と戯れるお嬢様と、それを微笑ましく見つめる私って、どう思う？」

「——っ!?」

屋敷の庭園で追いかけっこをするルシアナと子犬。木の枝を投げるルシアナとそれを追いかける
子犬。子犬を抱き上げるとペロペロと顔を舐められ、くすぐったいと笑うルシアナ。

尊い光景が、メロディの脳裏を駆け巡る。溌剌《はつらつ》なルシアナならば、きっとやってくれるだろう。

そして、そんな一人と一匹を「しょうがないな」と苦笑しつつも見守るメイド……つまり私！


『お嬢様もジョン（仮名）もはしたないですよ。さ、水を用意してありますので手を洗いましょう。そろそろお茶の時間です』

『さすがメロディね！　テラスに行きましょう、ジョン（仮名）！　どっちが速いか競争よ！』

『ワオン！』

『もう！　お二人ともはしたないと何度も言わせせないでくださいませ！』


無邪気に戯れるルシアナ達の傍らに佇む自身を想像し、メロディは恍惚な表情を浮かべた。

「……素敵」

「やっぱりそう思うよね！　うん、私もそう思ったの！」

当然である。人はそれを『自問自答』という。反対する人間がいるはずもなかった。

というわけで、煩悩に負けたメイドジャンキーによって子犬の飼い犬化計画が始動した。

「それじゃあ、私はこの子の寝床になりそうな物を探してくるね」

「うん、お願い。私はこの子を寝かしつけておくね」

分身メロディが使用人食堂を出ると、メロディは子犬を抱き上げた。満腹なうえにひと肌に晒されて、子犬の瞼がトロンと落ち始める。

メロディはダメ押しとばかりに子守歌を歌い始めた。

（まさか乳母《ナニー》の初仕事の相手が子犬になるなんてね。まあ、練習だと思ってしっかりやろうっと）

メロディの天使のような歌声が使用人食堂を優しく包み込む。

深夜であることを考慮し、食堂の外へ声が広がらないように声量に気を付けながら、それでいてこの場にいる者の耳にははっきりと、なおかつ心地よく滑らかな声音《こわね》が届くように。

よい夢が見れますようにと祈りを籠めて、母セレナから貰った子守歌を奏でるメロディ。

それに応えるように子犬の瞼が落ちていく。やがて全身の力が抜けてもう眠る……というところで、なぜか子犬は抗うようにパチリと目を開けた。

（あれ？）

再び子犬の全身に力が入る。想定外の行動に若干戸惑うメロディだったが、子守唄を続けた。

そうすると再び子犬はトロンと瞼を落とし、全身から力が抜けて、そして――。

パチクリ。子犬はまたしても目を開けた。

（どうしたんだろう？　眠りそうになる瞬間に驚いたように目が覚めるみたい……もしかすると、眠るのが怖いのかも。ずっと空腹だったわけだし、生活環境がよくなかったんだわ）

眠っている間に外で外敵に襲われた経験でもあるのかもしれない。それがトラウマになって睡眠を無意識に拒絶してしまっているのだろうか。メロディはそんな風に考えた。

（……でも、ずっと起きていることなんてできるわけがないし、何より空腹で弱っていたのなら、よく眠って体を休ませなくちゃダメだよ。仕方がない、ここは少し魔法に頼ろう）

一旦食堂が静まり返り、メロディの心の中で魔法の呪文が紡がれる。

（――歌声に安らぎを添えて。『よき夢を』《ファインベルソーゴ》）

そして、聖なる歌声が空気に溶け出した。

彼女が魔法を使った相手は魔王だった。封印されている身とはいえ、その力は絶大。魔王を眠らせるために、メロディの魔力が無意識のうちに上限なく高められていった。

歌声は王都全域にまで行き届き、人々は深い眠りに導かれていく。

そして見るのだ――素敵な夢を。次なる目覚めの活力となる、愛しい幻想を……。

『ああ、これこそが聖女の力。これこそが……本物の――』

メロディは集中のあまり瞳を閉じて子守歌を歌っていた。だから、一瞬だけ子犬が淡い銀の光を放ったのだが、彼女は終ぞそれに気が付くことはなかった……。

夢と目覚めと指パッチン

緑豊かな森の中――メロディは、不思議とここが夢の中なのだと理解した。

――ここはどこだろう？　周囲を見回しながら、メロディは考える。

夢とは、自分が過去に見聞きした経験、記憶を整理する行為だと言われている。

ということは、この森は最近メロディが食料調達に利用しているあの森なのだろうか。

キョロキョロと周囲を見回すと、一人の少女が視界に入った。美しい銀髪の少女が、木を背にして腰を下ろし、大柄な銀の毛並みの狼が少女の膝に頭を載せて寝息を立てている。

だがよく見ればこの狼、耳や尻尾、足先の毛並みは黒く、完全な銀色ではない。その傍らにはもう一匹小さな狼……いや、よく似ているがあれは、犬？　こちらは完全に全身銀色で、子犬は狼に寄り添うように満足げな寝顔で眠りこけていた。

……というかあれ、さっき寝かしつけた子犬では？

『ありがとう』

少女がメロディに語り掛ける。声は聞こえない。だが、少女の唇は確かにそう告げている。

『魔王と戦うことを誓った私にはできなかった、聖女の本当の役目をあなたは果たしてくれました。魔王に癒しの眠りを与えてくれて、本当にありがとう』

メロディは首を傾げる。魔王とか聖女とか、一体何の話だろう……？

『魔王——魔障の王は闇の盃《さかずき》。世界の循環から外れてしまった哀れな闇の魔力の受け皿。魔王がいなければ世界に魔障が拡散し、それはやがて世界の均衡を崩すことになる。聖女——聖なる光を宿す乙女の役目とは、魔王の集めた闇の魔力を癒し、清め、世界に還すことだったのに……魔王を失い、やがて世界に魔物や魔障の地が現れるようになって、私はようやく本当の意味に気が付きました。長い、長い時の流れの中で、私達に力を与えた『何か』も、魔王自身すら本当の役目を忘れてしまったのでしょうね』

少女は悲しそうに微笑む。

『あなたが私の残した手記を手に入れなくて本当によかった。あれを参考に魔王と戦うことを選んでいたらきっと、あなたは私と同じ過ちを犯すところでした』

――手記？　この人の？　それに過ちって……なんのこと？　メロディには心当たりがない。

『魔王を癒すには嘘偽りのない慈しみの心が必要です。もしあなたが手記を読んでいれば、少なからず敵対心が生まれていたでしょう。癒しを得られず、盃を溢れさせるほどに闇の魔力に満ちていた魔王は、確かに世界に害をなす存在と成り果てていました。あなたほどの力があればきっと、魔王を滅ぼすことも可能だったはず。そして世界に一時の平穏が訪れる。……しかしそれは、永久に盃が失われることを意味し、いずれ世界は魔障に埋め尽くされることになっていたでしょう』

まるで知らないゲームや小説の解説でも聞かされているかのようだ、とメロディは思った。

見たこともない女性からよく分からないことでお礼を言われるって、私、一体どんな記憶を整理してこんな夢を見ているんだろう、とメロディはちょっと本気で悩むが、突然少女の体が淡い光を放ちながら透け始めたのを見て、それどころではなくなった。

少女は狼の黒い右耳にそっと手を触れる。すると光が弾け、狼の右耳は白銀に変貌した。

『あなたの驚くほど強大な魔力に当てられて、封印の力に籠められていた『私』という想いがこうして顕現できました。おかげで私にも、少しだけ聖女の役目を果たすことができます……壊れかけの残り少ない力を使い切っても、残念ながら全ての闇を洗い流すことはできませんでしたが……』

あとはあなたに、真の聖女にお願いしますね、セレスティ――と、少女は微笑む。

ここは自分の記憶を整理するための夢の中。目の前の少女がメロディの本当の名前を知っていてもおかしくはないのだが、突然言い当てられて動揺してしまう。

そんなメロディを見つめながら、少女は優しげに微笑む。

『セレスティは可愛いのね……もしこの世界が誰かの作り上げた物語なのだとしたら、きっとあなたのような子が主人公《ヒロイン》に選ばれるのでしょう。……改めてお礼を言います、聖女セレスティ。世界の魔力の循環を司る魔王の対《つい》よ。自らの意思で、聖女の真の使命に辿り着いたあなたを私は誇りに思います。いずれ魔王の魂が癒され復活した時、世界は再び魔物のいない平穏な世界を取り戻すことでしょう。どうか、これからも誇りをもって聖女の役目を全うしてください』

少女はまさに聖女といわんばかりの笑みを浮かべ、やがて光の泡となって姿を消した。

残ったのは、木漏れ日の下で静かに寝息を立て続ける白銀の狼と子犬だけで……彼らは少女が消えてしまったことに気づいた様子はなく、メロディはそれがどこか寂しく感じた……。

――のだが、それはそれ、これはこれ。彼女には声を大にして言いたいことがあった。

『……ヒロイン？　聖女？　何ですか、それ？　私はどちらでもありません！　私はルトルバーグ家にお仕えするメイド。オールワークスメイドのメロディです！』

気が付くとそこは使用人食堂だった。メロディは椅子から立ち上がり、大きく胸を張っていた。

「――あれ？」

なぜ今自分は立ち上がったのだろうか？　……いつの間にか眠り、夢でも見ていたのだろうか。

「……なんだっけ？」

「ワン、ワン！」

「あ、君も起きたんだ」

ご飯をお腹いっぱい食べて眠っていた子犬が目を覚ましていた。テーブルのバスケットから子犬を抱き上げると、子犬は随分と元気そうに尻尾を振っていた。

「調子はよさそうだね、よかった。毛並みも綺麗になって……あれ？　君、全身銀色なのかと思ってたけど、片耳と尻尾、それに足先の毛は黒いんだね」

昨夜、お風呂に入れた時は全身銀色だと思っていたが見間違えたのだろうか……ん？　昨夜？

使用人食堂に心地よい日の光が差し込んでいた。つまりは……朝。

「お、お、お、お出迎えええええええええ！」

「キャワンッ⁉」

深夜に帰ってくるはずのルシアナ達を放置して、朝まで眠ってしまった。何たる失態！

思わず子犬を放り出し、メロディは二階へ急いだ。だがそこにルシアナ達の姿はなかった。それどころか、屋敷中どこを探しても誰も見つからない。

「どうして……まさか、まだ帰ってきていないの？」

嫌な予感がして、メロディの額から冷たい汗がツーっと垂れる。

「と、とりあえず、馬車が戻ってきていないか確認しなくちゃ」

メロディは走った。馬車が帰ってくるなら正面玄関からだ。

焦るメロディが玄関の扉を開けると――ゴン！　と、鈍い音がした。

なんと、見覚えのない男が扉の外で蹲っていた。どうやら玄関の前に寝転がっていて、開いた扉に頭をぶつけたようだ。当たり所が悪かったのか、男は両腕で頭を抱えている。

「あ、あの、どちら様でございましょうか？」

「おぉう……こ、ここはルトルバーグ伯爵家のお屋敷で、お間違いないで、しょうか……？」

「はい、そうですが……」

男は王城の衛兵だと名乗った。そして、男から聞かされた内容にメロディは驚愕の声を上げた。

「お嬢様が舞踏会でお倒れになったですって⁉　一体いつのことですか⁉」

「さ、昨夜の舞踏会の閉会の頃です。それで、お世話をするためにメイドを呼んでほしいとルトルバーグ伯爵様から要請がありまして……」

「そんな大切なこと、どうして昨夜のうちに知らせてくださらないんですか！」

「言い訳するにしたってもう少し言いようがあるでしょう⁉　職務怠慢ですよ！　もう！」

「いや、それが……気が付いたら、なぜか眠ってしまったみたいで……」

慌てて準備を整えたメロディは、衛兵の馬車に乗って王城へと向かおうとしたのだが……。

「どうして御者さんまで眠ってるんですか！　ていうか馬まで⁉　起きてください！」

御者も馬も、それはもう幸せそうな寝顔で熟睡していた……いい夢、見てるんだろうね。

「我が指よ、覚醒の鐘を鳴らせ『目覚めの指パッチン《アローザルティート》』！」

メロディは右手を掲げるとパチンと指を鳴らした。それは覚醒を促す振動の魔法。先程までいくら揺さぶっても反応がなかった衛兵と馬が、何の前触れもなくパチクリと目を覚ます。

同時に、貴族街がにわかに騒がしくなった。

「ほら、起きたんならすぐに出発してください。目指すは王城ですよ！」

「え？　……あ、はい！」

意外なほどに寝起きのよかった御者は、即座に王城へと手綱を引いた。

焦燥から加減を忘れたメロディが全力で指を鳴らしたことで、王都全域に覚醒の音が響いた。

昨夜、王都の住人全員が一斉に眠り、翌朝、王都の住人全員が一斉に目覚めるという怪事件が発生したのだが、それをメロディが知ることは終ぞなかったそうな……切実にツッコミが欲しい。

到着した王城は何やら慌ただしかった。メロディはボストンバックを抱えて馬車を降りる。

兵士も使用人も、なぜか皆が通路を駆け回っていた。メロディは思わず顔を顰《しか》めてしまう。

メイドとはただ仕事をするだけではなく、気品も求められるのだ。表舞台に立たないとしても、王城の使用人である誇りを忘れてはならない。それをしないのは職務怠慢である。

原因は、彼らがついさっき指パッチンとともに目覚めたばかりだからだ。要するに寝坊のせいだった。今は遅れた仕事を取り戻そうと、皆やっきになって動き回っているのである。

無知とは恐ろしいものである……元凶め！

門のそばで少し待っていると、ルシアナの客間付き臨時メイドがやってきた。

「それではご案内します」

「よろしくお願いします」

臨時メイドに案内されてルシアナのもとへ向かう。その間も、慌ただしく動くメイド達と何度もすれ違った。職務怠慢にしても、この状況はさすがにおかしいのではとメロディは思った。

「あの、みなさんとても急いでいるようですが、何かあったのですか？」

「え、ええ……実は……昨夜の舞踏会に賊の襲撃事件があったそうでして……」

「賊⁉　まさか、お嬢様がお倒れになったっていうのは、賊に襲われて……」

「ご安心ください。医師によれば気を失われているだけで、大事はないそうですので」

「そうですか。よかった」

安堵の息をつくメロディを背に、臨時メイドも小さく息を吐いた。確かに襲撃事件はあったが、メイド達が形振り構わず方々を駆けずり回っている本当の理由は、当然ながらどこかの誰かさんのせいで寝坊したためである。

斯《か》くいう臨時メイドも、ルシアナの眠る客間で夜番をしていたところに朝までぐっすり。メイドにあるまじき失態を犯していた。ルシアナの本当のメイドを相手に「いやー、なぜかみんな寝坊しちゃって、急いで仕事を片付けている最中なんですよ～」などとは口が裂けても言えなかった。

客間に辿り着くと、臨時メイドが扉をノックする。

「失礼いたします。ルトルバーグ家のメイドが参りました」

「通しなさい」

マリアンナの声だ。メロディが客間に入ると、ベッド脇の椅子に腰かけるマリアンナと、ベッドに体を起こして座るルシアナの姿が目に入った。

「メロディ、来てくれたのね！」

「お嬢様！」

微笑むルシアナのもとへメロディは駆け寄った。軽くマリアンナに一礼し、ルシアナを見た。

「お怪我はないと伺っていますけど、本当に大丈夫ですか？」

「ええ、さっき目が覚めたところだけど全然問題ないわ。なのに聞いてよ、メロディ。大丈夫だって言ってるのに、お母様ったらベッドから出してくれないのよ」

「当たり前でしょう。あなた、一晩ずっと意識がなかったのよ。安静にしていてちょうだい」

「ね、酷いでしょう」

「えっと、残念ながら、今は私も奥様と同意見、です……」

「メロディまで！　うぅ、平気だって言ってるのに！」

顔を膨らませてプリプリ怒るルシアナを見て、メロディはようやく肩の力を抜くことができた。

ヒューズは宰相府を手伝っているらしい。早速メイド業務開始である。

臨時メイドに朝食の準備をお願いして、メロディはルシアナ達の衣装直しをすることに。二人とも王城からの借り物の服を着ていたため少々落ち着かなかったようである。

「お召し物は用意してきましたので着替えましょう。ちゃんと準備してきました」

メロディは備え付けのテーブルにボストンバックを置いた。するとバッグが突然もごもごと蠢き始めた。これにはルシアナもマリアンナも思わず目を見開く。

「メロディ、その鞄《かばん》、何なの⁉」

「え？　……何ですかこれ⁉」

どうやらメロディも預かり知らなかったらしい。慌ててバッグを開けると、中から小さな影がベッド目掛けて飛び出してきた。

「あなた、いつの間についてきてたの⁉」

それは昨夜メロディが拾ったあの子犬だった。子犬は楽しそうにワンワンと鳴いている。

「まあ、可愛らしい子犬だこと」

「メロディ、この子犬のこと知ってるの？」

「昨夜お腹を空かせてうちにやってきたんです。あんまり痩せ細っていたのでご飯をあげて、そのまま屋敷で一晩休ませていたんですけど……」

「へえ……可愛いね」

「クウン、クウン♪」

「まあ、人懐こいこと」

ルシアナの手に擦り寄る子犬。危なげないその様子に、ルシアナもマリアンナも相好を崩す。

子犬がついてくるなど予想外な事態ではあったが、これはチャンスでもあった。

「お嬢様、奥様、よかったらこの子、お屋敷で飼ってはどうでしょうか」

「素敵！　いいわねそれ！」

「この子をうちで？　食費は大丈夫かしら？　犬は大きくなると結構食べるでしょう？」

「それについては大丈夫だと思います。私がいつも狩ってくるお肉で足りると思いますし」

「お父様が宰相府で働けば金銭的に少し余裕もできるだろうし、何よりこんな小さな子犬を捨てるなんて可哀想よ。ね？　いいでしょ、お母様？」

上目遣いでおねだりするルシアナに、マリアンナは思わず苦笑してしまう。何より、昨日の今日のルシアナのお願いを断るのは少々憚られる気がして、何だかんだダメとは言えなかった。

「……しょうがないわね。ちゃんと面倒を見るのよ」

「やったー！」

「キャワン♪」

ルシアナと子犬が喜びの声を上がる。実はメロディもこっそり右拳を強く握っていたりした。

「じゃあルシアナ、早速この子の名前を決めましょうか」

「名前かぁ。そうね……何がいいかしら？」

子犬を見つめながら眉を寄せるルシアナ。メロディはその様子を微笑ましそうに眺めていたが、唐突に彼女の脳裏に不思議な光景が思い浮かんだ。

そこは神聖な森の中。銀の髪の美しい少女が、子犬とよく似た毛並みの狼を膝枕している光景。静かに寝息を立てる狼の頭を撫でながら、少女の柔らかな唇が愛しげにその名を紡ぐ……。

「……グレイル」

「え？　メロディ。それ、この子の名前？」

「……え？　あ、いえ、すみません。何でもないです……」

ふと頭に浮かんだ名前をつい口走ってしまった。メロディは顔を赤くして下を向いた。

ルシアナは改めて子犬を見つめ、そしてニコリを笑う。

「グレイル……うん、いいんじゃない？　決まりね。君の名前は今日からグレイルよ！」

「キャワン♪」

というわけで、ルトルバーグ家の一員として子犬のグレイルが新たに加わった。

まるで状況を察しているかのように嬉しそうにベッドに転がるグレイルの姿に三人はほんわかした気分になった……無残に破れ散ったルシアナのドレスを見てメロディが悲鳴を上げたのは、この直後だったという。

朝食後、ルシアナは医師の診察を受けた。結果は問題なし。全くもって健康体であった。

となれば、いつまでも王城のお世話になるわけにもいかない。ルシアナ達は帰り支度を始めた。

マリアンナは退城手続きのついでにヒューズの様子を見るため、臨時メイドの案内で客間を出ていき、部屋にはルシアナとメロディだけが残った。

元々大した荷物もないので準備自体はすぐに終わる。余った時間を利用して、メロディは破れてしまったルシアナのドレスの検分を始めた。

「ごめんね、メロディ。ドレスを台無しにしちゃって」

「とんでもございません。お嬢様にお怪我がなくて本当によかったです」

「……直せそう？」

「ここまで破損が酷いと糸から編みなおした方がいいですね。守りの魔法もほとんど壊れちゃってますし。とりあえずこのままだと編みなおしの邪魔なので、魔法は全て解除しておきますね」

「そっかぁ。ホントにごめんね、手間かけちゃって」

申し訳なさそうに謝罪するルシアナに対し、メロディは首を横に振って答える。

「謝罪をしなければならないのは私の方です、お嬢様。……私、魔法にはそれなりに自信があったんです。このドレスには舞踏会会場が木っ端みじんになる爆発が起きても無傷でいられる守りの魔法を掛けたつもりだったのに、実際には剣の一撃で弾け飛んでしまうこの体たらく。お嬢様にお怪我がなかったからよかったものの、一歩間違えば大惨事でした。自分の未熟さが恨めしいです」

苦々しい表情を浮かべて大きく嘆息するメロディ。その後ろでルシアナは顔を青褪めながら息を呑んでいたのだが、メロディがそれに気が付くことはなかった。

メロディが魔法でミスをするとは思えない。つまりルシアナが受けた剣の威力は――コンコン。

「うぴゃっ⁉」

ルシアナの口から変な悲鳴が漏れる。突然客間の扉が叩かれ、驚いたようだ。

どうやら来客のようだが、一体誰が来たのだろうか？


「どちら様でしょうか？」

「私は王城のメイドでございます。ヴィクティリウム侯爵家のご令嬢、アンネマリー様がルシアナ・ルトルバーグ様のお見舞いにまいりました。お取次ぎをお願いします」

「畏まりました。少々お待ちください」

すぐに許可をもらうことができ、アンネマリーはほっと安堵の息を吐く。

アンネマリーは王城の客間にいるルシアナのお見舞いにやってきた。

早急に確認しなければならなかったからだ……ルシアナが転生者であるかどうかを。

昨夜、ルシアナがゲームの敵キャラだったことを思い出したアンネマリーは、彼女が転生者なのではと思い至った。だが、その後でいつの間にか彼女は眠ってしまったらしい。目が覚めるとなぜかクリストファーと抱き合ってベッドの上にいるという、乙女の緊急事態が発生していた。

我に返るまでクリストファーを殴る蹴るのに忙しすぎて、ルシアナに尋ねることを忘れてしまっていたのはご愛敬である♪　(byアンネマリー)。だ、大丈夫。顔は殴ってないし……。

早朝の事件はともかく、ゲームが始まったにもかかわらずヒロイン不在な異常事態で、もはやシナリオが予測不能な非常事態というこの現状。真相解明は急務であった。

早速ルシアナのもとへ行こうと扉をくぐったアンネマリーは、なぜかピタリと足を止めた。

アンネマリーの視界の端に一人の少女の姿が映り……奇妙な既視感に襲われたのだ。

それはメイド服に身を包んだ黒髪の少女だった。アンネマリーの視線に気付いたのか、少女と目が合う。黒髪黒目。どちらか片方は見かけるが、両方となるとこの世界では珍しい組み合わせだ。

(ゲームの登場キャラ？　……いえ、黒髪黒目のメイドなんて見た記憶がない。それとも、ルシアナちゃんの時みたいにうっかり忘れているキャラクター？)

「……あなた、以前どこかでお会いしたことがあったかしら？　お名前は？」

「メロディ・ウェーブと申します。お嬢様にお会いするのは本日が初めてかと存じます」

「……そう」

メロディ・ウェーブ……やはり、そんな名前のキャラクターには覚えはない。

結局、不思議な感覚はしたもののアンネマリーはルシアナのもとへ赴《おもむ》いた。

「先触れもなしに突然ごめんなさい。もう帰ってしまうと聞いたものだから、慌ててしまって」

「いいえ、来てくれて嬉しいです」

頬を赤らめて微笑むルシアナのなんと愛らしいことか。アンネマリーも思わず笑みが零れる。

テーブルに案内され、ルシアナとアンネマリーは席に着く。メロディはお茶の用意を、中年メイドは手土産に持参したケーキの準備をするために、客間に隣接されたキッチンへ向かった。

今この場には、ルシアナとアンネマリーの二人だけ……このチャンスを逃す手はない。

『ルシアナさん、あなたはわたくしと同じ、元日本人の転生者ではなくて？』

アンネマリーはルシアナに問い掛けた——日本語で。これなら何かしら反応を見せるはず……。

「え？　今なんて仰いました？」

ルシアナは不思議そうに首を傾げるだけで、想像していたような反応は見せなかった。

『……あなたが元日本人であれば、どうかあなたも日本語で話してくださらないかしら？』

今度は困惑したような素振りを見せるルシアナ。かなり戸惑っている様子だ。

「あ、あの、アンネマリー様。それは外国語でしょうか？　不勉強で申し訳ございません、私にはアンネマリー様がなんと仰っているのか分かりません」

（……あ、あらら？　もしかして、日本語が分からない振りかしら？　……いえ、違うわね）

王太子の婚約者候補という、貴族令嬢の最高峰で社交を学んできたアンネマリーの腹黒センサーが告げている――ルシアナの表情に嘘はない。つまり……空振り。

「……今のは忘れてちょうだい。では、質問しますが『銀の聖女と五つの誓い』をご存知？」

またしても首キョトンである。そしてうーんと悩みだした。全く心当たりがないように見える。

「お茶のご用意ができました」

お茶の準備を終えたメロディ達が戻ってきた。ルシアナが表情を綻ばせてメロディに尋ねる。

「メロディ、銀の聖女となんとかって知ってる？」

「銀の聖女となんとか、ですか？」

メロディは首を傾げてキョトンとした。まるっきり、先程のルシアナと同じ表情である。

「……『銀の聖女と五つの誓い』よ」

「申し訳ございません、お嬢様。私の不勉強でございます。物語のタイトルでしょうか？」

「……いいえ、何でもないのよ。忘れてちょうだい」

メロディは一礼すると、お茶の準備を整えて中年メイドとともに客間の端に移動した。

表情だけは余裕の笑みを浮かべて、アンネマリーは内心で大きく嘆息する。腹黒センサーの判断に従うなら、日本語もゲームのことも知らないルシアナは、転生者ではないということだ。

だが、全ての謎が解けたわけではない。お茶会を続けながら、アンネマリーは質問を続けた。

「そういえば、昨夜のドレスはとても素敵なものだったけれど、どこでお買い求めになったの？」

シナリオでは、ルシアナはドレスを用意できず舞踏会を欠席していた。だが、現実の彼女は見事なドレスを纏って舞踏会の参加している。これはどういうことだろうか？

「あれはメロディが、私のために丹精込めて一から作り直してくれたものなんです」

「まあ。どういうこと？」

「もともとあった二着の中古ドレスをバラして、生地を綺麗に洗うところから始めてくれました。それらを組み合わせることで新しいドレスを作ってくれたんです」

その過程で魔法がふんだんに使用されているのだが、話だけを聞くと物凄い作業量と裁縫技術である。まあ、魔法の場合も十分に高度な技術が使用されてはいるのだが……。

アンネマリーはちらりとメロディを見た。彼女は静かな笑みを浮かべて壁の端に佇んでいる。

「……それは、凄いわね」

「ええ、メロディは本当に凄いんです！　前任のメイドと入れ替わりで来てくれた子なんですが、彼女が来てくれて本当に助かってるんです。お茶を淹れるのもとても上手ですし」

「確かにこのお茶は美味しいわ。銘柄はどこかしら？　飲んだことのない味だわ」

「確かベルシュイートだったかと」

アンネマリーは思わず紅茶を吹き出しそうになった。

ベルシュイート。それは、下級貴族でも購入を躊躇う、最低品質最低価格の紅茶の名前である。

「恥ずかしながら、我が家は貧乏なのでずっとこのお茶を飲んでいるんです。メロディのおかげで紅茶が美味しい飲み物だって、初めて知りました」

「これがベルシュイート……高級品の存在が揺らいでしまうくらい美味しいわ」

紅茶の味は茶葉の産地や葉の品質、製造工程などで大きく変わるはずなのに、どうやったら高級品と同等の芳醇な香りと味を実現させられるというのか……アンネマリーにはさっぱりだった。

「王都の屋敷も、私が来た時はまるで幽霊屋敷みたいな状態だったんですが、メロディが頑張ってくれたおかげで、今ではお客様をご招待しても恥ずかしくないくらいに綺麗になったんですよ」

ルシアナは嬉しそうに、そして自慢げに語った。メロディのことを大変気に入っているらしい。

幽霊屋敷とはさすがに大げさだが、そう言いたくなるくらい劇的に屋敷を掃除してくれたのだろう。どうやらメロディという少女は相当優秀なメイドのようだ。

アンネマリーはそこで違和感に気が付いた。

(確か、前世で読んだ設定資料集では、老齢のメイドが退職したことがルシアナちゃんの悲劇のきっかけだったはず。新しいメイドを雇ったなんて話は、知らない……)

おそらく、今のルシアナがあるのはメロディのおかげだ。彼女が屋敷を清めたり、舞踏会のドレスを用意したりと活躍したことで、ルシアナが劣等感に苛まれるという不幸が回避されている。

まるでゲームのシナリオを知っていて、ルシアナを助けるために現れたような少女、メロディ。

だが、彼女はゲームを知らない様子だった。しかし、先程感じた既視感も気になる。

答えが出ない中、アンネマリーはもうひとつの大きなイレギュラーを思い出した。

「そういえばルシアナさん。あなたは襲撃犯の剣を受けたにもかかわらず無傷だったわね。傷の具合を確かめてわたくし、とても驚いたのよ。その原因に何か心当たりはないかしら？」

はっきり言ってこれは本当に意味不明な異常事態だった。魔王の攻撃を防ぐなど魔法の素養を持たないルシアナには不可能なはず。あの時、何が起きたというのだろうか。

「そ、それは……」

この時、ルシアナは初めて狼狽した。今までとは違う、隠し事の匂いがした。

「何か知っているのね？　よかったら話してくださらない？　私、とても興味があるわ」

笑顔の裏側で、アンネマリーの瞳がキラリと光る。ルシアナはしばらく迷い続けた後、意を決したような顔でアンネマリーを見た。

「アンネマリー様……どうかこのことは私とアンネマリー様だけの秘密にしてください」

その真剣な表情に、アンネマリーも思わず気圧される。そして、ゆっくりと頷いた。

「……実は、昨夜私が来ていたドレスには、メロディが守りの魔法を掛けてくれていたんです」

「守りの魔法……？」

「はい。舞踏会会場が木っ端みじんになる爆発を受けても無傷でいられる、守りの魔法です。彼女がドレスに魔法を掛けてくれたから、私は死なずに済んだんです」

……冗談でも言っているのかしら？　アンネマリーが最初に思ったのはそんな言葉だった。

乙女ゲームであるにもかかわらず『銀の聖女と五つの誓い』にはロールプレイングゲームのような戦闘パートがあり、そこにはいわゆる防御魔法と呼ばれるダメージ軽減の魔法が存在した。

特に最終決戦でヒロインが手に入れる最大魔法『銀聖結界』の防御力は凄まじく、パラメーター無視の絶対防御であるこの魔法なら、ルシアナが言うような『守りの魔法』を実現できるだろう。

しかしそれ以外の一般的な防御魔法にはそんな驚異的な防御力はない。それはゲームが現実になったこの世界でも同様で、魔法に長けたアンネマリー達でさえ、はっきり無理だと言える。

……言えるのだが、少なくともルシアナはそれを全く疑っていないらしい……本気で、あのドレスにはそのような魔法が掛かっていたのだと信じているようだ。

いや、嘘とも言い切れない。実際にルシアナは魔王の剣を受けながら、無傷で生還している。

「ルシアナさん、よかったらそのドレスを見せてくださらないかしら？」

「ええ、もちろんです」

テーブルに破れたルシアナのドレスが広げられ、アンネマリーは瞳に魔力を籠め始めた。

「……魔力の流れを見通せ『凝視解析《アナライズビジョン》』」

視覚の焦点を魔力に集中させることで魔法の痕跡や構成を正確に把握することができる、アンネマリーのオリジナル魔法だ。高い集中力とかなりの魔力を要するので、実践向きではない。

物質に魔法を付与すると、血液のルミノール反応のように魔力の痕跡が残りやすい。意図的に隠そうとしても完全に消し去ることは難しく、強力な魔法ほど魔力を使うので発見が容易なのだ。

……だからこそ、全く魔法の気配が認められないルシアナのドレスに、聖女の『銀聖結界』のような大それた防御魔法が付与されていたなどと、アンネマリーには信じることができなかった。

一応とばかりに、アンネマリーの視線がメロディに向けられる。『凝視解析』では、メロディから魔力の発露は確認できなかった。魔法使いは常に少なからず魔力の気配を漂わせているものだが、それを確認することのできないメロディはつまり……魔法使いではないということだ。

……説明しよう。普段のメロディは必要のない魔力を自分の中に完全に閉じ込めてしまっており、それはたとえ魔王であっても簡単には察知できないのである。

ここで、少し前のメロディのセリフを思い出してみよう。

『ここまで破損が酷いと糸から編みなおした方がいいですね。守りの魔法もほとんど壊れちゃってますし。とりあえずこのままだと編みなおしの邪魔なので、魔法は全て解除しておきますね』

メロディの魔法制御能力を駆使すれば、解除と同時にドレスから一切の魔力を消し去ることも難しいことではない。余計な魔力は編み直しの魔法の邪魔になるので、既に対処済みであった。

アンネマリーがあと十分、いや、あと五分早く訪問していればと思わずにいられない……。

「見せてくれてありがとう」

「恐れ入ります」

メロディがドレスを片付け始めると、ルシアナがオドオドした様子で話し掛けた。

「あ、あのね、メロディ。私、アンネマリー様にメロディの魔法のことを話しちゃったの」

「魔法？　……まさか、ドレスの魔法のことですか⁉」

ドレスを畳んでいたメロディが顔を真っ赤にして俯く。とても恥ずかしそうだ。

「まあ、どうしたの？」

「いえ、あのような何の役にも立たない魔法のことをアンネマリー様に知られてしまうなんて、その……まだまだ未熟な身としては、大変お恥ずかしい限りでございます」

——アンネマリーはピンときた。役に立たない魔法。それはつまり……『おまじない』だ。

おそらくメロディはドレスに『守りの魔法』という名のおまじないを掛けたのだろう。

純真なルシアナはそれを本物だと信じ、そのうえメロディが随分とオーバーに伝えたものだから、とんでもない魔法がドレスに掛けられていると思い込んでしまい、戸惑っていたのだ。

何ということだろう……分かってみれば何とも肩透かしな話である。

ルシアナが無傷だった理由は今も不明のままだが、少なくともメロディは関係ないらしい。

完全に振り出しに戻った気分になり、アンネマリーは内心でため息をついた。そして、彼女は大切なことを思い出した。

「いやだわ。わたくしったら何てこと。ごめんなさい、ルシアナさん。わたくし、お見舞いに来たはずなのに全然違う話ばかりしてしまって。お体の方はもう大丈夫なのかしら？」

「はい、お医者様からは健康過ぎて診る甲斐もないと言われちゃいました」

「まあ、そうなの？　ふふふ」

他愛ない冗談に思わず笑みが零れる。ルシアナの疑いは晴れたようなものなので、気兼ねなく笑うことができた……どうしてルシアナのもとにメロディが現れたのかが謎のままだが。

「そういえば、今日訪ねたのがわたくしだけでごめんなさいね。本当は王太子殿下も一緒に伺うべきなのだけど、昨日の今日でしょう？　あの方も何かと忙しくて」

「そんな！　襲撃事件の翌日ですもの。お忙しくて当然です。お気になさらないでください」

現在、クリストファーは昨夜捕縛した第四攻略対象者ビューク・キッシェルの尋問をすべく、王城の離れに向かっていた……青痣だらけの腹部を押さえて。

ちなみに、クリストファーに暴行を加えた後、アンネマリーは早々に秘密の通路を使って王城の自室に戻ったので、残念ながら『侯爵令嬢朝帰り事件』なるスキャンダルは発生していない。

それもこれも、全ての使用人が一晩中熟睡していたという怪事件があったからこそなのだが、それどころではなかったアンネマリーは、何事もなくてよかったと安堵するだけだった。

「そう言ってくれると助かるわ。私からもお礼を。殿下の命を守ってくれて本当にありがとう」

ルシアナは照れくさそうに頬を赤く染め、お礼を言いたいのは私の方です、と答えた。

「私、王太子殿下には以前からお礼を申し上げたいと思っていたんです」

アンネマリーは首を傾げた。二人の出会いは昨夜が初めてのはず。お礼とは一体……？

だが、ルシアナが告げた内容はアンネマリーに大きな衝撃を与えた。

「だって、今の私がここにいられるのは、全て王太子殿下のおかげですもの。王太子殿下が国内全土に広めてくださった『定期馬車便』があったからこそ、私はメロディと出会えたんですから」

……………カシャパシャン。アンネマリーの指からティーカップが抜け落ちた。

「アンネマリー様、ドレスに紅茶が！」

アンネマリーは硬直したまま動かない。彼女の頭の中では無数の稲光が轟いていた。

『定期馬車便』とは、クリストファーとアンネマリーが若干七歳の時に提案し、現在も鋭意進行中の大規模国家事業である……当然、ゲームには存在しない。

国家主導の事業ゆえに街道は整備され、決められた時間と経路、価格で運行される定期馬車便は利便性が高かった。国家事業だと分かっているので盗賊なども手が出しづらく、街道の安全性も向上していった。となれば、人と物の流通は促進され、経済が発展していく。

それは、総合的な国力増強へと繋がっていった。お金がある国というのは、大概強いものだ。

この世界にゲームのシナリオと同じような選択肢があるなら、最悪の場合バッドエンドに進む可能性は否定できない。その中には、魔王に使役された魔物達による王都蹂躙や、同じく魔王に操られたロードピア帝国の皇帝による大侵攻といった、かなりハードな結末も用意されていた。

ここはゲームによく似た世界だが、現実だ。ハッピーエンドが必ず来る保証がない以上、バッドエンド対策を用意しておくことは当然の行動だった。

経済力が高まれば軍備増強の予算を増やせるだろう。街道が整備されれば非常時に援軍を呼びやすくなり、支援物資の運搬も容易になる。定期馬車便があれば個人での移動手段が確立され、王都に優秀な人材が集まりやすくなるし、国内外の情報も集めやすい。

当然リスクもある。軍の強化は軍国主義に陥る危険性が高まる。整備された街道は逆に他国の進軍の助けになるかもしれない。人間の出入りが増えれば、その分間諜《かんちょう》も増えるだろう。

だがそれも、事前に危険性を知っていれば対策は不可能ではない。ヒロイン以外では対処不可能な魔王を相手にするよりは、余程簡単な問題だった。

定期馬車便は王国の経済によい影響を与えた。比較できないのでおそらくとしかいえないが、現在のテオラス王国はゲームのテオラス王国よりも豊かな国になっているのではないだろうか。

……国の経済力を向上させるほどの国家事業が、ゲームのシナリオに影響を与えないなどと、誰が言えようか？　アンネマリーはルシアナの言葉を聞いて、初めてその事実に気が付いた。

（ルシアナちゃんがシナリオ通りに不幸にならなかったのは、メロディがメイドとしてやってきたからで……そのメロディがどうやって王都に来たかというと、定期馬車便を使ったからで……根本的にルシアナちゃんのシナリオに影響を与えたのは……メロディじゃなくて……定期馬車便？）

アンネマリーの考えはあながち間違いではない。そもそも、あの日、あの時、メロディがルシアナと出会うことができたのは、定期馬車便で容易に王都へ向かうことができたからだ。

それがなかったら、彼女の出立はもう少しあとになっていただろう。そして、故郷を出る前にレクトに出会っていた可能性が高い。となれば、いくらメロディでも実の父親を無下にすることはできず、シナリオ通りにセシリア・レギンバースを名乗ることになった……かもしれない。

アンネマリーの頬にツーッと汗が垂れる。それは冷や汗だった。

脳内を、バッドエンド対策と称して行った大小様々な対策が駆け巡る。そして、自分自身の行動も……正直、ゲームのアンネマリーと今の彼女では、人格がかけ離れていた。

バカで横暴で我儘な典型的当て馬悪役令嬢。それがゲームのアンネマリーだが、さすがにそんな人間を演じて生きることは、現実の彼女にはできなかった。実際に彼女が演じたのは『清く正しく美しく』を体現したかのような、才色兼備な淑女である。

シナリオのことを考えれば、少しくらいはゲームの彼女を演じるべきだったはずだ。それに、ゲームでは王太子と婚約者設定であったにもかかわらず、現実のアンネマリーは自分の都合で婚約者候補に留めている。

これはシナリオを重視するアンネマリーの発言からは随分と反した行動だ。

心の片隅で『ゲームが始まればシナリオ通りに事が進む』という根拠のない認識があったのだろう。自分が何かしたところで、わざわざしなくても、ゲームはシナリオに沿って動き出す、と。

そうでなければ、ゲーム開始直前になってヒロインが現れないなどと慌てるはずがない。

前世の記憶を取り戻してから九年もあったのだ。本気で探していれば、珍しい銀髪の少女など見つかっていて当然。ヒロインは王立学園へ入学するものと、高をくっていたとしか思えない。

だから、自分達が取る行動がシナリオに与える影響について、深く考えていなかったのだ。

アンネマリーは確かに前世で乙女ゲーム『銀の聖女と五つの誓い』をやり込んだ乙女ゲージャンキーであるが、厳しい言い方をすれば……ただ、それだけだ。

ゲームをどれだけ熟知していようが、彼らの前世はどこにでもいる少年少女にすぎない。

通算三十二歳？　バカをいってはいけない。十七歳まで生き、再びゼロ歳から十五歳をやり直しただけの、ただの子供である。年を重ねれば大人になるのではない。大人としての経験を積み重ねながら、人は大人に成長していくのだ。子供の経験しか知らない彼らは、やはり子供なのである。

結論を言えば、彼らはゲームと現実の区別がついていなかったとしか、言いようがない。

アンネマリーは勢いよく立ち上がった。

「……ごめんなさい。ドレスが汚れてしまったので、今日のところは失礼させていただくわ」

「え、ええ。それは構いませんけど……大丈夫ですか？　お顔が真っ青ですよ」

「……ええ、自分の犯した失態に慄いてしまって」

「そんな、お茶を零したくらいで大げさすぎます。あまりお気になさることないですよ」

「え、ええ……ありがとう。では、失礼するわ」

「はい。今日はとても楽しかったです。ありがとうございました」

「わたくしも楽しかったわ。では、今度は学園で」

「はい！」

顔を青くしたまま、アンネマリーはルシアナの客間を後にし――。

「お嬢様、すぐにお部屋に戻ってお召し替えを……お嬢様!?」

――アンネマリーは走った。侯爵令嬢の気品とか、作法とか全てをかなぐり捨てて走った。

(なんてこと、なんてこと、なんてことなの!?　もしもに備えてと対策を用意した行動自体が既にシナリオから外れた行動ということに、なぜ今まで気が付かなかったの、私!?)

バタフライ効果――気にも留めないようなわずかな変化が起きる時と起きない時では、その後の状態が大きく異なってしまうというカオス理論。

変化のない状態がゲームのシナリオだとすれば、アンネマリー達が前世の記憶を取り戻した時点で、それ自体が変化であり、本当は九年前から既にシナリオは狂い始めていたのかもしれない。

(とりあえず、定期馬車便がシナリオに影響を与えてしまったことは、ルシアナとメロディの状況がはっきりと物語っているわ。となると……現れないヒロイン、舞踏会にだけ姿を見せた謎のセシリア、魔王の剣から無傷で生還したルシアナ、シナリオにない魔王封印の剣の損壊……数え出したらキリがないわね。これも、私達が取った行動によるバタフライ効果ってわけ!?)

……ちなみに、どれもこれもシナリオをガン無視したメイドの所業が原因なのだが、そんな事実を知る由もないアンネマリーは、言いようのない自責の念に駆られるのだった。

転生したヒロインがゲームのことを知らず、聖女の力をメイド技術に活用しているなんて、どうやって予測しろと言うのか。彼女が正解に辿り着く日は来るのだろうか……。

結局、アンネマリーはメロディのことをヒロイン『セシリア・レギンバース』だと、最後まで気が付くことはなかった……せっかくのチャンスだったのにね♪　ざんねん！

その原因はおもにみっつ。一つはアンネマリーの先入観だ。

彼女はゲームの知識とともに悪役令嬢として転生した。クリストファーもほぼ同条件だ。だから彼女は『転生者はゲーム知識を持ち、主要キャラに転生する』と無意識に思い込んでいた。

もう一つはやはりメロディの今の容姿だ。黒髪黒目にメイド服。

よく考えてみてほしい。髪と目の色が違い、ましてや服装や髪型までゲームと違う……あなたはそれで、その人物が何のキャラクターのコスプレをしているか初見で判断できるだろうか？

ゲームは二次元だが、現実は三次元なのだ。その差は大きい。

そして最後の三つ目。何よりもこれが大きかった。舞踏会では天使と称されるほどの美少女であるメロディがなぜ、メイド姿になった程度でアンネマリーの目を誤魔化すことができたのか。

……『メイドオーラ』である。形から入る子メロディは、演技派だった。

醸し出される圧倒的裏方感。美少女であるにもかかわらず排除される、ヒロイン補正。

ひとつひとつの所作は洗練されていながらも、メロディはメイド以外の何者にも見えなかった。

なんというメイド根性。ヒロインとメロディがアンネマリーの記憶の中で結びつかないはずだ。

……舞踏会で出会えていれば。そう思わずにはいられないほど、アンネマリーは間が悪かった。

アンネマリーはビュークに会うために通路を走っていた。シナリオが既に破綻している可能性がある以上、今後のためにも少しでも情報がほしかったのだ。

本来、シナリオ通りならビューク・キッシェルはこの場にいない。聖女の力に目覚め始めたヒロインによって、魔王の剣とともに撃退されているからだ。彼の情報を得られるメリットは大きい。

そう思って離れに向かっていると、ビュークを尋問中のクリストファーとなぜかマクスウェルの姿が見えた。二人はアンネマリーの方に駆け寄ってきた。

「アンネマリー！」

「クリストファー⁉　それに、マクスウェル様まで」

「私も奴のことは気になっていたので同行していたのですよ。ルシアナ嬢の様子はどうでした？」

「ええ、元気でしたわ。それより二人とも何を急いでいらっしゃるの？　尋問は？」

アンネマリーの問い掛けにクリストファーは眉根を寄せ、マクスウェルは眉尻を下げた。

「いなかった」

「……はい？」

「だから、私達が来た時には既に離れはもぬけの殻だったのだ！　例の剣までなくなっていて、どこに行ってしまったのかさっぱり分からない！　逃げられてしまった！」

クリストファーは怒鳴るように答えた。おそらく誰かさんのせいで衛兵が眠ってしまい、警備が手薄になっていた早朝のうちに逃走したのだろう。折れてしまった魔王の剣を持って……。

「アンネマリー嬢……？」

マクスウェルは気遣わしげにアンネマリーを見た。彼女は俯きながら体を震わせている。

襲撃犯が逃走するなど、やはり婦女子には恐ろしいことだろうと心配していると――。

「もう！　もうもうもう！　そんなところばっかりシナリオ通りにならないでよぉおおお！」

ルトルバーグ家のオールワークスメイド

「本当にお父様も帰ってよかったの？　今、宰相府って忙しいんでしょう？」

「ふむ、実はこれも仕事のうちなのだよ、ルシアナ。身を挺《てい》して王太子殿下を守った『英雄姫』の父親が、娘の帰還に付き添わないとは何事かと宰相閣下に叱られてしまってね」

「……英雄姫？」

「あなた、確か舞踏会でのルシアナの通り名は『妖精姫』だったでしょう？」

「ははは、宰相府では美しさと勇敢さを兼ね備えた令嬢『英雄姫』と呼ばれていたぞ」

「まあ、物語の主人公のような素敵な名前ね。よかったわね、ルシアナ」

「きゃあああああ！　何その恥ずかしい呼び名！　やめてよおおおおおお！」

「少なくとも『妖精姫』の名前は舞踏会の間中ずっと聞こえていたわよ？」

「宰相府では宰相閣下が率先して『英雄姫』とお褒めくださっていたし、広まるのではないか？」

「あらあら、では王立学園ではどちらで呼ばれるのかしらね」

「いやああああああああ！　もう学園なんて行きたくないよ！」

ルシアナ達を乗せた馬車の御者台にて、メロディは後方から聞こえる会話にクスリと笑った。

アンネマリーが客間を去るとすぐにマリアンナとヒューズが戻り、ルトルバーグ一家は王城から借り受けた馬車で帰路につくこととなった。

当然、使用人であるメロディは御者と一緒に御者台に乗っている。ルシアナは一緒に乗ろうと勧めたが、ここは断固拒否である。それに、やりたいこともあるし――。

「あ、御者さん、あれ何でしょう？」

「あれ？　一体何だい？」

御者がメロディの指差した方に顔を向けた瞬間、彼女の姿が御者台から消えた――と、思ったら次の瞬間には、メロディは何事もなく指差した姿のまま再び御者台に座っていた。

「うーん？　お嬢さん、あれってどれだい？」

「あー、すみません。鳥を見つけたかと思ったんですけど、気のせいだったみたいです」

メロディは笑って誤魔化す。御者はしょうがないなと笑って許した。

馬車の客室では、ルシアナが豪華な室内を興味深そうにきょろきょろと見回していた。

「うちで借りる安馬車とは大違いだわ。これだけでも殿下を庇った甲斐があったってものね」

ふかふかのクッションをポンポンと叩くルシアナを前に、ヒューズが苦い顔を浮かべる。

「怪我がなかったからよかったが、この馬車とお前の命じゃ、全然釣り合わないからな」

「そうよ、ルシアナ。どんなに贅沢な褒賞をもらったって、あなたが死んでは何も嬉しくないわ」

「……う、うん」

冗談のつもりだったが、真剣な両親の表情にルシアナは顔を赤らめて頷いた。お互い少し気まずいのか、しばしの静寂。と思ったら、室内に「ぐ～」という音が……腹の虫？

「私じゃないよ!? グレイルだよ！」

「クーン……」

ルシアナの隣で「腹ペコでもう動けません」とでも言いたげにうつ伏せに寝転がるグレイル。

「ふふふ、そういえばもうすぐお昼かしら。私までお腹がすいてきちゃったわ。ねぇ、ヒューズ」

「そうだね、マリアンナ。帰ったら食事にしようか」

「でもお父様、メロディも一緒に帰るからすぐには無理よ」

「少しくらい待てるさ」

「食事ができるまで三人でおしゃべりでもしていればいいわ。それも楽しいわよ」

そうやって笑い合っているうちに、馬車が止まった。

「皆様、お屋敷に着きました」

メロディが馬車の扉を開けると、まずはヒューズが降り、ヒューズがマリアンナの手を取った。ルシアナはグレイルをメロディに渡すと、ヒューズのエスコートで馬車を降りた。

馬車が去り、四人と一匹が屋敷の正面玄関の前に立つ。

小さいながらも立派なお屋敷。これが、今のルトルバーグ家王都邸。

（……初めて来た時は一人で、そのうえ幽霊屋敷だったのよね。でも今はこんな綺麗な屋敷になって、お父様とお母様、メロディとグレイルがいて、賑やかになったなぁ）

たった一人で王都に来ることになり、そして屋敷でも一人になってしまったルシアナは、強がっていたが心が折れそうになっていた。メロディの美しい横顔がルシアナの視界に映り込む。

彼女が屋敷のメイドになってから、ルシアナの周りはどんどん変わっていった。

住まいや生活環境が改善されただけではない。彼女が頑張ってくれたおかげで、大切な友人達との仲に変な溝を作らずに済んだし、舞踏会に参加できたのもやはりメロディのおかげだ。

王太子に侯爵令嬢や子息など、何だか凄い人達とも知り合いになれ、これからの学園生活はどうなるのだろうかと、ルシアナは心のうちで期待に胸を膨らませていた。

「メロディ、ありがとね！」

「急にどうされたのですか、お嬢様？」

不思議そうに首を傾げるメロディは、自分が物凄い力を持ったメイドだということをまだ自覚していない。いつかは教えてあげようと思うのだが、あの顔を見ていると、ずっと知らないままの方が幸せなんじゃないかと思えて、ルシアナは「何でもない！」とニコリと笑った。

「ふふふ、変なお嬢様ですね」

「へ、変じゃないもん！　早くうちに入りましょう……といっても、今は誰もいないけど」

全員で屋敷に帰ってきたのだから当然なのだが、出迎えてくれる者がいないのは、ちょっとだけ寂しいな、とルシアナは思った。そして、メロディはクスリと微笑んだ。

「お嬢様、屋敷の主がお戻りになるのに出迎えないメイドなんて、メイドではないんですよ？」

「メロディ？」

「おや、なんだかいい匂いがするね」

「本当だわ。とても美味しそうな香り。でもこれ、うちからしていないかしら？」

正面玄関に到着すると、食欲を刺激するような香りが漂い始めた。それは間違いなく、屋敷の中から漂っているようで……。

グレイルを地面に下ろしたメロディが、ドアノッカーをコンコンコンと叩く。

「メロディ、何してるの？　ノックをしても誰も……え!?」

突然、隣にいたはずのメロディが煙のように消えてしまった。そして、正面玄関の扉がゆっくりと開き始め、その先には――。

「おかえりなさいませ、旦那様、奥様、そしてお嬢様」

――メロディがいた。彼女は恭しく一礼すると、ニコリと微笑んでルシアナ達を出迎えた。

ルーチンワークが染みついているメロディが、昼食の時間を忘れるわけがなかった。御者に隠れて魔法で屋敷に転移し、御者台には分身を置くと本体メロディは昼食の準備に取り掛かったのだ。

ルトルバーグ夫妻は口をポカンと開けて驚くばかり。メロディの分身魔法は知っていたが、瞬間移動までは知らない彼らは、今何が起きたのかよく理解できていなかった。

もちろんそれはルシアナも同様で、実際、何が起きたのかは分かっていないのだが――。

「もう、メロディ！　そういうことは隠さず教えてよね！」

そんなことはどうでもいいと言わんばかりに、ルシアナはメロディに突進した。

「きゃあああああ！　メイドに抱き着いちゃダメです！　お嬢様！」

「いいのよ！　ルトルバーグ家令嬢として命令します。素直に私に抱かれなさい、メロディ！」

「どこでそんな言葉遣いを覚えてきたんですか⁉　放してください、お嬢様！」

「あら、私に抱き着かれるのもメロディの仕事のうちよ。だってあなたは、ルトルバーグ家の全ての仕事を担うメイド——オールワークスメイドなんだから！」

玄関ホールから大きな笑い声が響き渡った。

メロディの明るく楽しいメイド人生はまだまだ始まったばかり。

それを証明するような、朗らかな春の午後であった。

「そんな仕事はメイドの職務に入りせんよぉぉぉぉぉぉぉぉぉぉぉぉ！」

エピローグという名のプロローグ

命芽吹き、暖かな陽だまりと爽やかな風が心地よい季節、春。

舞踏会襲撃事件から一週間が経過したある日の午後、王太子クリストファーと侯爵令嬢アンネマリーは、王城の庭園にてお茶会という名の作戦会議を行っていた……のだが……。

「「……はぁ」」

二人は大きくため息を吐くばかりで、これといって具体的な方策を決められずにいた。

「まさか、俺達の行動のせいでシナリオが狂っていたとは……」

もう何度目だろうか。クリストファーが天を仰ぎながらそう言った。

「今更言ってもしょうがないじゃない。実際、バッドエンド対策のためには必要だったわけだし」

「いや、まあ、そうなんだけどさ。何ていうの？　こう、空回り感がね？」

「……言いたいことは分かるけどね」

春麗らかな午後にそぐわぬ諦観《ていかん》のため息が庭園に響く。いや、誰にも聞こえないけど。二人から少し離れたところには使用人達が控えているが、アンネマリーの魔法で音漏れを防いでいるので彼らの会話が聞こえることはなかった。

「でも、そろそろこの無駄な反省会はやめましょう。もっと建設的な話をしなくちゃ」

「建設的って言ってもよ……」

「後悔なんていつまでもやるだけ不毛よ。重要なのは未来よ、未来。確かに私達の行動はゲームのシナリオに予想以上に大きな影響を与えてしまったわ。でも、悪いことばかりじゃなかったはず」

定期馬車便を筆頭に彼らの行動がゲームのシナリオを大きく変えてしまったことは否めないが、アンネマリーの言う通り、全てが悪い結果になったわけではない。

まず、彼らの目論見通りバッドエンド対策としての国力増強は確かに成功している。商業的に成長したことで帝国以外の周辺国との関係も良好だ。非常時の援軍依頼もしやすくなっただろう。

何より、定期馬車便によってメロディとルシアナが出会い、ルシアナの悲劇が回避されている。シナリオに反する結果だが、彼女がゲーム同様に不幸になればよかったとは到底思えない。

「まあ、そう言われるとそうだよな。ルシアナちゃんが死ぬとかマジ勘弁だぜ」

「そうよ、あんな美少女が死んじゃうなんて世界の損失が大きすぎるわ！　学園が始まったらもっと仲良くなるんだから！」

「そりゃあいい！　どうせなら俺の婚約者候補になってもらっても……」

「あら？　あなた、幼馴染で親友のマクスウェルとルシアナちゃんを取り合うわけ？　ふーん……勝てるの？　あんたみたいなメッキ王子が？」

「やべえ！　本物の貴公子相手に勝てる気がしねぇ！」

一週間かけてようやく気持ちが落ち着いてきたようだ。二人は元気を取り戻した。

さて、少しばかり雑談をした二人だが、今回のお茶会の本題に入ろう。

「というわけで、今後の対策についてなんだけど……あれ、どうするの？　シナリオからかけ離れすぎてるんだけど」

アンネマリーの視線が、ここからは見えない遠くへ向けられた——王立学園の方角だ。

「あぁ、あれねぇ。親父に不要だって言ったんだけどさ、全然取り合ってくれないんだよな」

「うーん、理由を理解できないわけじゃないんだけど、完全にシナリオ無視なのよねぇ」

せっかく気を取り直した二人だったが、今日のお茶会は再び大きなため息で幕を閉じた。

「え？　王立学園が全寮制になるんですか？」

「ああ、元々自宅通いが基本だったんだが、先日の襲撃事件を機に学園の安全性を考慮して貴族子女も含めて全寮制にすると決まったそうだ。今、急ピッチで寮を建設中らしい。だから、学園が再開されるのは二ヶ月後の予定だそうだ。おそらくそろそろ全生徒宅に通知が届く頃だろう」

市場で買い出しを済ませたメロディは、帰り道でたまたまレクトと遭遇した。紳士の嗜みなのか荷物持ちをして送ってくれるらしい。二人は世間話をしながらルトルバーグ邸に向かっていた。

……ちなみに、たまたまだと思っているのはメロディだけである。

「ではそれに向けて準備が必要ですね。教えてくれてありがとうございます、レクトさん」

「いや、どうせすぐに伝わることだから大したことではない」

……この一週間、レクトはずっと悩んでいた。

ルトルバーグ家のメイド、メロディ・ウェーブの正体は自分が仕える主、クラウド・レギンバース伯爵が探している彼の娘、セレスティだった。

そして、レクトはメロディに恋をしてしまった。今年で十五歳の少女に恋する二十一歳……おまわりさん、犯人はこいつです！　――という点は置いといて、愛する女性の忘れ形見に会いたいと願う主と、メイドとしての人生を謳歌したい愛する人との、相いれない想いの板挟み。

メロディの存在を伯爵に伝えれば伯爵の願いは叶うが、メロディのメイド人生は終わるだろう。

反対に、メロディのメイド人生を優先させれば、伯爵は実の娘に永遠に会うことができない。

どちらを優先させても、どちらかの希望は潰えることになる。レクトは、答えが出せなかった。

「……メロディ、ひとつ尋ねたいんだが……」

「はい、何ですか？」

「……君はずっとメイドとして生きるつもりなのか？　その、例えばなんだが、メイドではなくて貴族の令嬢のような生活をしたいと思ったことはないか？　貴族だとメイドは無理だが、王城で侍女をすることはできるだろうし、誰かに仕える仕事はできると思うんだが……」

レクトは小さな可能性、妥協点を探っていた。伯爵に事実を伝えてもメロディの望みを潰さずにいられる小さな希望。それが、侍女という仕事だった。

侍女とは高位の女主人の身の回りの世話をする、メイドよりも格式の高い側仕えのことだ。

伯爵令嬢であるメロディがメイドとして働くことは難しいが、例えば王城で侍女として王族に仕えるなどであれば、不可能ではない。

メロディがそれを望んでくれれば、レクトはどちらも裏切らずに済む……のだが。

「うーん、考えたことないですね。私はメイドの方が性に合ってます」

あっさりとその希望は断たれてしまった。

「なぜだ？　仕える仕事という意味ではメイドも侍女も同じだろう？　それに、貴族令嬢として何不自由のない生活もできるし、そちらの方がいいと思うが……」

「えっと、侍女が嫌ってわけじゃないんですよ。それはそれで興味があります。でも、侍女とメイドの仕事は似ているようで全くの別物なんですよ。そうですね……騎士と兵士くらい違います」

「う……」

そう言われると、否定できないレクトだった。騎士である彼からすれば、騎士と兵士は仕事の内容もその役割も全く異なる。平民から見れば似たようなものかもしれないが完全に別物なのだ。

「それに私、亡くなった母に誓ったんです……メイドになるって。そしてなるからには『世界一素敵なメイド』になるんです。そのためにはもっともっと頑張らないと！」

キラキラした宝石のような瞳が、レクトを魅了する……ああ、この瞳をずっと見ていたい。

希望に溢れた、未来を信じる少女の笑顔に、レクトは恋をしてしまったのだ……それを失わせることは、彼にはできなかった。

「……そうか。世界で一番のメイドになれるといいな」

「ええ、なってみせますよ！　まあ、どうやったらなれるのかは、まだ模索中なんですけど」

恥ずかしそうな笑顔を浮かべるメロディに、レクトも思わず眉尻を下げて笑ってしまう。

（……恋は落ちた方が負けだというのは本当だったんだな。……申し訳ございません、閣下。もう少しだけ、お嬢様に時間をください）

レクトの答えは見つかったようだ。

「ただいま帰りました」

「あ、おかえりなさい、メロディ！　聞いてよ！　学園が全寮制になるんですって！」

レクトと別れ、屋敷に帰ってきたメロディの前にルシアナが突進する。

「きゃあああああ！　お嬢様、荷物が落ちちゃいます！　離れてください！」

「あ、ごめんごめん。ちょっと興奮しちゃって」

「ふぅ、危うくせっかく買った卵が割れるところでしたよ。ええ、さっきレクトさんに伺ったので知ってます。ドレスやら何やら準備が必要ですね」

「え？　またあの人と会ってたの？　大丈夫？　変なことされなかった？」

「変なことって何ですか？　レクトさんは荷物を持ってくれただけですよ」

相変わらずルシアナはレクトには厳しい。メロディは思わず笑ってしまい、ルシアナは苦虫を噛み潰したような顔を浮かべた。

「うー、やっぱり一度シメた方がいいかしら？」

「お嬢様……言葉遣い。やはり淑女教育はリテイクでしょうか」

「きゃあああああ！　冗談、冗談よ！　おほほほほ……て、そうじゃなくて！　学園のことなんだけど、メロディも私と一緒に学園に行くことになったのよ！」

「え？　私もですか？」

「そうなの！　使用人を数名同行させていいんですって。うちはメロディしかいないから一緒に来てほしいのよ」

「それは構いませんが、そうなりますとお屋敷はどうなるんでしょう？　分身を置きますか？」

「しばらくはそうなるかも。でもね、私が王太子殿下を庇った件で褒賞金を貰ったでしょ？　あれでうちも結構余裕ができたみたいだから、新しく使用人を雇うんですって」

「そういうことでしたら畏まりました。お供させていただきます」

「うん！　二ヶ月後が楽しみね」

「はい、お嬢様」

メロディとルシアナはニコリと微笑み合った。

乙女ゲーム『銀の聖女と五つの誓い』において、王立学園は全寮制ではなかった。二ヶ月後、全てが仕切り直されて始まる学園生活。それは、どんな未来に繋がっているのだろうか。


テオラス王国王都パルテシアは、クリストファー達の政策により随分と経済的に成長してきた。

乙女ゲームの舞台となるだけあって、街並みは美しく、幸せそうな笑顔が溢れている。

……だが、現実はそう甘くない。王都外縁部のいくつかの地域には、残念ながらスラムと呼ばれる貧民街が存在していた。どんなに経済が発展しようとも世の中には必ず貧富の差が生まれ、掃きだめのような場所でしか生きることのできない者達が現れてしまう。

そんな貧民街の中でも、強盗や殺人が当然のように横行する危険な地区に、一人の少年がいた。

彼は何をするでもなく、建物の影に隠れてただじっと、足を三角に折って蹲っていた。

そこはとても暗く、貧民街の者達ですらほとんど立ち寄らない。しっかり目を凝らさなければ、そこに彼がいることに気が付くことすら難しい。

だからだろうか。その場所に彼がいることを、貧民街の者達は誰も知らなかった。

当然、暗闇に佇む少年の手に刃の折れた剣があることにも……その断面から、靄のような闇がかすかに漏れ出していることにも……全ては闇に覆い隠され、誰にも気づかれることはなかった。

乙女ゲーム『銀の聖女と五つの誓い』はまだ、始まったばかりである……。

書き下ろし番外編

ルシアナお嬢様のうっかりメイド体験記《ハウスメイド編》

それは、例の舞踏会から三週間ほど経ったある日のこと。ルトルバーグ一家が夕食後のティータイムを楽しんでいた際に、ルシアナが告げた一言から始まった。

「メロディ。私もメイド服を着てみたいな」

それは一種の憧れ。黒いドレスに白いエプロンとキャップというシンプルなコーディネートでありながら、それを着こなすメロディの姿は大変優雅で洗練されていた。

一見目立たない服装だというのに、ついつい目で追ってしまう。ルシアナは初めてメロディのメイド姿を目にした時から、いつかは着てみたいなと思っていたのだ。

要するに、アイドルのファッションを真似たがるファンの心理である。

しかし、優しく微笑むメロディから返ってきた答えは、非情なものだった。

「ダメです」

ルシアナの要望はあっさりバッサリ一言で一蹴された。

これには彼女も目を丸くしてしばし茫然としてしまう。まさかメロディに断られるとは夢にも思っていなかったのだ。

「……ど、どうして」

「メイド服は、メイドのメイドによるご主人様のための勝負服です。騎士にとっての鎧、令嬢にとってのドレス、国王陛下にとっての王冠のようなもの。たとえお嬢様の願いであろうとも、メイドではない方がメイド服に袖を通すことは許されません。どうぞお諦めください」

きっぱりとした態度で一礼するメロディに、ルシアナは何も答えられなかった。

食堂にしばし流れた沈黙を払ったのは、ルトルバーグ家の主クラウドだ。

「ほう。なら、話は簡単じゃないか、ルシアナ」

「お父様？」

「ルシアナはメイド服を着てみたいのだろう？」

「ええ、そうだけど……」

「だったら、なればいいじゃないか。メイドに」

「――え？」

言葉の意味が分からず、ルシアナは目を丸くしてしまう。私が……メイドになる？

「ルシアナ、明日は一日我が家のメイドをやりなさい。そうすればメイド服を着れるぞ」

まさに「名案だろう？」とでも言いたげな顔でニコニコと微笑むクラウドに、ルシアナは戸惑いを隠せない……え？　この人、何言ってるの……？

だが、母マリアンナはクラウドの提案に同調してしまった。

「素敵な提案ね、クラウド。私もルシアナのメイド姿を見てみたいわ。きっと可愛いわよ」

「当然じゃないか、マリアンナ。私達の娘だ、何を着たって可愛いに決まっているさ」

「まあ、クラウドったら。親バカなんだから、ふふふ」

「それは君だって同じだろう」

微笑み合う夫婦から甘い雰囲気が漂う。ルシアナはどうしていいのか分からない。

「というわけでメロディ、ルシアナは明日一日メイドをするから、メイド服を着せてやってくれないかい？」

「お嬢様がメイドに？　そういうことでしたら私に否やはございません。かしこまりました」

（なんでとんとん拍子に話が進んでるの⁉　全然ついていけないんですけど！）

「ふふふ、ルシアナのメイド姿だなんて楽しみね、クラウド」

「本当だね、マリアンナ」

（えっと、私……ちょっとメイド服を着てみたかっただけなんだけど……まあ、いっか）

両親は少々理解不能だが、ニコリと微笑むメロディが何だか楽しそうで、ちょっとだけやってみようという気になった。

斯くして、ルシアナの一日メイド体験が始まったのである。


「おはようございます、お嬢様」

「おはよう、メロディ……随分早いんだね」

ベッドから起き上がり、ルシアナは大きな欠伸《あくび》をした。正直、まだ眠い……。

時刻は午前五時半。まだ日も昇っていない時間である。

「旦那様方が目を覚まされる前にこなす仕事がたくさんありますから」

「そうなんだ」

貧乏だったがゆえに領地で屋敷の仕事を手伝っていたとはいえ、そこは領主の一人娘。こんなに早朝から仕事をした経験などなかった。

「さ、お嬢様。いつもの紅茶を用意しましたので、仕事の前に一杯どうぞ」

メロディはティーセットを載せたワゴンとともにルシアナの部屋に入室していた。ポットを手に取り、ティーカップに温かい紅茶を注ぎ入れると、それをルシアナの前に差し出す。

「ありがとう。いただきます」

早朝、起き抜けにいただく優雅なティータイム『アーリー・モーニング・ティー』である。ベッドに腰掛けながら、ゆったりとした気持ちで熱い一杯の紅茶を楽しむという、英国の古き良き贅沢な習慣だ。

メロディがメイドになって以来、ルシアナの毎朝の日課となっていた。

ティーカップの中身はミルクティーのようだ。ストレートの紅茶よりも濃い茶葉を使用するため目覚ましに丁度よい。ミルクと交わることで渋みが控えめになり、まろやかな風味となることから、ルシアナはストレートの紅茶よりもこちらの方が好みだった。

だが、今日のミルクティーはいつもと一味違っている。

「……いつもより美味しい。味が濃いっていうか、コクがあるっていうか」

「はい。本日の紅茶はロイヤルミルクティーですから」

「へぇ、なんだか贅沢な響き。いつものも好きだけど、私、こっちの方が好きかも」

「ありがとうございます」

ロイヤルミルクティー。英国王朝風の贅沢なミルクティーという意味で生まれた和製英語であり、正式名はシチューードティー（Stewed tea）という。

普通の紅茶にミルクを加えるミルクティーとロイヤルミルクティーでは淹れ方が違った。

水とミルクを手鍋で加熱し、そこへ熱湯に浸しておいた茶葉を入れる。軽くかき混ぜ長めに蒸らした後、茶こしを使ってポットに移す。それをカップに注げばロイヤルミルクティーの完成だ。ポイントは沸騰させないこと。茶葉を煮込むとエグ味が出てしまうので要注意だ。

「ふーん。紅茶は淹れ方ひとつで味が変わることはメロディのおかげで知ってたけど、ミルクティーにも色々な淹れ方があるのね」

「お気に召したのであれば、明日からはこの紅茶にしましょうか？」

「うーん、たまにでいいかな。贅沢な紅茶は時々飲むから美味しいのよ。毎日飲んでたらせっかくの感動が薄れちゃうわ」

「そうね！」

ルシアナはしっかりと目が覚めたようだ。メロディに向かってニコリと微笑む。

「かしこまりました。では、そろそろお召し替えをして業務に取り掛かりましょう」

ルシアナの表情がパッと華やいだ。メイド服を着られる！　だが……。

「……あれ？　メロディ、その服、いつものと違うみたいだけど……」

メロディが取り出したのは、花柄の模様が描かれたドレスだった。メロディの黒ドレスに比べると、デザインも生地の質も少々安っぽい感じがする。

「本日のお嬢様には家政メイドの代表ともいえる『ハウスメイド』をやっていただきます。この服はハウスメイドの午前用のものです」

メイドの仕事は大きく分けて『家政』と『調理』の二種類に分類される。家政とは家の掃除や洗濯、主人の傍に仕える仕事で、調理はその名の通り料理を担当する仕事だ。

掃除と料理は、家事とよばれる家庭内労働の中で特に面倒とされる仕事で、裕福な商人などの中流階級以上の者がメイドを雇う際、必ず雇用するのが屋敷の掃除を担当するハウスメイドであった。

「ハウスメイド……午前と午後で服装が違うの？」

「屋敷の掃除をしますので、今から着るのは汚れても大丈夫なドレスです」

「ああ、そういうこと。あれ？　でも、メロディはいつもの格好よね」

「はい。お嬢様の前に立つのに作業着というわけにはいきませんから。この時間は私も同じ服を着ているんですよ」

ハウスメイドの主な仕事は屋敷の掃除だが、もうひとつ重要な役割がある。

それが『給仕』だ。早朝の清掃を終えた後、ハウスメイドは先程のメロディのように起床した主人のもとへ紅茶を届け、主人の飲み水や洗顔用のお湯などの用意もする。必要があれば湯あみの準備もせねばならず、ハウスメイドの仕事は朝っぱらから過酷なものだった。

主人の前に汚れた格好で顔を出すわけにはいかない。そのため、ハウスメイドには掃除用と給仕用の二種類の制服が用意されるのだ。

「これは王都の洋裁店で安く購入できたプリント生地で作ったドレスなんです。ちゃんと専用のエプロンとキャップも別に用意してありますからね」

そう言って渡されたドレスはとてもシンプルな作りをしていた。平民の普段着のような感じで、見栄えよりも洗濯のしやすさが優先されているようだ。エプロンとキャップも、いつものメロディの物とは違い、少々野暮ったい。汚れても大丈夫なためか、色も白ではなく茶色っぽかった。この触り心地は……麻製だろうか。

「あんまり可愛くないね」

「お嬢様が着ればばきっと可愛いです。さあ、お召し替えをしましょう。お手伝いします」

メロディがそっと両手を差し出した。着替えを手伝ってくれるつもりなのだろう。だが、ルシアナはゆっくりと首を振ってその申し出を断った。

「ありがとう。でも一人で着るわ。今日の私はメイドなんだから」

「……そうですね。分かりました。では、私も一度自室で着替えてまいりますので、私が戻るまでこちらにてお待ちください」

一旦メロディが退室し、ルシアナは早速掃除用メイド服に着替えた。元々領地でも一人でドレスに着替えていたルシアナだ。対して苦労もなく着替えることができた。

鏡の前に立って、自分の姿を確認しているとメロディが入室する。

「まあ、お嬢様。想像したとおり、とてもよくお似合いですよ」

「う、うん。ありがとう」

とても楽しそうに微笑むメロディに、ルシアナは苦笑してしまった。掃除用の制服を似合うと褒められて、喜んでいいんだか悪いんだか……微妙なところである。

とはいえ、ルシアナと同じ格好で現れたメロディもまた大変愛らしかったので、一応喜んでおくことにした。

「さて、お嬢様。一日限りですが、只今よりお嬢様は当家のメイドとなります。その間、お嬢様は私の同僚となるわけですから『お嬢様』とお呼びするわけにはまいりません。今からお嬢様のことは『ルシアナさん』と呼ばせていただきます。ルシアナさんも今よりはメイドとして振る舞うようにしてください」

「はい、メロディ先輩！　私、頑張ります！」

「よろしい。では、早速仕事に取り掛かりましょう」

午前六時。ルシアナのメイド体験が始まった。

「旦那様方を起こす時間は午前八時頃です。私達はそれまでに早朝業務を完了しなければなりません」

「具体的には何をするの？」

「『主人の生活空間』の掃除です」

基本的に掃除をするメイドの姿は主人に見られてはならない。そのため、ハウスメイドの掃除は主人が目を覚ます前に終わらせなければならなかった。

この時間にすべきことは、朝食を食べるための食堂や応接間に図書室など、午前中に使用する可能性のある寝室以外の場所の掃除だ。

「それから屋敷前の通路の掃除と朝食の準備、旦那様方の目覚めの紅茶を用意します」

「……それを全部、今からするの？　六時から八時の二時間で？」

「はい」

「……」

ルシアナ、絶句である。

「――？　どうされました、ルシアナさん？」

「メ、メロディ……先輩は、毎日それをやっているの？」

「え？　ええ、そうですよ」

首を傾げて不思議そうな顔をしているメロディを前に、ルシアナは引きつりそうになる顔を維持するので精一杯だった……マジパねえっす、メロディ先輩。

まずは食堂へやってきたメロディとルシアナ。最初にカーテンと窓を開け、それから掃除を開始する。

「メロディ先輩、それは何を持っているの？」

メロディは持ち手のついた木箱を持っていた。

「これはハウスメイドボックスです。要するに掃除用具入れですね。これに朝必要な掃除道具が収納されているんです。ルシアナさんもこれを使ってくださいね」

ちょっと自慢げに持ち上げるメロディは何だか嬉しそうだ。

「そうなんだ。じゃあ、掃除の手順を教えてくれる？」

「お任せください。というわけで、まずは暖炉の掃除から始めましょう」

「暖炉の掃除!?　そんなことまでするの？」

「春とはいえ朝方はまだ肌寒いですからね。朝食時には部屋を暖めるのに使用してるんです」

言われてみれば、毎朝食堂は暖かかった。こんなところにもメロディの気遣いがあったのだと初めて知り、ルシアナは驚いてしまう。

「さあ、始めますよ」

まずは燃えカスを確認する。灰の不始末が出火の原因になるからだ。次にブラシで暖炉に付着した石灰と煤《すす》を落とすと、今度はひたすら暖炉を磨く。この作業が女性には重労働で、暖炉の素材によって清掃方法が異なる点も地味に面倒だ。必要な道具はハウスメイドボックスに入っているので、メロディの指示のもと適切に掃除を進めていく。

特に大変なのが石炭や薪を載せるための火格子《ひごうし》。鉄製の格子一本一本を磨かなければならなかったため、とても時間の掛かる作業だった。

暖炉の清掃が終われば、次は火を起こす。それからようやく部屋の掃除が始まるのだ。暖炉を使う部屋には煤や石灰の塵が舞いやすいため、丁寧な掃除が求められた。

「ルシアナさん、食堂以外の場所は終わりましたよ」

食堂の掃除をルシアナに任せたメロディは、他の部屋の掃除をササッと済ませてきた。食堂に戻ると、メロディは地面に四つん這いになって息を乱したルシアナを発見する。

「ルシアナさん、大丈夫ですか!?」

「私も……食堂が終わった、よ……」

「少しだけ、休みましょうか」

メロディに勧められるまま椅子に腰掛け、ルシアナは呼吸を整えた。炉棚の置時計が指し示す時間は午前七時。食堂の掃除だけで一時間も使ってしまった。

「ごめんね、メロディ先輩。私、全然役に立てなくて……」

まだやることはたくさん残っているのに、既に作業時間の半分を消費してしまった。二人でやった方が効率が悪いだなんて……。

最近色々と上手くいっていただけに、ルシアナは意外とショックを受けていた。

しかし、メロディはそんなルシアナを前に、おかしそうにクスクスと笑う。

「ふふふ、ルシアナさん。あなたはメイド業務初日の見習いメイドなんですよ。こう言っては何ですが、即戦力としては期待していません」

「うう……」

分かっていたことだが、あえてそう言われるとやはり胸にグサリとくるものがある。

メロディの話は続いた。

「見習いメイドに必要なのは真摯な心です。作業速度は業務に慣れれば自然とつきますが、丁寧な仕事は本人の気質によるところが大きいんです。だから……きっとルシアナさんは、素敵なメイドになれるんじゃないでしょうか」

メロディはゆっくりと食堂を見回す。彼女からすればまだまだ拙《つたな》いところはあるが、ルシアナが丁寧に掃除をしたことが分かる出来栄えだった。少なくとも及第点には達している。

「あの、本当に……？」

「ルシアナさん。私がメイドのことで嘘を言うとでも？」

「……そうね。メロディ先輩がメイドの仕事で妥協なんてするわけないわよね」

ルシアナは嬉しかったのか、少しだけ頬を赤くした。

「とはいえ、このままでは作業に支障をきたしそうですね」

「――え？　あ、うん」

ルシアナのドレスやエプロンは暖炉の煤を被って黒くなってしまっていた。これでは掃除をした端から周囲が煤だらけになって汚れてしまう。

「メロディ先輩、着替えってあるかな？」

「そうですね。本来は汚れが酷い場合は着替えるんですが、今日は少し時間も押していることですし、軽く済ませましょう。――どんな時も慌てず騒がず清潔に『緊急洗濯《ラヴァンエマジェンザ》』」

「え？　きゃっ⁉」

メロディの手から光が溢れ、ルシアナを包み込んでいった。シャボン玉が弾けるように無数の光が弾けていく。全ての光が空気に溶け切ると、ルシアナのドレスは新品同様の美しさを取り戻していた。

「わあ、凄い……ありがとう」

出先で主人の服が予想外に汚れてしまった場合の応急処置用に開発された魔法であるが、その洗浄力は専門業者のそれをはるかに上回っていた。

「では、外へ向かいましょうか」

「はい！」

部屋の掃除が終われば、次は玄関前の通路の清掃である。屋敷の入り口周辺が汚いなど、貴族の邸宅としてはあってはならないことであり、ハウスメイドの清掃場所としてはかなり重要なところだ。

そして『メイドを雇っている』ことを周囲に顕示する意味もあったので——。

「メ、メロディ先輩。ちょっと寒いから何か羽織る物を……」

「ダメです。耐えてください」

玄関を掃除するメイドはその邸宅の顔であり、メイド服以外の姿を晒すことは仕える家の面目を潰す行為であった。

時として……というか割と、メイドのルールは効率よりも体面を重視している。だが、それこそメイド。メロディのメイド愛はちょっと寒いくらいどうってことなかった。

指示されるまま、ルシアナは掃除を始める。まずは玄関にある真鍮製のドアノブやドアノッカーを磨き、郵便受けや鍵穴など細かいところまで見逃さない。

次に玄関前の階段を掃き、井戸から水を汲んでくる。そして軽石を使って正面玄関の階段を白く磨くのだ……と、簡単に言ってくれるが大変な重労働である。

「水が冷たい朝の風が寒い膝と腰が痛い何これ大変水が冷た——」

「ルシアナさん、セリフがループしてますよ!?　気をしっかり！　頑張ってください！」

メロディに応援されながら、ルシアナはどうにか玄関周辺の掃除を終えた。これにて起床前の清掃は全て完了である。

残るは朝食と、クラウド達への『アーリー・モーニング・ティー』の準備だ。

「ルシアナさん、白湯ですよ」

「あ、あああ、ありがとう、メロディ……先輩」

調理場に向かった二人だが、ルシアナが思いの外体を冷やしてしまったため、少しだけ白湯を飲んで休憩を取ることとなった。

普通なら職務中にこんなことはしてもらえない。メイドといっても本来はお嬢様のルシアナだからこそのメロディの配慮だった……本当に、実際のメイドの仕事は過酷なものである。

調理場は現在、朝食の準備のために竈の火がついているため、とても暖かい。白湯をひとくち飲み込むと、ルシアナはホッと安堵の息を零した。

ちなみに、調理場で朝食を作っているのは分身メロディである。今日はメロディがずっとルシアナについていたので、調理関係は分身に任せることにしたのだ。

調理場の時計が指し示す時間は午前七時四十五分。ギリギリだがどうにか間に合った。

「体調はもう大丈夫ですか、ルシアナさん」

「うん、もう大丈夫。心配してくれてありがとう」

「いいえ、私も少し飛ばし過ぎたと反省しています。ルシアナさんは今日が初めてのメイド業務だったのに、ちょっと無理をさせ過ぎました。申し訳ありません」

「ううん、気にしないで。おかげでメロディ先輩が毎日どれだけ頑張ってくれているのか分かったもの。お互い様ってことにしておきましょう」

「……そう言ってもらえると助かります」

向かい合う二人はクスリと笑った。

「ルシアナさん、それでは待ちに待った時間ですよ」

「待ちに待った？　……それって」

「さあ、着替えましょうか」

メロディはどこからともなく黒いドレスを取り出した。ルシアナ憧れのメイド服である。

「わあ！　ようやく着れるのね！」

給仕用メイド服を受け取ったルシアナが瞳をキラキラさせてドレスを見つめる。

「ふふふ、お召し替えを手伝いましょうか？」

「いいえ！　今日の私はメイドだもの。ちょっと着替えてくるね！」

数分後、一旦自室に戻ったルシアナが、黒いドレス姿で調理場にやってきた。

「まあ。ルシアナさん、とってもよくお似合いですよ」

「そ、そうかな？　えへへ……ありがと」

頬を紅潮させながら、ルシアナは恥ずかしそうに笑った。照れ隠しなのか、両肩から垂れる三つ編みの髪を指先でクルクルと弄っている。

「髪は三つ編みにしたんですね」

「う、うん。アップにするのは少し難しくって……」

「凄く可愛いです」

「や、やめてよぉ……」

余程恥ずかしかったのかルシアナは両手で顔を覆い隠してしまった。実はルシアナ、三つ編みをするのは生涯で初めてで、褒められて嬉しい反面物凄く気恥ずかしかったのだ。

「ふふふ、ルシアナさんの素敵な姿も見れて、今日の私は朝からいいことばかりです」

俯いていたルシアナが顔を上げた。

「いいことばかりって……今日は色々と迷惑掛けちゃったから大変だったでしょう？」

「いいえ。実は、昨夜から私、楽しみで仕方がなかったんですよ」

「楽しみって、何が？」

ルシアナには理解できなかった。昨夜はメイド服を着たいと我儘を言い、今朝は時間が押すと分かっていながらメイド業務の指導をさせてしまい、実際、朝食の準備は間に合わなかったため分身メロディの手を借りている状況だ。

思い返してもメロディに手間を掛けてばかり。一体何が楽しみだったというのか？

首を傾げるルシアナに、メロディはほんのり頬を赤らめて嬉しそうに語った。

「だって、一日限定とはいえ私に同僚ができたんですよ？　こんな嬉しいことはないじゃないですか。メイドの仕事を誰かに指導するというのも初めての経験でドキドキしました。それにその相手がお嬢様というのですから、楽しかったに決まってます」

全ての仕事を任されたいがゆえに、オールワークスメイドとなることを選んだメロディだがそれはそれ、これはこれ。

同僚メイドとともに仕事をする楽しみも味わってみたいとも思っていた。

本来、貴族の邸宅には女性使用人の長たるハウスキーパーがいて、その下でハウスメイド、パーラーメイド、ナースメイド、コック、キッチンメイド、スカラリーメイドなど、多種多様に仕事を細分化されたメイド達が協力して屋敷を盛り立てていくのだ。

今日はほんの少しだけその気分を味わうことができた。こんなに嬉しいことはない。

メロディはルシアナに感謝の気持ちでいっぱいだった。

「まだ始まったばかりですが、今日は本当にありがとうございます、お嬢様……じゃありませんでした。ありがとうございます、ルシアナさん」

「――――――――っ⁉」

(な、ななな、何この子、可愛すぎるううううううううう！)

それはまるで恥じらう恋する乙女のようなキラキラした笑顔だった。性別を超越した愛らしさはまさに物語のヒロインのようで、同性のはずのルシアナですら恥ずかしすぎて直視できないものがあった。

ルシアナ、今日一番の赤面である。

「あの、どうされました、ルシアナさん？」

「……え？　あ、何でもないの気にしないで！」

顔の前で両手を振って赤面を誤魔化そうとするルシアナ。どうにか平常心を保とうとするがなかなか顔の熱が収まらない――そんな時だった。

「旦那様方のお茶の準備ができましたよ」

分身メロディが『アーリー・モーニング・ティー』のためのワゴンを持ってきたのだ。

「それじゃあ、そろそろ行きましょうか、ルシアナさん。ただその前に――」

「分かったわ！　早速私が行ってくるね！」

「えっと、その前に説明が……」

「大丈夫よ！　毎日メロディがやってくれている通りにすれば問題ないわ！」

「いえ、そうじゃなくてあ、ちょ、ルシアナさん⁉　待って。ちょ、ホントに待って！」

それはきっと照れ隠しのつもりだったのだろう。ルシアナはメロディの言葉が耳に届いていないのか、ワゴンを押して脱兎のごとき速さで夫妻の寝室に向かって走り出した。

完全に想定外の行動だったため、メロディは反応が遅れてしまう。魔法で動きを制止すれば間に合ったのかもしれないが、メロディは咄嗟にそんなことは考えられなかった。

慌てた彼女は急いでルシアナの後を追った。

「待ってくださいお嬢様！　ホントに、ホントにダメなんです！　私の説明を聞いてください！

旦那様のお部屋に入るのは、ノックをしてから――」

すると、進行方向から「コンコンコン」という扉を叩く音が聞こえた。

「お父様、お母様、失礼します！」

「ノックをしてから返事があるまで待たないと大変なことになって――」

「きゃああああああああああああああああああああああああああ！」

屋敷中に少女の悲鳴が響き渡った。

「うわあああああ⁉　ル、ルシアナ⁉　返事があるまで部屋に入っちゃ……」

「お、お父様もお母様も、あ、ああ、朝っぱらからなんて破廉恥な格好をしてるんですか⁉　て、立ち上がろうとしないでください、お父様！　いやああああああああああああ！」

スッパアアアアアアアアアアアアアアアアアアアアアアアアアン‼

一体どこに持ち歩いていたのか、小気味よいハリセンの音が鳴り響く。

「ぐげぶふううううう！」

「あ、あなたああああああ！」

夫妻の部屋の前にようやく辿り着いたメロディはガクリと肩を落とした。

「間に合わなかった……」

ルトルバーグ夫妻の部屋に入る際には、守るべき暗黙の了解があった。朝、起床前に入室する時はノックをして、向こうから返事があるまで扉を開けてはならないという。

なぜなら、夫妻はとても仲が良かったから。結婚して十五年以上経つが、びっくりするくらい仲がよかったから。

それはもう、十五歳の少女が目にしてはいけないほどに、ルシアナに弟か妹がいないのが不思議なほどに……夫妻はとても仲が良かった。

残念ながら、ルシアナの一日メイド体験は午前八時をもって終了することとなる。

「続けられるわけないでしょおおおおおおおおおお！」

気まず過ぎてとてもメイドをやれるメンタルではなかったそうな。

数日後――。

「メロディ。私とお父様の服は一緒に洗わないでちょうだいね」

「ル、ルシアナアアアアアアアアアア⁉」

しばらくそんな感じでしたが、今では元の関係に戻っているそうです。

あとがき

はじめましての方も、そうでない方もこんにちは。作者のあてきちです。

このたびは『ヒロイン？　聖女？　いいえ、オールワークスメイドです（誇）！』を手に取っていただき、誠にありがとうございます。

まず、読者の皆様にお詫び申し上げなければならないことがあります。

この作品では、主人公メロディが務める雑用メイドのことを『オールワークスメイド』と呼称しておりますが、英語で表現する際、これは正しい呼び方ではありません。

正確には『メイドオブオールワークス（Maid of All works）』です。

当然、最初に考えた物語のタイトルはこうでした。

『ヒロイン？　聖女？　いいえ、メイドオブオールワークスです（誇）！』

……でもこれ、ちょっと言いにくいと思いません？

他のメイドは『ハウスメイド』とか『パーラーメイド』とか『〇〇メイド』と呼ぶのに、なぜ肝心の雑用メイドだけ『メイドオブオールワークス』なのか。『仕事しろ英語！』と、当時はよく思ったものです……いや、まあ、八つ当たり以外の何物でもないんですけどね。

悩んだ末、私はある種の造語『オールワークスメイド』を使用することに決めました。

人前で雑用メイドを呼称する際には間違えないように気を付けてくださいね。